DER WEG ZURÜCK

[德]埃里克·马里亚·雷马克 著 代悉 译

西线归来

长江出版传媒 | 长江文艺出版社

死者的遗言不是为了复仇，

而是永远不再有战争。

北京长江新世纪文化传媒有限公司
www.cjxinshiji.com
出品

目　录

序　章

二连仅存的士兵躲在后方的防御工事里打瞌睡。

大多数人已经进入梦乡，只有尤普不时抬起头，目光越过护墙望向远方。“咦，这枚炮弹的声音不对啊。”他突然道。

“什么？”费迪南德·科索莱半坐起来。

“你听！”

科索莱把手拢在耳后，我们也仔细听着。已是深夜，除了炮弹飞过的呼啸和炸响的轰鸣外，什么都听不到。右翼阵地上的机枪又响起来，炮弹声夹杂其中。这些声音我们已经听了很多年了，没有什么不一样啊。

科索莱狐疑地看着尤普。

“现在没了。”尤普尴尬地解释道。

科索莱再次打量着他，尤普表现得很镇定。科索莱抱怨道：“一准儿是你肚子里的手榴弹在响，你现在最好闭眼、睡觉，毕竟梦里什么都有。”他找了一块枕形石头，小心翼翼地舒展四肢，避免靴子伸进水里。他闭上眼睛，喃喃道：“睡吧，伙计，就当这是家里那张有妻子相伴的双人床。”

“我敢打包票，肯定没听错！”尤普信誓旦旦地说。

科索莱睁开眼睛，狠狠地瞪了尤普一眼，似乎还想爬起来再驳斥一番，但他想了想，最后咆哮道：“我不想再废话，你这只愚蠢的猫头鹰！”

片刻后，工事里响起科索莱的鼾声。

尤普示意我坐过去，我小心翼翼地跨过阿道夫·贝特克的腿，走到他身边坐下。他看了一眼熟睡的科索莱，苦涩地说：“我跟你说，这种人就是欠教育。”

战争爆发前，尤普在科隆一家律师事务所做书记员，就算当了三年兵，他还是觉得自己高人一等，更奇怪的是，他非常重视前线士兵的教育问题。当然，他根本不知道“教育”是什么东西，只不过在他之前的经历里，这个词一直伴随着他，所以他就像溺水的人抱住了一块木板，死死地抓着不放。

其实，在这里的每个人都有类似的木板，有的是妻子，有的是事业，还有的是战靴。瓦伦丁·拉埃尔放不下的是杜松子酒，而恰登斯无法忘记的是蚕豆和培根……

“教育”这个词恰恰是科索莱最忌讳的，不知为什么，他总能将“教育”和“立领”联系起来。即使他现在睡着了，这个词对他也有强大的攻击力，只听他在睡梦中吼道：“你这个该死的讼棍！”

尤普无奈地摇摇头，怜悯地看着科索莱。我们默默地坐了好久。天上一阵乌云飘过，雨淅淅沥沥地下起来。夜又湿又冷，我们靠在一起取暖。雨越下越大，我们不得不取出油布遮在头上。

炮火照亮了远方的地平线，那边应该更温暖吧，有炮火的烘烤，一定很舒服。火箭弹腾空而起，就像色彩绚丽的花朵。月亮无力地挂在农场废墟上，在雨雾中时隐时现。

“你说我们还能回家吗？”尤普小声问。

“能，听说战争快结束了。”我耸耸肩。

尤普急切地说：“家啊……一个温暖、舒适的房间，里面有柔软的沙发、温暖的壁炉，吃完饭还可以在夜色中散步……这些你还能想象吗？”

“上次休假，我试了下当兵前的衣服……”我答非所问，“都小了，到时候去买几件新的。”

我们聊的所有东西多么美好啊：温暖的房间、柔软的沙发、宁静的夜晚、不合身的衣服……这种奇怪的念头在脑海中浮现，有点儿像黑咖啡，虽然尝起来有一种罐头盒里的铁锈味儿，又烫又难喝，却让人越喝越上瘾。

尤普心不在焉地抠抠鼻子：“商店、橱窗、咖啡馆……当然，还要有漂亮女人……”

“唉，伙计，你先要保证逃离这个该死的地方。”我不停地呵着快要冻僵的双手。

“嗯，的确。”尤普将油布拉下来些，披在瑟缩、瘦弱的肩上，“你回家之后，想做什么？”

“我？估计得回去上课，你也知道，维利·霍迈尔、阿尔贝特·特罗斯克和我，还有那边的路德维希·布赖尔，我们都是从学校跑出来的。”我指指那个盖了两件大衣睡在工事入口的人。

“天啊，你不会真想回学校吧？”尤普惊呼道。

“我不知道，很可能不得不这么做。”我有些郁闷。

军大衣下的人动了一下，苍白、消瘦的脸微微抬起，同时发出几声痛苦的呻吟。他是我同学，也是我们的排长——路德维希·布赖尔中尉。他感染了痢疾，已经腹泻几个星期，但他宁愿和我们在一起也不肯住院，因为一旦和平到来，我们就能以最快的速度把他带回家，况且现在野战医院早已人满为患，根本没有人管他，一旦住进去，就真离死神不远了。当身边的战友一个个死去，而你也走在这条路上时，紧张情绪是会传染的。路德维希知道死在哪里最合适，所以给自己选了另一条路。军医马克思·魏尔给拿了些药水，帮他调理肠道菌群，这样可以让他多支撑些时日，即便这样，他依然每天要跑二三十趟厕所。

现在，路德维希又一次出现在厕所中，我跑过去帮他。他刚刚蹲下，尤普就向我们招手：“嘿，听见没，又出现了。”

“什么？”

“就我之前说的那个怪声……”

科索莱伸伸胳膊，打了一个哈欠站起来，沙包大的拳头捏得咔咔直响，眯着眼睛对尤普说：“小子，你再胡说八道，动摇军心，信不信我把你塞口袋里扔出去！”

我们屏气凝神，仔细辨别。在看不见的地方，传来一阵炮弹的呼啸，但其中夹杂着一种奇怪、粗哑的长音，这个声音很陌生，我们瞬间警觉起来。

“不会是毒气弹吧！”维利一下子跳起来。我们瞬间清醒，所有人都紧张地竖起耳朵。

“那个声音朝我们过来了……”海因里希·韦斯林说到一半，“咦？是大雁啊！”

灰褐色的云层下，一只只黑乎乎的楔形影子从红色月亮前掠过，我们可以清楚地看到每一只大雁的翅膀，它们排着队，就像一列隆隆作响的火车，扯着粗哑的嗓子消失在远方。

“它们飞走了！”维利吼道，“该死，为什么我们没有翅膀呢，要是我们也有翅膀，轻轻一拍，就可以离开这个鬼地方了！”

“冬天来了……”韦斯林盯着远去的大雁，痴痴地说，参军前他在家务农，对这些事情一清二楚。

路德维希虚弱地站起来，面容憔悴。他喃喃地说：“我还是第一次见到大雁呢。”

科索莱立刻兴奋起来，拉着韦斯林，让他仔细描述一遍大雁的模样。当然，科索莱最想知道的是大雁和家鹅到底哪个更大。

“都差不多吧。”

“唉，我可怜的肚子哟……”科索莱激动得脸上的肉都跟着颤抖，“刚才飞过去的可是十五到二十顿烤肉啊！”

我们头顶上再次传来窸窸窣窣拍打翅膀的声音，沙哑、粗犷的叫声像苍鹰一般闯进我们心里。它们律动的翅膀、急切的叫声，以及带起的阵阵旋风，都彰显着生命力与自由。

枪声响了，科索莱沮丧地放下枪，饥肠辘辘地望向天空，他的神思已经随大雁飞走了。恰登斯站在他身边，就像一只机警的猎犬，准备一旦有大雁掉落，就第一时间冲出去，可雁群依然队形齐整地渐行渐远。

“真不幸，”贝特克说，“这一枪大概是这该死的战争中唯一正义的一枪。”

科索莱失望地扔下步枪：“我要是有火箭弹就好了。”他极力想象烤肉的味道，不自觉地吧嗒了几下嘴。

“没错儿。”一直盯着他的尤普说，“再来点儿果酱和薯条。”

科索莱恶狠狠地盯着他：“闭嘴吧，该死的讼棍！”

尤普笑了：“你应该去开飞机，那样你用捕捞网就能抓住它们了。”

“滚蛋！”科索莱回了一句，安静下来，重新进入梦乡。睡觉，也许是这一刻最好的充饥方式。

雨越下越大，我们挤在防御工事的角落里，背靠背席地而坐，把油布紧紧地裹在身上，就像一个个黑色的土堆。

大地、军装，还有一个个鲜活的生命……

“起来，快起来！”一阵尖厉的催促唤醒了我。

“怎么了？”我迷迷糊糊地问。

“该上去了！”科索莱咆哮着收拾东西。

“我们刚换下来啊。”我惊讶地说。

“别废话了，”我听到韦斯林骂道，“要我说，这场血腥的战争早他妈该结束了。”

“快点儿，别磨叽了，该出发了！”连长黑尔不耐烦地穿过战壕，去其他防御工事了。

路德维希也站起来，一边抓手榴弹，一边无奈地说：“别说了，我们必须上去。”

贝特克按住他的手：“路德维希，你别上去了，你的痢疾太重了，不能带病作战。”路德维希摇摇头。

皮带扣紧的咔嗒声，子弹上膛的啪啪声，令人作呕的死亡气息再次从泥土中蒸腾出来，我们坚信，终有一天可以永远逃离这个人间地狱。对和平的执念就像火箭弹一样，在我们面前腾空而起。虽然我们从未真正相信和平会到来，但一年来看到的希望比过去二十个月还要多。

到现在，年复一年的战争，年复一年的失望，如果有人计算时间，他会惊讶地发现熬过去的竟然只是很短的一段时间。我们清楚地知道和平随时会来，每过一个小时，希望就增加一分，而在炮火下战斗的每一分钟，也会比以往任何时候更加艰难和漫长。

风在护墙外咆哮，云在月前拂过，光与影不停交替。我们整队前进，这是一队黑色的影子，一个伤亡惨重的二连。除了阵亡者，仅剩的这些人加起来都凑不够一个排。

我们是被战争筛选出的幸运儿，我们的队伍里甚至还有三个 1914 年参战的老兵：贝特克、韦斯林和科索莱，他们对这场战争了如指掌，有时他们会提起战争爆发的最初几个月，仿佛那是一个神仙打架、英雄辈出的远古时代。

每个人都在找自己的掩体和战斗位置，其实换上来也没什么事儿可做，这里只有照明弹、机枪和老鼠。维利瞅准机会，将一只老鼠踢向空中，用铁锹将其砍成两半。

护墙外传来几声零星的枪响，左翼又传来一阵手榴弹的炸响。

“真希望这里一直保持安静。”韦斯林说。

“我也是这么想的，但是说不定什么时候炮弹就会飞过来。”维利摇摇头。

“人要倒霉，抠个鼻子手指头都能骨折。”瓦伦丁抱怨道。

路德维希躺在油布上休息，刚刚，魏尔递给他几片口服药，瓦伦丁又说服他喝了点儿杜松子酒。他真应该留在后方，也许是觉得一个人太孤独了，他不喜欢那种感觉，才会跟我们上来。

阿图尔·李德和士正在讲花边新闻，但没人听。我们分散躺下，任时间慢慢流逝。

我突然惊坐起来，贝特克也坐起来，就连恰登斯也警觉起来。多年的战斗本能告诉我们，有些事情正在悄然发生，虽没人知道是什么，但肯定有事发生。

我们小心分辨，眼睛眯成一条缝，想看穿前方的黑暗。所有人都醒了，所有的感官都已发挥到极限，所有的肌肉都已绷紧，准备迎接那个未知的、即将到来的危险。最优秀的投弹手维利，匍匐在地，手臂抵在胸前。我们像猫一样紧紧伏在地上。路德维希不知什么时候已经到我身边，他和所有人一样，脸上死一般沉静，根本看不出病容。这就是前线战士的表情，强烈的不安将它定格——在感官做出反应前，潜意识就已经命令身体做出动作。

雾气摇曳。突然，我意识到那个令所有人紧张的东西是什么了，是安静，异常的安静。

没有机关枪，没有步枪，没有爆炸，也没有炮弹划过夜空的呼啸。没有，什么都没有，没有枪炮声，没有哭号声。只有安静，彻底的安静。

我们面面相觑，无法搞清眼前的状况。自从我们开赴前线，还是第一次如此安静。我们不安地呼吸，试图弄清“安静”的含义。是毒气吗？但是我们在上风，风会把毒气吹散。是敌人摸上来了吗？可安静会把他们出卖。到底发生了什么？我们紧张得满头大汗，手榴弹上也浸满了汗水，异常的安静撕扯着我们的神经。

五分钟，十分钟……

“十五分钟了……”瓦伦丁小声说。他的声音空洞、缥缈，仿佛来自地狱。什么事儿都没发生，没有攻击，没有意外，更没有突然出现的敌人……

我们双手松开，再握紧，握紧，再松开，神经已接近崩溃。我们习惯了前线炮火的轰鸣，以至于如果某一刻它突然消失，我们就会像气球一样爆炸。

“等等，伙计们！”维利突然说，“会不会是停战了？！”他的话如炸弹般落在人群中。我们瞬间放松下来，动作也变得散漫而迷茫。

停战？我们难以置信地看着身边的伙伴。停战？手榴弹在手中悄然滑落。停战？路德维希缓缓躺回油布上。停战？贝特克的眼神里透着轻松。停战？韦斯林像树一样不动了，当他再次转过来时，仿佛下一秒就要冲回家了。

就在我们沉浸在停战的喜悦中时，寂静结束了。远处再一次响起沉闷、恐怖的炮声，机关枪也如啄木鸟般再次鸣响。

我们平静下来，仿佛能再次听到熟悉、真实的死亡之声是一件令人兴奋的事儿。

第二天黄昏，我们接到了后撤的命令，但敌人很快追上来，并向我们发动攻击。炮弹倾泻，红色的火焰如喷泉般飞进我们身后的暮色中。目前我们藏身的地方还算安全，维利和恰登斯找到一盒肉罐头，当场就把它消灭了，其他人安静地看着，几个月下来，我们已经筋疲力尽，只要不用自卫，其他事情就随它去吧。

连长黑尔爬进来，在震耳欲聋的爆炸声中大声问："都准备好了吗？"

"弹药不够了。"贝特克道。

黑尔无奈地耸耸肩，拿出一根香烟递给他。"节省弹药。"黑尔拍拍他的肩膀，贝特克点点头。黑尔去另一个战壕了，他完全相信这些老兵可以带领我们战斗，因为他们中随便找出一个，都可以成为一名优秀的连长。

天黑了，战火蔓延到我们身边。我们几乎没有任何防御设施，只能用双手和铁锹在战壕中挖洞。我们缩在洞中，身体紧贴地面。我身边是特罗斯克和贝特克。一枚炮弹落在离我们不到 20 米的地方，我们尽量张开嘴，以保护耳膜，即便如此，我们也被震得几乎失聪。眼睛上都是泥土和炮灰，鼻子里都是火药和硫黄的味道。弹片像雨点儿般砸下来，一条刚从身体上撕下的胳膊和弹片一起飞过来，砸在贝特克脑袋旁边。

黑尔回来了，借着火光，我们看到他头盔下的脸已经因愤怒像粉笔一样惨白了。“勃兰特牺牲了！”黑尔喘着粗气，“他被炮弹直接命中，我看得一清二楚。”

炮弹再次砸下来，到处都是炮火的轰鸣，泥土和弹片如暴雨般倾泻而下。空气在轰鸣，大地在震动。火光四起，烟雾弥漫。趁此机会，我们一跃而起，从被烧焦的大地上冒出头，紧握手榴弹，蛰伏待命。

“慢慢摸上去！”黑尔下令。

战斗在左翼打响，那边正进行一场阵地争夺战。机枪鸣响，一枚手榴弹闪着死亡的光芒飞进战壕，枪声戛然而止，敌人立刻包抄上去。几分钟后，阵地彻底沦陷。

黑尔目睹了这一切。“妈的！”他翻出掩体，大喊一声，“冲啊！”

炮火轰鸣，我们冲上去。维利、贝特克、黑尔率先进入攻击位置，开始投弹。黑尔离得更近一些，他已经杀红了眼，就像来自地狱的撒旦。我们成功了，战壕里的人获得了反扑的机会，机枪恢复了生命，我们也建立了联系，一起冲进身后混凝土浇筑的工事中。一切发生得太快，以至于敌人都没有发现人已经被救走，依然不停地向战壕开炮。

终于安全了，我开始担心路德维希，还好他回来了。很快贝特克也钻进来："韦斯林呢？"

"韦斯林呢？韦斯林在哪儿？韦斯林……韦斯林？"远处的枪声渐弱，在枪声的间歇，我们听到了一声声疾呼。

"怎么了？"黑尔也回来了。

"韦斯林失踪了！"

冲锋时，韦斯林一直跟在恰登斯身后，后来他就不见了。

"最后一次看到他是在哪儿？"科索莱问，恰登斯指了一个方向。

"该死！"科索莱咒骂了一声。无论是贝特克还是科索莱，都意识到这很可能是最后一战了。

"没关系，我们去找。"贝特克没有犹豫，"走吧。"

科索莱嗯了一声，跟出去，黑尔想了一下，也出去了。很快，他们便消失在黑暗中。

路德维希已经做好战斗准备，一旦三人受到攻击，他就指挥队伍发起冲锋，把三人抢回来。

手榴弹的爆炸声响起，左轮手枪的声音也加入进去。路德维希立刻站起来，我们正准备冲出去，汗流浃背的贝特克和科索莱出现了，身后还拖着一块油布，上面还躺着一个人。

黑尔？！

不是黑尔，躺在油布上呻吟的是韦斯林，那黑尔呢？黑尔一边撤退一边阻击敌人，很快便折返回来。"韦斯林不小心跑到对面去了，肚子上挨了好几枪，"黑尔解释道，"刚才又被左轮手枪来了两下。”说完，他看着韦斯林：“你怎么样？”韦斯林没有回答。

韦斯林的肚子被弹片撕开，就像屠户的砧板，到处都是血，根本看不出伤口有多深。我们尽量帮他包扎伤口。他呻吟着想喝水，但他腹部中弹，根本不能喝水。他又向我们要毯子，因为失血过多，他感觉快要冻僵了。

这时，传令兵跑过来，命令我们马上后撤。

于是我们用步枪穿过油布，组成简易担架，在找到担架前，就这样一直抬着韦斯林。我们排成一列，小心翼翼地摸索前进。天渐渐亮了，低矮的灌木丛上飘浮着淡淡的薄雾，我们就要走出交战区了。

就当我们以为一切都结束时，一颗流弹飞过来，击中了路德维希的手臂。他没有说话，默默抬起胳膊，卷起袖子，让魏尔替他包扎好伤口。

我们终于要回家了，回家了……

气温像杜松子酒般柔和，此时不像是11月，倒像是3月。澄澈的天空湛蓝如洗，太阳倒映在路旁的水塘里。我们一路欢歌笑语，穿过林荫大道，笔挺的白杨矗立在两旁，树冠完好无损，只是偶有一两棵少了几支树枝。这里深入法国腹地，不像交战区那么荒凉。

我们一天又一天、一码又一码地撤离战场。阳光洒在棕色的油布上，发出温和的光芒。我们一路向前，树叶不断飘落，落在身上，落在油布上。

战地医院人满为患，等待治疗的伤员已经排到门外，一些手臂中弹的战友缠着绷带，列队走出来，我们只好暂时将韦斯林安置在院外。

这座医院也快拆了，医生只剩下几个，所以要等很长时间。一位医生四处奔走，检查新来的伤员。一名腿弯曲成奇怪形状的士兵立刻被抬进去，而韦斯林只是简单包扎，根本看不出是重伤，所以被留在外面。

韦斯林悠悠转醒，看着医生的背影，问道："他怎么走了？"

"他有事儿，马上回来。"我安慰他。

"可是我不能等啊，你看看，我需要马上做手术！"他异常激动，拼命想解开绷带，"你们看看，我需要缝合！"

我们试图让他冷静，他已经疼得脸色青紫，满头大汗："阿道夫，求求你，求求你！你去找他，让他过来，求求你……"

贝特克犹豫了，在韦斯林哀求的目光下，他还是跑去找医生了，尽管他知道这样做没有任何意义。韦斯林目不转睛地盯着他。当贝特克回来时，尽管已经极力照顾韦斯林的情绪，但表情依然很糟糕。

为了不让韦斯林看到他，贝特克回来时特意绕了个弯。他对我们摇摇头，伸出一根手指，用口型告诉我们：只剩一个小时……

我们实在不忍心欺骗一个将死的农民，却不得不装作很开心的样子。贝特克告诉韦斯林，医生说要等伤口愈合一些才能做手术，韦斯林立刻猜到了一切。他沉默了片刻，沉吟道："是啊，你们经历四年战争，依然安然无恙地站在那儿，而且马上就能回家了。可我呢……四年了，四年……这一刻我等了四年……"

"他们会给你做手术的，海因里希。"

"不，不会的，不会的……"

韦斯林陷入了沉默，再也不肯被抬进医院，他只想留在外面，留在我们身边。

野战医院建在山坡上，从这里望去，风景与前线截然不同：湛蓝的天空透着祥和与宁静。大地一览无余，静谧且安全。我们来时的大路被秋天装点得五颜六色，远处的田野像一条棕色的裙带，在山脚下伸展出去。清风带走了血腥和腐烂的恶臭，刚刚犁过的土地散发出清新的泥土味儿。

韦斯林安静下来，认真地看着眼前的一切，眼神清澈、充满了生机。他是农民，这样的景色再熟悉不过了，所以这一刻他与我们的心境截然不同。他知道就要离开这个世界，因此不愿移开视线，不想错过任何一处风景。时间一分一秒地过去，他的脸色越发苍白。他缓缓抬起手，低声道："恩斯特……"

我俯下身，耳朵凑到他唇边。

“把东西都拿过来吧。”

“不急，海因里希，你还有大把的时间。”

“不，我不行了，快拿过来吧。”

我把物品一一摆在他面前：皱巴巴的印花钱包、小折刀、怀表、钱……

他妻子的照片就珍藏在他钱包里：“让我再看一眼。”

我把照片拿出来，举到他眼前，让他看得更清楚。那是一张清纯的古铜色脸庞，他看了很久，依依不舍地说：“一切，一切都结束了……”

“你把它们带走吧……”

我不明白他的意思，但是我不想再问，默默地把东西塞进口袋。

“请帮我把它们带给她……”

我点点头。

“告诉她……”他用奇怪的眼神看着我，颤抖着、呻吟着。我拼命地分辨他的话，但他只能发出咕噜咕噜的声音，呼吸渐渐沉重，时而中断，时而微弱……突然，他发出一声沉重的叹息，眼睛里的光芒散了……

第二天一早，我们最后一次站在战壕里，枪声消失了，战争已经结束了。我们必须在一小时内撤出战场，再也不用回到这里，这一次离开，将是永远的告别。

我们销毁了所有带不走的东西，其实也没剩什么，无非是几个千疮百孔的防御工事。

很快，停战命令下达。

这是一个奇怪的时刻，我们比肩而立，眺望战场。淡淡的薄雾浮在大地上，一排排弹坑和战壕清晰可见。事实上，这已是最后一道防线——它虽属于预备队，但仍处在敌军火炮的射程内。我们曾多少次穿行在交战区里，每次回到这里，身边总会少一些熟悉的战友。单调的风景呈现出一片死灰色，远处是残存的树林、几处断壁残垣和一座废弃的村庄，除此之外，还有一堵一堵饱经炮火洗礼依然屹立不倒的护墙和散落在高地、地平线上的防御工事……

“唉，我们在这里战斗了四年，四年啊……”贝特克若有所思地说。

“是啊……”科索莱点点头，“妈的，只可惜战败了。”

“好了，好了，伙计们，”维利靠在栏杆上，“现在还在想这些事，不觉得可笑吗？”

我们遥望战场，那是一个可怕的世界、一段艰苦岁月。现在，一切都结束了，一切都将留在这里，当我们迈开双腿，它会被我们一步一步地甩在身后。一个小时后，它就会从我们的世界彻底消失，仿佛从未出现过，这种心情谁又能体会？

我们站在这里，本应欢呼雀跃，但我们的胃里却波涛汹涌，就像被迫吞下一根医用棉签，想吐却吐不出。路德维希虚弱地靠在战壕边，向远方挥手，仿佛那儿有一个人，在向他告别。

黑尔出现在我们身后："要离开了，舍不得了吧。好了，兄弟们，好好享受和平吧。"

阿图尔惊讶地看着他："你的意思是……和平……真的来了？"

"没错儿，好好享受它吧！"黑尔面无表情地走了，看起来就像死了母亲。

"没事儿，他只是因为没获得勇士勋章。"阿图尔解释道。

"闭嘴！"特罗斯克说。

"好了，好了，该走了……"贝特克嘴上说着走，却没有动。

"我们的战友还躺在那儿……"路德维希悲伤地说。

"是啊，勃兰特、米勒、卡特、海尔、博伊默、贝尔廷克……"

"桑德库尔、迈因德斯、特布鲁根兄弟、雨果，还有贝恩黑尔……"

"兄弟们，看在上帝的分儿上，求求你们，别再说了……"

很多战友躺在这儿，直到牺牲也不知道他们叫什么。我们朝夕相处，他们在坟墓里，我们在战壕里，中间只隔着一层薄薄的泥土。他们就在我们眼前，我们一天天减少，他们一天天增加，我们甚至不知道自己何时也会加入他们。有时炮弹会把他们送回来，当然，只是他们的骨头或军装碎片，抑或一只沾满泥土的、尚未完全腐烂的手。随着炮火的轰鸣，他们仿佛从坟墓里爬出来，重新加入战斗，对此，我们从未感到害怕，毕竟我们与他们咫尺之遥。如今，我们重获新生，而他们，将永远留在这里。

路德维希的几个表兄都埋葬在这片土地上，他转过身，默默擦掉脸上的泪水，出发了。我们紧随其后，走走停停，不时环顾四周。又一次停下脚步时，我们才惊觉，这个可怕的地狱，这个满是弹坑的荒凉角落，它已经牢牢地占据我们的心。是的，这个该死的地方听起来如此糟糕，可它早已成为我们深爱的家园，虽然它充满痛苦与折磨，但我们此生只属于它。

我们摇摇头，无论是逝去的岁月、长眠地下的战友，还是被大地埋葬的苦难，这种悲伤刻骨铭心，足以使我们放声悲哭。

现在，我们该回家了。

第一章

小路穿越旷野，伸向远方。路旁的小山村，躺卧在灰扑扑的阳光里。树叶沙沙作响，在风中不断飘落，飘落……

一队身穿肮脏褪色军服的士兵，沿着小路蹒跚前行。战争和死亡在他们的脸上留下深深的烙印，钢盔下胡子拉碴的脸庞已经很久没有打理，因为长期深处饥饿和危险中，面容憔悴枯槁。

他们无声地前行，和来时一样。他们走过一条条街巷，乘坐一辆辆军车，躲进一个个防御工事，葬身一个个弹坑，始终沉默不语。如今，他们已踏上归途，走向和平，依然一言不发。

队列中，有蓄着花白胡须的老人，也有不满二十岁的纤弱少年，他们曾并肩作战、拼死搏杀。走在队列旁的中尉，虽是一个半大孩子，但他已经指挥过很多次夜袭。而在这支队伍之后，跟着牺牲战友的亡魂。

他们慢慢移动，病痛、饥饿、弹药不足折磨着他们。队伍里的人已经不多了，他们的眼神里透着不解：就这样逃离地狱，踏上回家的路？

一

我们走得很慢，不仅因为疲惫，也因为伤病。我们被大部队远远地甩在后面。这里是丘陵地带，上坡时，我们习惯在高处站一会儿。前面是正在撤退的最后一支友军，后面则是稠密的、无尽的美军，他们就像一条宽阔的大河从林荫路上倾泻而出，肩上的武器泛着森森寒光。田野一片寂静，光秃秃的树林矗立在人潮中，如秋天般冷漠、肃杀。

当晚，我们在一个小山村里宿营，村外是一条小溪，两岸生着垂柳，河边有一条弯弯曲曲的小路。第二天一早，我们沿着小路出发了。科索莱作为尖兵走在队伍最前面，负责探路。军犬小狼在他身边跑来跑去，不时嗅嗅他的背囊。

刚走到路口，科索莱突然跳回来，低声示警：

“注意警戒！”

我们立刻持枪隐蔽。科索莱蹲伏在路边的水沟里，尤普与特罗斯克在树丛中小心翼翼地探出头。维利拉出手榴弹的引信，攥在手里。就连伤员都做好了战斗准备。

几个美国士兵向我们走来，他们谈笑风生地从我们面前走过，看样子是那些美国士兵的先遣队。

贝特克还算镇定，他离开掩体向美军走去。科索莱跟着站起来，其他人也纷纷回到小路上。气氛一时有些尴尬，我们不得不低头假装整理皮带和枪带——是啊，能出什么事儿呢，已经停战这么多天了。

美国士兵看见我们吓了一跳，谈笑声戛然而止。他们慢慢向我们走来，我们退到一个木棚边，把伤兵围在中间，保护起来。

沉默持续了大概一分钟。一个高个子士兵从人群中走出来，站在我们面前，用手势向我们发出问候："战友们，你们好！"

贝特克学着他的样子比画道："你好，战友！"

紧张的气氛一下消失了。美国士兵纷纷凑过来，把我们围在中间。说实话，在此之前，我们只在俘虏和死尸中见过他们，如此近距离地接触，还是第一次。

这一刻的气氛有些奇怪，我们彼此观察着对方，谁也没有说话。

他们是一群又高又壮的家伙，一看就不缺吃少穿，而且都是青壮年，既没有贝特克和科索莱这样的中年人——他们大概都不能算年纪最大的，也没有像特罗斯克或卡尔·布勒格尔那样的少年——何况这两人也不是年纪最小的。

他们一水儿的新军装、新大衣，脚上的新军靴既舒适，防水性能又好，手中的步枪擦拭一新，背囊里装满了尚未开封的弹药。

和他们一比，我们就像一群强盗：军装在岁月的尘土、阿贡纳[1]的雨水、香槟[2]的白垩，以及佛兰德[3]的沼泽濯洗下褪了色，又被铁丝网和弹片撕开一个个口子，然后被粗糙的针线缝补起来，再被混着血液的泥浆涂上一层厚厚的板甲。军靴磨烂了，步枪的膛线也磨平了，背囊里空空如也，我们早就弹尽粮绝了。所有人都灰头土脸、胡子拉碴，有几个身上还吊着绷带。我们这副鬼样子，没人能猜出来我们参军以前是干什么的。战争就像一台压路机，无情地从每个人身上碾过。

美国士兵越聚越多，周围挤满了好奇的目光。

我们缩在角落里，把伤员紧紧护住，不是害怕什么，只因我们是同生共死的兄弟。美国士兵交头接耳，对我们身上的破烂儿指指点点。人群中走出来一个人，递给路德维希一片白面包。路德维希虽然很饿，可他没有接。

突然，一个美国士兵指着他身上的绷带，发出一声低低的惊呼。没错儿，那些绷带是用纸做的，捆扎带也是用粗麻线做的。他们纷纷感叹我们竟连细纱布都没有，友善的脸上

---

① 阿贡纳（Argonne）：法国东部山区。（本书注释均为译者注。）

② 香槟（Champagne）：法国东北部地区，距离巴黎约 200 公里，以盛产香槟酒闻名。

③ 佛兰德（Flanders）：西欧地区的历史地名，“一战”时是比利时的领土，也是欧洲战略要冲，现分属法国、比利时、荷兰三国，“一战”时此地爆发了两场大规模战役。

露出同情。

最先向我们示好的那个美国士兵，手搭在贝特克的肩上，用笨拙的德语说：“勇敢的士兵，德意志的好战士！”

我们纷纷点头。

我们沉默不语，因为我们也没有答案。过去的几个星期，我们失去了太多的东西，痛苦的回忆折磨着我们的神经。我们渴望和平，却不得不一次次重返战场，看着一个个战友沉睡在炮火中。我们没有抱怨，一如既往地英勇战斗。直到战争结束，我们二三百人的连队，只剩下我们三十二个。

当我们真正逃离战场，还没来得及思考战争的意义，唯一能想到的、能感受到的，只有忠诚地完成了祖国交给我们的任务。

但是现在，在美国士兵同情的目光里，我们悲哀地发现，曾经坚持的一切是那么可笑。他们人数众多、装备精良，而我们，不过是困兽之斗罢了，无论哪方面，我们都没有胜算。

我们沉默不语，重新审视自己。贝特克缩回肩膀，科索莱警惕地扫视人群。我们抖擞精神，紧握步枪，腰杆笔挺，眼神坚毅，没有丝毫畏惧。回望身后的旷野，压抑的情绪让我们神情肃穆，回忆再次涌上心头：我们做过的事，经历过的苦难，还有被我们留在身后的一切……

我们不知道怎么了，但凡现在有人说一句不合时宜的话，一定会激怒我们。不管是否出于本意，我们定会殊死一搏，我们会更加野蛮、愤怒、疯狂、无所畏惧……不顾一切地投入战斗。

一个面色红润的健壮中尉挤开人群走到我们面前，他看看离得最近的科索莱，一张嘴便是一口流利的德语。

科索莱大吃一惊，退后一步，悄声对贝特克说："这个家伙德语说得真不错，对吧？"

的确，那人的德语比科索莱还要正宗、流利。据他自己说，开战以前，他在德累斯顿待过几年，在那儿还有不少朋友。

"德累斯顿？"科索莱更吃惊了，"我也在那儿待过几年呢。"

中尉笑了，直接报出曾经居住的街道。

"天啊，那儿离我的公寓走路还不到五分钟！"科索莱兴奋地嚷道，"那你认不认识波尔寡妇，一个黑头发的胖女人，她是我的房东，就住在约翰尼斯街的拐角处。"

中尉摇摇头，但他认识财政部职员灿德尔，这次换科索莱不认识了。不过，他们都清楚地记得城外的易北河[①]和古堡，提到这些，他们很兴奋，好像认识多年的老朋友。科索莱照中尉的胸口打了一拳："嘿，伙计，怪不得你德语说得这么地道，原来你在德累斯顿混过！"

中尉笑了，拿出一包烟，递给科索莱，科索莱立刻抢过

① 易北河（Elbe River）：发源于捷克和波兰两国边境，在德累斯顿东南40公里处进入德国，全长约1165公里，最终注入北海，是中欧主要航运水道之一。

去。说实在的，现在为了一支好烟，我们可以献出灵魂。要知道我们抽过最好的烟也不过是用山毛榉叶混着干草制成的，据瓦伦丁说，最常见的是用干海草混着干马粪做的。谁知道呢，他才是烟草鉴赏专家。

科索莱津津有味地吞云吐雾，我们贪婪地呼吸着周围的空气。瓦伦丁的鼻孔不停地翕动，突然他脸色一变，恳求道："求求你，给我一支吧。"

一个美国士兵抢先一步，递给他一包弗吉尼亚牌香烟。瓦伦丁难以置信地看看他，犹豫地接过香烟，细细一闻，脸色立刻红润起来。

犹豫了片刻，他把香烟还给美国士兵。美国士兵摆摆手，指指瓦伦丁背囊里露出的便帽，瓦伦丁搞不清他想做什么。

"他想用烟换你的帽徽。"美国中尉解释说。瓦伦丁大惑不解："一包上好的烟草就为换一个帽徽？他疯了吧？"瓦伦丁想了想，还是放不下那包上等香烟，即使立即升他做小队长或中队长也不行。于是他将帽子直接塞给美国士兵，然后哆嗦着点燃第一支烟。

我们很快搞清了对方的意图，于是一场以物易物的交易开始了。这些美国士兵显然没有上过战场，所以才想和我们交换物品做纪念。很快，他们得到了肩章、腰带扣、勋章、军服纽扣，等等，而我们也有了香皂、香烟、巧克力和肉罐头等补给。他们还想出钱买下小狼，并且愿意用我们需要的任何东西来交换，但小狼是我们的兄弟，我们不能卖掉它。

就连伤兵都很幸运。一个满口镶着金牙的美国士兵——阳光下他的脸看上去就像用黄铜铸成的——只想要几片染血的绷带，因为他想让朋友看看，这世上真的有纸做的绷带。于是他用上好的饼干和一大包干净的细纱布绷带，换到了心心念念的纸绷带。他心满意足、小心翼翼地将纸片夹在袖珍笔记本中。最令他开心的是得到了路德维希身上那条，那上面的血可是路德维希自己的。路德维希按照美国士兵的要求，在绷带上写上自己的名字、部队的番号，以及负伤地点，这样就足以证明这个东西不是伪造的。最开始他很不乐意，但魏尔说服了他，毕竟我们的伤员需要更多的干净绷带。此外，饼干对于痢疾患者也是一剂良药。

阿图尔不愧是最优秀的突击手，他从背囊里拿出一大盒铁十字勋章[①]——那是他在一座废弃兵营中找到的。一个美国士兵——和阿图尔一样都很瘦，而且有一张蜡黄的脸——想把一盒勋章全部买下，但是阿图尔只给他一个意味深长的白眼，美国士兵漠然地回敬他一眼，好像那些勋章对自己无关痛痒。在战争和死讯中残存下来的贸易精神，在他们之间不断闪现。

我们很快就无事可做了，毕竟阿图尔那堆东西太有诱惑

① 铁十字勋章：德国最重要的一枚勋章，用以表彰战场上英勇作战的将士，以及为战争胜利做出巨大贡献的非战斗人员。对于德国士兵而言，能获得铁十字勋章是至高的荣誉。铁十字勋章自1813年开始颁授，直至今日。

力了。很快，他就把奖章一个一个地换成了牛油、丝绸、鸡蛋、衬衫，甚至还有钱。交易到最后，他撇着那双外八字的脚站在货物堆中，就像站在百货商店里一般。

我们要走了，美国士兵向我们挥手告别，美国中尉也不知疲倦地挥着手，就连科索莱这样的老兵都被感动了，他嗫嚅着，用力地挥手与众人告别，可是他那副模样做这种事，倒让这一切有了一丝恫吓的味道。他对贝特克说："真是一群不错的家伙，不是吗？"

贝特克拼命点头。我们重新陷入了沉默，科索莱也低头不语，不知道在想什么。他很少沉思，不过一旦沉浸其中，就会在里面待很久，看样子他依然忘不了那个在德累斯顿生活过的美国中尉。

途经村庄时，村民的目光紧紧跟在我们身后，直至我们离开。在铁路交叉口矗立着一座看守小屋，屋内鲜花盛开。身穿蓝色大衣的女人坐在门前，给怀中的孩子喂奶。看门狗一见到我们就开始狂吠，小狼不甘示弱地吼回去。我们一根接一根地抽烟，眼神空洞而茫然。

前进，前进！我们终于回到后方的野战医院和补给站了。这是一个长满梧桐树的公园，树下已经被担架和伤员占满了。树叶飘落，给大地染上一层红色和金色。

公园旁边是一间收容中毒气弹的士兵的野战医院，这里住的都是无法移动的重伤员。他们的脸是蓝色的、绿色的和蜡黄色的，眼睛因酸液腐蚀致盲，一个个呼吸困难，几近窒息……他们就是一群活死人。他们害怕成为俘虏，拼命想要逃离这里，仿佛死在什么地方并不重要，只要不是这里就好。

我们想让他们开心一点儿，于是一遍又一遍地告诉他们，美国士兵快到了，美国人会优待他们的，但是他们完全不予理会，只是一遍又一遍地哀求我们，求我们把他们带走。

撕心裂肺的哀号摄人心魄，各色脸颊在阳光下变得极不真实，最可怕的还是他们的胡须，那些奇形怪状的胡须，根根直立，坚硬又倔强地肆意地在脸上滋生，就像一种黑色的真菌，茂密地生长在凹陷荒芜的脸颊上。

一个重伤的士兵就像孩子一般，无力地伸出灰白瘦削的手臂。“带我走吧，战友们！”他哀求道，“求求你们，带我走吧！”他的眼窝里闪过一丝深沉、忧郁的光芒，就像溺水的人，在死亡的阴影中苦苦挣扎。

其他人都很安静，他们眼睁睁地看着我们离开，直到再也看不到我们，才失望地收回了目光。

哀号渐渐听不见了，无尽的道路依然蜿蜒曲折。我们拖着一大堆东西——毕竟不能两手空空地回家。厚厚的云层浮在天上，遮住了阳光。午后，阳光终于突破云层的阻隔，洒落下来。白桦树仅剩几片树叶，倒映在路边的水坑里，蓝色的薄雾笼罩在树梢。

我低着头，肩负沉重的背囊在路上慢慢挪动。路边一闪而过的水坑中，我看到了明亮光洁的树影。在这些偶然出现的镜子里，那些树竟比真实的树还要清晰。在褐色的泥土中，嵌着一块长满树木的天空，深邃且清澈。我兴奋地战栗起来，征战多年，我再一次感受到世界的美好，那么美丽、纯洁，这幅画在水坑里的风景画，令我的心再一次猛烈跳动起来，眼前的一切消失了，须臾间，我第一次如此真切地感受它、看见它、拥抱它——和平。所有的压力在这一刻得到释放，一种未知的、崭新的东西已经起飞，是鸽子，白色的鸽子，地平线开始颤抖，我们焦急地等待，已经窥见它的身影，感觉越来越强烈，希冀、兴奋，它真的来了，和平……

我突然感到惶恐，向后望望，战友们依然躺在担架上痛苦地哀号，和平已经到来，可他们却看不到了。我欣喜地战栗着，不带一丝愧疚，这种感觉很神奇。

战争为什么不断重演，就是因为人们完全无法感知他人的痛苦。

二

下午，我们在酿酒厂休整。连长黑尔中尉心事重重地从工厂的办公室走出来，把我们召集到一起，说上级决定成立“士兵委员会”，要求每个连队选出几名士兵做代表。我们很惊讶，以前可从未听说过这样的事情。

魏尔突然冲进院子，挥着一份报纸，边跑边喊：“大新闻！大新闻！柏林闹革命了！！”

黑尔转过头死死地盯着魏尔。“胡说！”他厉声吼道，“不过是一些小乱子。”

魏尔根本没看他，继续说：“真的，皇帝[①]都跑荷兰去了！”

魏尔的话令我们精神一振，他一定也高兴坏了，但黑尔的脸涨成猪肝色，怒吼道：“你就是一该死的骗子！”

魏尔把报纸杵到黑尔面前，黑尔看都不看，直接将报纸揉成一团丢到一边，愤愤地看着魏尔。他一直不喜欢魏尔，魏尔少言寡语，总是一个人坐在角落里读书看报，可黑尔不同，他是一个喜欢大声说话、脾气暴躁的汉子。

“放屁！”黑尔咆哮起来，恶狠狠地盯着魏尔，好像要吃了他似的。

魏尔淡定地解开纽扣，从怀中又掏出一份报纸。黑尔瞥了一眼，一把扯过报纸，撕成碎片甩到魏尔脸上，径自回办公室去了。

魏尔捡起报纸，将其展开，一字一句地读给我们听，我

---

① 皇帝：即威廉二世（1859—1941），德意志帝国末代皇帝和普鲁士王国末代国王，是第一次世界大战的主要策划者和“闪电战”的创始人。1918 年 11 月 28 日，迫于战败和国内革命压力，宣布退位，并逃往荷兰，1941 年病逝于荷兰。

们围坐在他身边，就像一群愚蠢的小鸡围着母鸡，他所说的一切完全超出了我们的认知。

“报上还说，皇帝想要避免内战。”

“什么狗屁混账话！”科索莱怒吼，“我们要是敢这么说，早就他妈的下地狱了，难道这就是一直让我们待在这个鬼地方的原因？”

“尤普，”贝特克不敢置信地摇摇头，“麻烦你照我的肋骨来一下，看我是不是在做梦。”尤普毫不犹豫地给了他一拳。

“咝……看来我没做梦。”贝特克说，“可我还是不明白，是不是有人敢不按他说的做就死定了！”

“我现在都不敢想韦斯林和施契罗特尔，”科索莱握紧了拳头，“一提他们我就想杀人。小施契罗特尔，他还是个孩子啊，生生被砸成了肉饼，而那个该死的人——肮脏的人渣，就那么逃跑了！我咒他不得好死。”科索莱一脚踢在啤酒桶上。

“兄弟，别说了，换个话题……”维利做了一个停止的手势。

魏尔说，现在大家都在讨论成立“士兵委员会”的事，大部分军官已经撤职，甚至连肩章都拆掉了。

魏尔提议我们也成立一个“士兵委员会”，但似乎并没有人支持他。我们已经不想再成立什么组织了，我们只想回家。不论未来如何，我们已经踏上归途。

最后我们还是按照要求选出三名代表：贝特克、魏尔和路德维希。魏尔坚称如果路德维希想做代表，必须拆下肩章。

“拿走吧……”路德维希撑着头，疲惫地说。

贝特克推开魏尔，简短地说：“路德维希是兄弟，不是长官。”

路德维希最初是志愿兵，后来被提拔为排长。参军前他和我、特罗斯克、维利、布勒格尔几人都是校友，自然关系亲密。而对于其他士兵，他也能一视同仁、打成一片——当然，前提是没有其他军官在场。因此，他是我们连最受爱戴的军官。

“好吧，那黑尔呢，怎么处理那个家伙？”

这事儿不难理解，黑尔看不起魏尔，这令魏尔很郁闷，如今黑尔即将撤职，他却成了委员，所以他迫不及待地想看到革命胜利的果实。说真的，虽然黑尔平时脾气暴躁，但是他和布勒格尔一样，总能身先士卒，为战友们排忧解难，所以我们还是很信任他。

“这个……你还是亲自问他吧。”贝特克说。

魏尔想了一下，径自向黑尔的办公室走去。

“喂，你最好带个急救箱过去！”恰登斯在后面喊。

事情出现了变化，魏尔刚要敲门，黑尔突然走出来。他指着手里的一沓纸对魏尔说：“好吧，你是对的！”

黑尔绕过魏尔走过来，手搭在路德维希肩上：“布赖尔，从这一刻开始，这只是一件普通的外套了，军官制服已经不存在了。”

所有人都沉默了。这不是我们认识的黑尔，那个黑尔英勇无畏，在夜间巡逻时只带一支手杖，这让我们一度怀疑他的手杖是不是可以防弹，但是眼前的黑尔，估计让他站出来讲话都很困难。

晚上，我刚刚睡下，就被几声低语吵醒。

“开什么玩笑！”科索莱的声音传过来。

“谁开玩笑了，”维利笃定地说，“不信你自己去看。”

科索莱跳起来，跟着维利走出去，我紧随其后。贝特克和恰登斯也跟出来。办公室里灯火通明，可以清楚地看到屋内的一切。黑尔坐在桌边，只穿了一件衬衫，那套藏蓝色制服摊在他面前，肩章已经拆掉。黑尔双手抱头，似乎……不，不可能。我凑近一些，天啊，黑尔真的在哭。

“太不可思议了！”恰登斯低声说，“但愿他能挺过去。”

他还没说完，贝特克就给了他一脚。我们忧心忡忡地溜走了。

第二天一早，到处都在疯传，说附近某团的少校团长，在听到皇帝逃走的消息后开枪自杀了。这时黑尔开门走出来，他面色苍白、憔悴，看来一夜没睡。他草草下达出发指令后，就转身离开了。我们感觉糟透了，现在就连最后的希望也被夺走了，这里已经没有我们的立锥之地。

“妈的！我怎么感觉被背叛了呢！”科索莱暴躁地说。

与昨天不同，今天队伍士气低沉，我们是一支迷失方向的队伍，一支被抛弃的队伍。挖掘战壕的工具随着我们的脚步发出叮叮当当的声响，就像一支旋律单调的乐曲不停地唱着：“这一切都是徒劳，徒劳……”

只有阿图尔仍像百灵鸟般快活，因为他可以把从美国士兵那里换来的物品卖给我们。

第二天晚上，我们终于踏上德国的土地，耳边充斥的不再是陌生的法语。这一刻，我们终于相信和平到来了。起初，我们还暗暗期待重返战场的命令，因为士兵不敢相信和平，与其失望，不如一开始就期待相反的事情。现在，激动与喜悦已在心中涌动。

我们走进一个小镇，入口处拉着被雨水洗刷褪色的横幅，剪成橄榄枝形的绿纸片松松垮垮地贴在上面，两旁还挂着几个脏兮兮的花环。我们是最后一支小队，大部队早就回来了，不值当再为我们几个人重新布置一番。人们也已经习以为常，当我们走过市镇时，看都不看我们一眼，可我们依然觉得很新奇。

我们虽然表现得波澜不惊，其实内心非常渴望他们温暖的关怀、和善的眼神，哪怕只有几个女孩儿向我们挥挥手也好。恰登斯和尤普试着引起女孩儿的注意，但无济于事，或许我们太狼狈了，她们实在提不起兴趣，最后，他们不得不放弃了。

倒是有几个孩子一直跟着我们，拉着我们的手，乖巧地跟在我们身边。我们从背囊里翻出巧克力，给家人留下一些，剩下的都送给他们。

贝特克顺手抱起一个小女孩儿，小女孩儿用力拉扯他的大胡子，仿佛那是一根马缰绳。贝特克做各种各样的鬼脸，逗得小女孩儿哈哈大笑。她轻轻拍拍贝特克的脸，贝特克一把抓住她的手，举起来给我们看。

因为贝特克没有继续做鬼脸，小女孩儿不高兴地大哭起来，贝特克试着哄她开心，但她越哭越凶，贝特克只好把她放到地上。

“瞧瞧，我们好像变成了可怕的妖怪！”科索莱咆哮道。

“谁不怕刚从战场下来的，尤其我们这副鬼样子，他们肯定害怕啊。”维利无奈道。

“要我说，是怕我们身上那股血腥味儿。”路德维希疲惫地说。

“得，那我们得好好地洗个热水澡了，”尤普说，“或许那时候就有女孩儿看上咱们了。”

“唉，要真这么简单就好了。”路德维希若有所思地说。

我们无精打采，阔别祖国多年，当重新回到祖国怀抱时，还以为人们会热情地迎接我们，欢迎我们回家。可现在，人们都在忙自己的事情，根本没人搭理我们。

生活还在继续，甚至越走越远，它把我们无情地抛在身后，我们似乎成了多余人。这里发生的事情虽然不能代表整个德意志，但失望之情仍令我们憎恶，阴影漫过心头，内心涌动着奇怪的情愫。

马车吱吱嘎嘎地穿街而过，车夫高声吵嚷着“让路”，路人纷纷瞥他一眼，便又回到自己的世界中。教堂的钟声已经敲响，潮湿、阴冷的风打在脸上。一个戴着大草帽的老妇人在小队里穿梭，逢人就问：“你见过埃哈德·施密特吗？他在哪儿？”声调怪异，令人不寒而栗。

我们在一间大仓库里宿营，虽然一路跋山涉水，但这一刻没有人想休息，于是我们决定去村里的小酒馆放松放松。

这里有火热的生活，还有今年新酿的葡萄酒，酒液混浊，味道好极了，且对腿部肌肉放松有奇效，我们在桌前坐下。酒馆里弥漫着烟草味儿，葡萄酒中则混合了夏天泥土的芳香。我们拿出肉罐头，将肉片切好铺在涂满黄油的面包上，顺手将刀子插在桌子上。我们大口咀嚼着食物，昏黄的灯光就像母亲般拥抱着我们。

黑夜使世界变得更加美丽，当然，不是战场的夜，而是和平的夜。刚刚我们还心情沮丧，现在渐渐恢复了活力。几个战友很快和角落里的小乐队打成一片，要知道我们小队里不只有钢琴家和口琴家，甚至还有人会弹巴伐利亚的齐特琴[1]。维利也加入进去，他模仿“魔鬼小提琴家”[2]的样子敲打着几个巨大的锅盖，让我们欣赏到锅盖、水壶和酒桶演奏出的鼓乐。

比酒精更让我们兴奋的是一群年轻的姑娘，她们和下午完全不同，微笑着殷勤地招待我们，或许她们根本不是下午那些人。我们已经好久没见过女孩儿了，我们既渴望又害羞，畏首畏尾，好像忘了如何与异性相处。直到科索莱和一个膀大腰圆、声音嘶哑的女孩儿跳起华尔兹，所有人才像他一样主动起来。

甘甜醇厚的葡萄酒在大脑中唱着愉快的歌儿，音乐奏响，少女们舞动起来。我们围着贝特克聊天，“嘿，孩子们，”他温和地说，“明天或后天我们就能到家了。唉，真想我妻子啊，已经十个月没见她了……”

我斜靠在桌边和瓦伦丁聊天，他冷静地看着那些女孩儿，神气十足。一个金发碧眼的女孩儿靠过来，瓦伦丁连眼皮都没抬。口袋里有个东西碰到桌沿上，我摸摸口袋，是海因里希·韦斯林的怀表。他是最后牺牲的战友，死前他把怀表交给我，请我转交给他的妻子。恍惚间，我觉得这件事已经过

---

① 齐特琴：流行于奥地利巴伐利亚地区的弦乐器，在轻歌剧中多用于表现乡土色彩。

② 魔鬼小提琴家：即尼科洛·帕格尼尼（Niccolò Paganini，1782—1840），意大利著名小提琴家、作曲家，因演奏技艺超乎寻常，人们认为他与魔鬼达成了契约，故称他“魔鬼小提琴家”。

去很久了。

尤普勾搭上一个胖女孩儿，此刻他像个问号似的，勾着身子和女孩儿跳舞，一双大手不老实地搭在女孩儿的屁股上，女孩儿噘着湿润的嘴唇对他微笑。尤普越来越快活，他带着胖女孩儿，跳着华尔兹出了酒馆……

几分钟后，我也准备出去走走。

我走到墙角，那里站着一个汗流浃背的中士和一个少女。我犹豫片刻，准备改道去花园。就在这时，身后传来一声巨响。我转过身，看到尤普和胖女孩儿滚做一团，撞倒一片石桌石椅。胖女孩儿看到我，冷哼了一声，并吐了吐舌头。尤普不高兴地发出咝咝声。见状，我赶紧躲到灌木丛后面，却意外踩到某个人的手指——天啊，真是一个糟糕的夜晚！

“你走路不看路吗？笨蛋！”一个低沉的声音说。

“我又不知道你像条虫子似的躲在这里！”我气呼呼地反驳。

我又走了一阵儿，终于找到一个僻静角落。

从烟雾缭绕的酒馆里走出来，冷风令我心情愉悦。夜幕下的屋顶、三角形的山墙、高高低低悬垂的树枝、小便飞溅声……一切都那么安静、祥和。

特罗斯克走过来，站在我身边。明亮的月光把尿液变成亮银色的水柱。

“嘿，恩斯特，你说一切会变好吗？”

我点点头，和他一起看着月亮："一定会的，战争已经结束了。"

"这该死的战争！"

我们身后传来嘎吱嘎吱的脚步声，女孩儿们的笑声从灌木丛后溢出来，空气瞬间凝固了。黑夜，就像一场暴雨，点燃了生命的热烈与激情，疯狂而迅速地蔓延开。

花园里传来一阵呻吟，接着又是一阵笑声。两个人影从放干草的阁楼上爬下来，一上一下地站在梯子上，男人发疯似的把头埋在女孩儿的裙摆下，结结巴巴地说着什么，女孩儿粗鲁地大笑着，撩拨着我们的神经。我们一阵战栗——昨天和今天，死亡和活着，它们竟是如此接近。

尤普从黑漆漆的花园里走出来，他汗流浃背，红光满面。"嘿，小伙子们，"他扣上衣扣，"老子终于知道自己还活着了……"

我们绕着酒馆散步，发现维利正蹲在田里忙活，身边还扔着几盒肉罐头。他用野草引燃土豆秧，把捡来的土豆丢进火中，而后一屁股坐在火堆前，陷入了沉思，小狼靠在他身边打瞌睡。

星光闪耀，雾气缥缈，古铜色的火光忽明忽暗，映着维利的红头发。我们坐到他身边，从火中拨拉出烤好的土豆。土豆外皮焦煳，里面金黄诱人。我们一手捏着土豆，一手抓着肉罐头，狼吞虎咽、大嚼特嚼，又喝了些杜松子酒。

多么美味的土豆！可是，我们身处何方？生活是否真的回归正轨？我们还能否像儿时那样，在托洛克斯汀的田野里，在臭气熏天的泥土中，捡拾遗落的土豆？身后是否还跟着那个挎着竹篮的害羞姑娘？她还穿着那条褪色的蓝色连衣裙吗？

青春的土豆火[①]啊，白云笼罩大地，篝火噼啪作响，四野一片寂静。土豆，大地上最后的食物，一切都已收割完毕，只剩下土地和清新的空气。美好的爱情、苦涩的回忆、白色的薄雾，都随着收获画上句号。

苦涩的烟草、苦涩的收获、青春的土豆火。白云飘过天际，拂过战友坚毅的脸庞，我们已踏上归途，战争已经结束——一切都在融化、消散——土豆火再次点燃，秋天和生活也已回归。

“嘿，嘿，维利，维利……”

“嗯？叫我吗？”维利四下望望，手里都是肉和土豆。

唉，这个笨蛋，我都忘了想说什么了。

火熄了，维利在裤子上抹了几把，啪的一声合上刀。村中万籁俱寂，只隐约传来几声犬吠。没有手榴弹的爆炸声，也没有弹药上膛的撞针声，更没有救护车轧过石子路时的嘎吱声。这一晚，死去的人比过去四年的任何一晚都要少。

我们回到酒馆，依然无事可做。瓦伦丁脱掉外套表演倒立。

① 土豆火：即土豆火祭，德国传统庆祝丰收的活动。

女孩儿们拍手叫好，但他自己不太满意。

“费迪南德，你知道吗，参军前我是个优秀的杂技演员，但是现在我连乡下的小舞台都上不去喽。”他忧郁地说，“以前‘瓦伦丁横木翻跟头’可是我的拿手绝活儿，可现在，不仅四肢僵硬，还得了风湿……”瓦伦丁痛苦地抱着头，“不当兵了，我还能做什么啊……”

“能活下来就已经值得庆祝了。”科索莱安慰他，“嘿，维利，来点儿音乐！”

维利乒乒乓乓敲打起水壶和酒桶，房间又热闹起来。

我问尤普他和胖女孩儿处得怎么样，他朝女孩儿的方向做了一个轻蔑的手势。

“这也太快了吧！”我惊讶道。

他做了个鬼脸：“妈的，我还以为她喜欢我呢，没想到那个婊子脑子里只有钱。我和她打起来，膝盖撞石桌上，搞得我差点儿连路都走不了！”

路德维希安静地坐在桌边，脸色苍白。他早就该去睡觉了，可是他不想动。他手上的伤恢复得差不多了，痢疾也好多了，只是有些事情他还没想通。

“布赖尔，”尤普声音粗哑低沉，“你真该到花园里转转——或许它能治好你的病。”

路德维希摇摇头，脸色更加苍白。我坐在他身边，小声问：“要回家了，你不开心吗？”

路德维希站起来，转身出去了，我越来越不懂他了。过了一会儿，我发现他独自站在门外，便走到他身边，这一次我什么都没问，只陪他站了片刻，就一起回去了。

刚走到门口，我们遇到阿图尔，他身边竟然跟着胖女孩儿。尤普不怀好意地咧嘴笑了：“我为她准备了一个惊喜。”

“是为了报复她吧，”维利纠正说，“你是不是觉得阿图尔能赏给她几芬尼[①]？”

桌上摆满了酒瓶，煤油灯冒着青烟，女孩儿裙摆飞扬，一股温暖的倦意涌上额头，一切是那么轻柔、朦胧，就像薄雾笼罩的星空。夜已深，平静而美妙，就像一列刚刚跨越国境线的疾驰的火车——我们回家了。

三

我们最后一次在训练场上集合。一些战友住在周边乡镇，所以提前离开了，剩下的人则要自己想办法回家。大家乘坐的列车班次不同，不能再整个小队一起行动，这也意味着我们要分别了。

灰色的训练场变得空空荡荡，11 月的寒风扫过，夹杂着离别和死亡的气息。队伍在食堂和警卫室间的空地拉开，此时的我们已经不需要太大的场地。四周的空旷只会唤醒心中

① 芬尼：德国旧货币，1 马克等于 100 芬尼。

痛苦的回忆，闭上眼，仿佛牺牲的战友仍然和我们在一起。

黑尔从队伍前走过，牺牲的连长英灵默默跟在他身后：眼神忧郁的贝尔廷克连长，入伍前是一位老师，家里有四个孩子，他任职一年半，后被一发炮弹撕掉了下巴，牺牲时脖子还在流血；后面是米勒连长，他刚刚上任三天就中了毒气弹，脸色呈诡异的青黑色，牺牲时只有十九岁；接下来是林业测量员雷迪克，他接任连长两周后，被炮弹掀翻在地；然后是脸色苍白的比特纳·豪普特曼连长，在一次突袭中被机枪打穿心脏……两年征战，七任连长相继战死沙场，有几个甚至连名字都没有留下。除了他们，二连还有五百多名战友殉国，现如今，活着站在这里的只剩下我们三十二个。

黑尔想说些什么，但张张嘴，终是一个字也没说，世界上已没有什么语言可以抵御这里的荒凉与空旷。悲伤的幸存者，身着褪色的大衣和破旧的军靴，悼念牺牲的战友，眼神冷漠且忧伤。

黑尔走过队列，与士兵一一握手。走到魏尔面前时，他落寞地说："魏尔，属于你的时代开始了……"

"以后不会再有流血牺牲了……"魏尔平静地说。

"但也会少了些'英雄主义'。"黑尔反驳道。

"'英雄主义'不是生命的唯一选择。"

"但却是最好的东西，除了它还有什么吗？"

魏尔想了一下，说："仁慈和博爱——虽然现在听起来不切实际，中尉，但那是另一种意义的'英雄主义'。"

"不，不。"黑尔迅速回答道，好像他已经思考了很久，眉宇间乌云密布，"战士能做的只有以身殉国，而你说的是另一回事。'英雄主义'始于理性的丧失，始于战士不惜牺牲生命，那时候人们盲目、兴奋、渴望冒险，他们这么做很少或是根本没有目的。目的，就是你所说的'为什么'，为了什么开始，为了什么结束。当然，提出这些问题的人，根本不懂得什么是'英雄主义'。"

黑尔语速很快，仿佛在说服自己。他面容憔悴，几天的思考让他看起来老了十几岁。魏尔的变化也很大，他一直很不起眼，也没有人了解他的内心世界。现在突然被推到台前，他便以肉眼可见的速度变得坚定、自信，在此之前，没有人能想到他敢和黑尔如此说话。黑尔越激动，他就越平静。此时魏尔平静且坚定地说："只因为少数人的'英雄主义'，导致数百万人的牺牲，这个代价太大了，没有人能为这种'英雄主义'买单。"

黑尔耸耸肩："代价、目的、付出……这是你的口头禅，我倒想看看这种信念会带你走多远。"

魏尔看了一眼黑尔身上的士兵制服："那你呢，你的信仰能带你走多远呢？"

黑尔涨红了脸。他沉默片刻，严厉地说："它带给我很多回忆，以纪念那些不为金钱而战的日子。”

魏尔沉默了。“纪念……”他喃喃地重复道，转身看着空荡荡的训练场，看着我们所剩无几的队伍，“是啊，除了回忆，还有可怕的责任……”

他们说的我们无法理解，我们快要冻僵了，这一刻说什么已经不重要了，毕竟交流不会让世界发生任何改变。

队伍散开，站在我身边的米勒将背囊挂在肩上，把粮袋夹在腋下，腾出一只手和我们握手告别。

“保重，恩斯特！”“保重，费利克斯……”他一路走过去，与维利、特罗斯克、科索莱等人一一告别。

格哈德·波尔也要走了，他是连队里有名的好嗓子。每次我们拉歌，他总是负责唱高音，然后根据现场需要把气氛拉到顶点。现在他那张长满青春痘的黑黝黝的脸上愁云密布——他刚刚和布勒格尔告别，以前他们总在一起打牌，可从今以后，想再见一面都很难了。

“再见，恩斯特。”

“再见，格哈德……”

接下来是朱勒·韦德坎普姆特，他总会替阵亡的战友做十字架。他向我伸出手：“很抱歉，恩斯特，以后很难再见了。不过，你要是快死了，记得通知我，我可以为你做个桃花木的十字架，用上好的能做钢琴盖的木料做。”

“那太好了，不过我可能会活很久。”我回答道，“临死前我会给你写信的。”

“很好，小子，放手干吧，‘战争’还没结束呢。”说完，他弓着腰小跑离开了。

第一批战友已经走出军营，舍夫勒和法斯本德走出去了，接着是小卢克和奥古斯特·贝克曼，其他人也紧随其后。

我们烦躁不安，一时无法接受再也见不到他们的事实。迄今为止，只有死亡、伤病和调令才会使我们分别，而今又多了一个——和平。

我们习惯了弹坑和战壕，这令我们怀疑和平是短暂的，绿色的风景是静止的。这种静止就像伪装好的陷阱，诱使我们进入某个暗藏危机的空间。

可是我们的战友急匆匆地走进去，没带步枪，也没有手榴弹，只有一个人，漫不经心地走进去。我们意识到他们将一去不返，于是想把他们拉回来，对他们说：“喂，你们要去哪儿啊？为什么要离开，我们是兄弟，留下吧。我们要团结，挖战壕，站岗哨。没有我们，你们还能融入别样的生活吗？”这一刻，我脑海中突然冒出一句话：“也许我们当兵太久了……”

11 月的寒风吹过空荡荡的训练场，越来越多的战友离开，从这个门出去，每个人都会成为孤独的个体。

我们几个同路的战友聚在一起，在火车站里闲逛，等待列车的到达。这里都快成军队垃圾场了，堆满了各种行李箱、破纸箱，以及裹着油布的背囊。

据工作人员说，未来两天内，会有两列火车通过，所以人们成群结伙地围在车门附近。下午，我们在铁轨附近抢到一个好位置，到了午夜，我们已经挤到队伍最前面，疲惫的我们站着睡着了。

第二天中午，第一列火车开到，但车子已经满员。这种情况还想挤上车的人一定是疯了。我们没有挤，为此我们失去了前排位置。

第二列车是运送盲马的货车。盲马歪斜的眼球半蓝半白，还泛着红血丝。它们木然地把头伸出木栏外，只有翕动的鼻孔证明它们还活着。

工作人员说今天没有车了，我们不信。果然当天下午又开来一列火车，一多半车厢是空的，只需看一眼就知道，它会把所有人都带走。

站厅里回荡着装备的碰撞声以及人们疯狂的脚步声。人们冲出站厅，粗暴地挤开站台上的人。

火车滑进站台时，一扇车窗刚好开着。我们之中最灵活的特罗斯克，像猴子似的扒住车窗翻了进去。

只一会儿，车门处便挤满人。大部分车窗都关上了，有人挤不上车，便用枪托砸碎玻璃，虽然碎玻璃会划伤手脚，但他们不以为然，把破毛毯往锯齿状的碎玻璃上一铺，强行上车，看样子无论如何都无法阻止他们上车了。

特罗斯克一直逆着火车跑，保证时刻能看到我们。火车停了，特罗斯克打开我们面前的车窗，维利奋力挤开人群，把恰登斯和小狼送进去，然后是贝特克和科索莱。三人一上车便立即冲向车厢两端，关上两侧的门，堵住涌入的人潮。特罗斯克开始接行李，接着他们又把我、路德维希、阿图尔、瓦伦丁、布勒格尔等人一一拉进车厢，维利是最后上车的，我们将地板清扫干净，纷纷坐下来。

“大家都上来了吧。”科索莱站在车厢接头处喊，那里聚集的人越来越多，他们快撑不住了。

“都上来了！”维利答道。贝特克、科索莱和恰登斯迅速冲回来，就像枪膛里射出的子弹。蜂拥而入的人群如洪水般瞬间将列车的每一个缝隙填满，就连行李架上都坐了不少人。厕所里也挤了五个，其中一个坐在窗户上，屁股探出窗外。最后连车头都挤了不少人，实在挤不上车的，就爬到车顶上。

“快下来，你们的脑袋会被撞掉的。”铁路警察喊道。

“闭嘴，我们不会有事的！”他们回敬道。

火车缓缓开动，几个没抓牢的人立刻摔下去，其中两个被车轮无情地碾过拖走了，站台上的人立刻跳上来填补他们的位置。踏板上的人越来越多，火车一开，情况更糟了。一个人挂在车门上，车门随着列车晃动打开了，他挂在车门外随风摇摆，在即将掉下去的瞬间，被我们眼疾手快地抓住衣领，从窗户拖了进来。

当天晚上，我们这列火车发生了第一次死伤事件。那时火车正穿过一条低矮的隧道，坐在车顶的人被压扁并扫下了车，其他人虽然看到了危险，却没有办法让列车停下来，只能任由惨剧发生。厕所里那个坐在窗上的人，也在睡着时摔下了火车。

其他列车上也有死伤，铁路部门在车顶上紧急加装了木板和绳子，又在木板上插上刀片，防止人们爬上去。同时车站增派巡逻警卫，告知旅客不要攀爬。

我们睡了一觉又一觉，站着、坐着、躺着、蹲着，在背囊上颠来倒去。火车呼啸前进，房屋、树林、花园、人潮……快速地后退，睡吧，还有很多事情等着我们去做。什么游行、红旗、铁路警察、哭喊、特刊、革命……等睡醒了再说吧。直到现在，我们才第一次感到疲惫。

黑夜再次降临，车厢里点着一盏昏黄的煤油灯。火车移动得很慢，蒸汽机有故障，经常停车检修。

背囊晃动，烟头明灭，小狼趴在我的膝盖上睡着了。贝特克靠过来，轻轻抚摩小狼：“恩斯特，我快到站了。”

我点点头，有点儿不舍，我实在无法想象没有贝特克的生活——尤其是少了他机警的目光和沉稳的嗓音。那时我和特罗斯克还是新兵，我们开赴前线时，他是我们的教官，如果没有他，我们根本活不到现在。

“我们必须经常见面，阿道夫。”我说，“必须。”

恰登斯坐在行李架上数钱，靴子碰到了我的脸。他打算一下车就去红灯区，他说那儿可以让他尽快恢复正常。他讲起他与几个妓女的往事，我们听得津津有味，毕竟这些事与战争无关。

一名失去两根手指的工兵正在夸他的妻子，说他妻子只怀孕七个月就生了，别看早产，孩子体重足有六斤。阿图尔嘲笑道：“根本不可能，这样的事儿根本不会发生。”工兵不理他，掰着手指头数从假期结束到孩子出生的时间：“……六、七，没错儿，就是七个月。”

阿图尔轻笑一声，蜡黄的脸上浮现出一丝嘲讽：“你不在家时，估计有人替你做了些什么。”

“什，什么？你想说什么？”工兵不解地盯着他。

“明摆着嘛，你想不到吗？”阿图尔伸个懒腰。

工兵的脸上冒出冷汗，嘴角抽动，一遍又一遍地数日子。一个蓄着络腮胡子的胖卡车司机靠在窗边笑得前仰后合：“你这个可怜的傻瓜！你这个可怜的、愚蠢的傻瓜！”

贝特克僵住了：“闭上你的臭嘴，死胖子！”

“为什么？”胖司机问。

“因为你该闭嘴了！”贝特克说，“还有你，阿图尔！”

工兵脸色惨白。“天啊，我又变成孤身一人了，我该怎么办？”他紧紧抓住窗框，无助地说。

“人啊，就应该有能力赚钱了再结婚，”尤普若有所思地说，“那样的话这种事儿就不会发生了。”

夜深了，夜幕在窗外悄悄划过，天边的树林就像一头黑牛卧在地平线上。在车窗射出的苍白灯光的映照下，大地若隐若现。贝特克住在乡下，离市区只有几站的距离，看看表，再过两个小时，他就该下车了，现在，他已经在收拾行李了。

火车停了，贝特克和我们握手告别。他三步两步跳到站台上，环视四周，迫不及待地把故乡的风景刻入眼底，那神情就像一块干裂的土地，疯狂吸收雨露。虽然他看着我们，但心已经飞走，无论我们说什么，他都听不见。路德维希尽管很虚弱，还是靠在窗边喊：“阿道夫，快走吧，你妻子在家等你呢！”

贝特克摇摇头：“不急，路德维希。”很明显，回家的渴望正在催促他，但贝特克就是贝特克，他一直陪着我们，直到火车开动，他才迅速转身，大步离开。

“我很快就来看你！”我对着他的背影喊道。

我们目送他穿过田野，融入夜色，他不时转身向我们挥手，直到车头冒出的浓烟遮住他的身影，远处只剩下若隐若现的几点红光。

火车转过一个弯，贝特克变成了一个小小的黑点儿，孤独地站在夜幕下的广阔平原上。

一道闪电照亮夜空，为地平线涂上一线金边儿。这一切虽与贝特克无关，但仍使我魂牵梦萦——一个人孤独地穿过广阔的田野，朝着远方浩瀚的夜空大步前行。

夜幕四合，窗外只剩下一闪而过的树林，除此之外，一无所有。

车厢里越来越热闹，角落和缝隙中充斥着难闻的味道，人与人之间又有真挚的温情。这里有饱经风霜的脸庞和明亮的眸子，到处都是泥土、汗水、鲜血和军服的味道。窗外的那个未知世界，在火车平稳的隆隆声里飞驰而过。那个战壕与弹坑、黑暗与恐惧组成的世界被我们抛在身后，从窗口望去，旧世界不过是窗外刮过的一阵无关紧要的旋风，不再束缚我们。

有人带头唱起歌，其他人纷纷加入。很快，所有人都唱起来，整个车厢，邻近的车厢，整列火车都回荡着歌声。我们越唱越雄壮、越唱越有力量。我们面色红润，血脉偾张，我们高唱学过的军歌，一首又一首。我们站起来，看着周围的战友，眼睛里闪着泪光。轰鸣的车轮为我们奏乐，我们用走调的歌喉和嘶哑的嗓音吼了一曲又一曲，雄壮的军歌让我们明白生命的宝贵。

我被路德维希和科索莱紧紧夹在中间，他们的体温透过军装温暖了我。我活动活动手脚，晃晃脖子，全身肌肉兴奋起来，从膝盖到腹部，都在颤抖，一股暖流在我的骨头里涌动，涌进我的肺、我的唇、我的眼睛。列车还在前进，我在心底歌唱，就像暴风雨弹奏着电线杆上那数百根电线，数千条道路一一展开。我把手搭在路德维希肩上，我觉得他一定像我一样，激情澎湃。可当他抬起头时，我发现他的脸色依然苍白、憔悴。我从内心涌动的激情中抽离出来，不解地看着他，结结巴巴地说："路德维希，你，你有烟吗？"

他递给我一支，汽笛鸣响，我们继续放声歌唱。渐渐地，有一种比车轮声还要低沉的声音混入我们的歌声。在歌声暂停时，原野上传来一声炸响，在平原上久久地滚动、回响。乌云聚集，电闪雷鸣，雷声如枪炮声一般密集，科索莱站在窗边，摇摇头，喃喃地说："暴风雨要来了。"

他又探出身子，观察了很久。突然，他兴奋地大喊："快看，快看，它在那儿！"

我们挤在窗前，在闪电的流光中，教堂细长单薄的塔楼耸立在地平线上，直插云霄。雷声滚滚，黑暗一次次将它遮蔽，但每当闪电照亮夜空时，我们都会惊奇地发现，它越来越近了。

我们的眸子里闪耀着激动的光芒，希望在我们之间、在我们头上、在我们心底生长，很快就长成一棵参天大树。

科索莱在黑暗中摸索他的行李。“孩子们，”他展开双臂，“我想知道，一年以后我们这群家伙会在哪里聚会呢？”

“在你屁股后面。”尤普开起玩笑，但没有人笑。

城市抓住我们，将我们紧紧拥入怀中。它躺在那里，在闪电的映衬下，喘息着、伸展着，迎接我们的到来。我们来找它了——一群士兵，一群刚刚从虚无地狱逃回来的士兵，一群满怀希冀的士兵。

城市越来越近，火车飞驰，城墙向我们扑来，我们就要撞上了……电光闪烁，雷声轰鸣。很快，站台出现在眼前，喧闹声不绝于耳。暴雨倾盆，站台在雨幕中闪闪发光。我们激动地冲出车门，跳上站台，小狼紧紧跟在我身后，我们在暴雨中一起冲出车站……

第二章

一

我们在车站前的广场分别，就像一桶水泼在人行道上，迅速散开。科索莱、布勒格尔和特罗斯克一起拐进海因里希街；衣衫褴褛的阿图尔带着一堆破烂——就是他跟美军士兵换的一堆物资——不辞而别，像离弦的箭一般消失了；而我和路德维希、维利同路要去站前街，但恰登斯把维利拉住了，迫不及待地要他再讲一次到红灯区的最近路线，我和路德维希只能先走；只有尤普和瓦伦丁不着急，因为没有人在等他们，所以他们准备在车站附近逛一圈儿，找点儿吃的，再去军营报到。

雨水从路旁的树上滴落下来，乌云低低地掠过天空。一群刚入伍的新兵，胳膊上缠着红袖带，慢慢向我们围拢过来。

“撕掉他的肩章！”一个人指着路德维希边喊边冲过来。

“闭嘴，新兵蛋子！”我把他推到一边。

其他人开始向我们逼近，把我们团团围住。路德维希平静地看了一眼最前面的人，继续往前走。那人闪开了，两个士兵从人群中钻出来，冲向路德维希。

“混蛋！没看到他受伤了吗？”我一边喊，一边把背囊甩到一边，以腾出双手准备战斗，但此时路德维希已经被打倒，他手上有伤，所以无法反抗。士兵们狠狠地踢他，撕扯他的军服。

“中尉！”一个妇人尖叫道，“打死他，打死这个狗杂种!!”

我赶过去帮他，结果脸上挨了一拳，我踉跄了一下。“王八蛋！”我喘着粗气，用尽全力踢在偷袭者的肚子上，那人立刻倒地呻吟。随即三个壮汉扑到我的身上，把我死死按在地上。小狼扑上来，一口咬住其中一人的脚脖子。“捅死它！”女人又一次尖叫起来。

在乱糟糟的腿缝里，我看见路德维希用左臂紧紧扼住一名士兵的喉咙，他向那人膝盖后面一踢，那人当即跪倒在地。他丝毫没有放松，仍然紧紧勒住那个人，很多人冲到他身后，想把两人分开。这时一个人用皮带扣击中我的头，又有一个人狠狠地踢在我的脸上，小狼扑上来咬住他的膝盖，但我依然无法站起来。他们一次又一次把我们打倒，好像要把我们撕成碎片。我勃然大怒，试图拔出腰间的左轮手枪。就在这时，我身后的袭击者砰的一声摔出人行道，第二声、第三声……袭击者接二连三地摔出去，出现这样的情况，只能说明一点——维利到了。

维利边跑边丢掉背囊，狂怒的他就像一支巨大的铁锤，以最快的速度向袭击者发起猛攻，他两手各抓住一个袭击者，将他们的头狠狠撞在一起，那两人立刻倒在地上昏迷不醒。

我从人群中挣脱出来，继续还击，袭击者纷纷溃逃，我甩出背囊，砸中一人的后腰，然后去查看路德维希的伤情。

维利发现了殴打路德维希的两名袭击者，他毫不犹豫地追上去。很快，其中一个就带着满身伤痕躺在排水沟里呻吟，小狼蹲在沟边，向他疯狂地吠叫。维利又像一阵红色的飓风，向另一个人追去。

路德维希的绷带已经散开，手臂渗出鲜血。他的额头红肿，脸上沾着泥土。他缓缓地站起来，拍拍身上的泥土。

“怎么样，伤哪儿了？”我关心地问，他脸色苍白，默默地摇头。

维利已经抓住了第二个人，把他像破麻袋一般拖回来。“畜生！”维利怒吼道，“整个战争中，你他妈坐在军舰上乘凉，连声枪响都没听过，现在战争刚结束，你就张着狗嘴，攻击在前线奋战的士兵！现在被我抓到了，我要你跪下，你这个懦夫！跪下，请求他的原谅！”

维利把士兵扔到路德维希脚边，一副凶神恶煞的模样，给那人一种随时杀人的压迫感。“快点儿，不然我就宰了你！”他咆哮着，“跪下，信不信我现在就弄死你！”

那人小声啜泣着。

“放了他吧，维利。”路德维希说着从地上捡起散落的行李。

“什么?！”维利不敢置信，“你疯了吗？他们刚刚对你的伤手下死手?！”

路德维希转身就走：“算了，维利，放他走吧……”

维利盯着路德维希看了好久，摇摇头，放开那人：“好了，你可以滚了……”但他在最后一刻，狠狠地照那人屁股来了一脚，那人踉跄几步，逃走了。

我们继续前进，维利不停地咒骂，他生气的时候就喜欢不停地唠叨，但路德维希始终沉默不语。

在比尔街的拐角处，那群逃走的袭击者去而复返，看样子他们找到援军了。

维利解下肩上的步枪，眯起眼睛注视前方：“装弹，准备战斗。”路德维希也拿出左轮手枪，我也打开枪保险。刚才只是一场街头斗殴，现在才是真正的战斗，我们决不允许被袭击两次。

我们在人行道上散开，间隔三步，以免凑成一个单一目标。小狼也发现了危险，呜咽一声，偷偷潜进旁边的排污渠中，看来它也学会了如何悄悄抵近。

“距离二十步时开火。”维利小声吩咐道。

他们不安地看着我们，我们继续前进。他们举枪瞄准我们。维利咔嗒一声解开子弹袋，将手榴弹握在手中——他竟然还带着这些东西，不过此刻这些东西就像及时雨一般。

“我数到三……”

这时，一个中年人从人群中走出来，穿着制服但没有佩戴肩章——看来他的肩章也拆掉了。

他走过来喊道：“我们是战友吗？”

维利喘着粗气——他非常生气。“该死！这个问题正是我想问的，你们这群胆小鬼。”他愤怒地吼道，“你们谁先动手打伤兵的？”

对方突然愣住，回头问：“你们这么做了？！”

“他不肯拆掉肩章！”一个人答道。

对方愤怒地挥挥手，转身看向我们：“战友们，你们不该那么做，你们还不知道这里发生了什么吧。对了，你们是从哪里来的？”

“从前线，不然你觉得会是哪儿！”维利对他的问题嗤之以鼻。

“那你们要到哪里去啊？”

“到你们乘凉的地方去，回家！”

“战友，”那人举起空荡荡的袖管，“我这条胳膊可不是在家里丢的。”

“那太糟了。”维利面无表情，“你跟这群假士兵待在一起不感到羞愧吗？”

那个军官又走近一些，镇定地说：“这是革命，反对我们，就是反对革命！”

维利冷笑：“呵，太棒了，好一个‘革命’，还有你们那个‘撕肩章小队’，如果你们的诉求只有这些……呸！”他轻蔑地啐了口唾沫。

“不，”独臂军官迅速向我们走来，“我们当然有别的诉求，我们要求停止战争！停止仇恨！停止杀戮！我们要求活得像个人，而不是一个战争机器！”

维利放下手榴弹：“毫无疑问，这真他妈的是一个好的开始。”他指指路德维希破碎的绷带，假意向袭击者冲过去，袭击者吓得纷纷后退。

“滚吧，小朋友们！”维利向后退的人群咆哮，“战士？！你们也配！瞧瞧你们拿枪的姿势，我都怕你们把手指头掰断了！”

见袭击者退去，维利转回身，站在独臂军官面前：“我奉劝你一句，我们和你一样，也受够了战争，渴望和平，战争会结束，也必须结束，但不是以这种方式。我们现在只想做自己想做的事情！但再也不想受制于人，你看……”

他抓住路德维希的肩章，扯了两下，将其撕下来。“我们这么做是出于自愿，而不是因为别人喜欢或是怎么样。拆不拆下来是我们自己的事，你明白吗？这个人，”他指着路德维希，“他是我们的排长，肩章他想留就留，没有人可以强迫他，就是上帝也不行！”

独臂军官如梦初醒似的点点头：“朋友，我也曾在前线战斗过，我知道底线在哪里。这里……”他露出残肢，脱口而出：“我，服役于步兵第二十师，参加过凡尔登战役[①]……”

“我们也是！”维利简洁地说，“那就……祝你好运！”

维利抓起背囊，收起步枪，带着我们走了。路德维希走过独臂军官身边时，军官突然立正，抬起残肢敬礼。我们知道，他不是向军服行礼，不是向战争行礼，而是向在前线浴血奋战的战友行礼。

维利家离得最近，他开心地和老房子挥挥手：“嘿，老家伙——珍藏和平的地方。”

我们提议等他回家放下东西再一起走，他拒绝了。

“先送路德维希。”他似乎想再打一架，“要知道，家里等着我的只有土豆沙拉和喋喋不休的唠叨。”

---

① 凡尔登战役：凡尔登（Verdun），法国东北部城市，是法国面向德国的战略要冲。凡尔登战役是“一战”中破坏性最大、持续时间最长的战役，战争持续了7个月，德、法两国投入100多个师，伤亡超过一百万人，被称为“凡尔登绞肉机”。此次战役是“一战”的重要转折点，对20世纪欧洲格局产生重要影响。

我们在路上休息片刻，因为我们要把自己收拾一番，至少不能让家人们看出我们刚经历了一场街头乱斗。我把路德维希的脸擦干净，又拆下那条血迹斑斑的绷带，换了一条干净的，不然会吓坏他的老母亲。当然，以后他还是要去医院重新换药包扎。

路德维希到家了，一路上再没出什么意外，不过他看起来心事重重的。“别为这事儿烦心了。”我握着他的手安慰道。

维利的大爪子搭在他的肩膀上：“别郁闷，老伙计，任何人都有可能遇到这样的事，如果不是手上挨的那一枪，你早就把他们打趴下了。”

路德维希点点头，转身上楼。我们目送他上楼梯，确认他已安全到家。正要离开，维利突然想到些什么，对路德维希喊道：“踢，路德维希，下次狠狠踢他们，别让他们有机会靠近你，明白我的意思吗？”路德维希满意地点点头，砰的一声关上了门。

“我现在特别想知道，未来几个星期路德维希有什么打算。”我对维利说。

“当然是治好痢疾啊！”他答道，“不然……你记得吧，在那次袭击中，他一个人面对敌军的坦克，这可太吓人了，恩斯特。”

我点点头。

“好了，该说再见了，现在我要去看看亲爱的霍迈尔一家在过去的六个月过得怎么样。我想我的出现一定会引起一些骚动，然后在热闹的气氛中聆听一个小时的道德教育。唉，我的老母亲，如果她当兵，一定是一个好军官，她有一颗老妇人独有的、金子般的心，只不过那颗心一直被花岗岩包裹着。”维利笑着走了。

我独自前行，感觉世界发生了很大变化。耳畔回荡着炮火的轰鸣，就像一条大河在人行道下奔流而过。实际上直到我站在家门前，依然什么也没听见，什么也没看见。

我慢慢走上楼梯，门前挂着一个条幅：“欢迎回家。”门边还摆着一束鲜花。他们看见我回来，在门前列队迎接我。母亲站在最前面，身后是父亲和妹妹——我看见他们身后的房间装饰得喜庆热闹，餐桌上摆满了食物。

“你们太浪费钱了。”我哽咽道，“鲜花和其他东西，都不重要，不重要。欸，妈妈你别哭啊，你看我回来了，战争结束了，你该高兴啊。”我感到有些微咸的液体从眼角流进了嘴里。

二

母亲为我准备了丰盛的晚餐，有土豆饼、煎鸡蛋和烤香肠，天啊，要知道我上一次看到鸡蛋还是两年前，更不用说土豆饼了。

现在我们吃饱喝足，围坐在茶桌旁。灯火通明的房间里，温暖的壁炉旁，我们喝着美味的榛果茶，金丝雀在高声鸣唱，小狼在桌下安眠，一切都是那么可爱。

“给我们讲讲你的经历吧，恩斯特。”父亲说。

“经历……”我喃喃地重复道，“我没什么特殊经历，天天都在打仗，有什么可讲的？”

我绞尽脑汁，也想不出有什么可说的。战士不能向平民提起前线的事，可除了战斗我又一无所知。为了避免回答问题，我主动问道：“你们应该有很多好玩儿的事儿可说吧。”

他们真的经历了很多事儿。妹妹给我讲现在获取食物如何不易，她们好不容易找到一点儿食物，但连着两次都被火车站的宪兵搜走了。第三次，她们把鸡蛋缝在外套夹层里，把香肠藏在衬衫袖子里，土豆藏在裙子衬里的口袋里，才勉强逃过了宪兵的眼睛。

我心不在焉地听她们说话，分别至今，她们都长大了很多。过了好久，我才惊讶地发现她们已经十七岁了——时间过得真快！

“你知道普莱斯特议员死了吗？”父亲问。

我摇摇头：“什么时候？”

“我想想啊，应该是7月……7月20日左右。”

水开了，在壶里唱着单调的歌。我搅弄着桌布上的流苏。7月……我陷入了回忆，7月……7月的最后五天，我们失去

“是的，是的。”我不耐烦地说，现在我更想一个人待一会儿，但其他人都跟过来，站在门口一脸期待地看着我。我坐在扶手椅上，双手抚摩光滑、冰冷的桌面，房间里一切如故。卡尔·福格特送我的棕色大理石镇纸依然躺在指南针和墨水瓶旁边，可他……他在凯默尔山牺牲了。

“你不喜欢这个房间吗？”妹妹问。

“嗯，有点儿，”我犹豫道，“总觉得有点儿小……”

“它和以前一样大。”父亲笑了。

“嗯，”我点点头，“但我总记得它特别大。”

“你离家太久了。”母亲说。我点点头。“刚换了新床单，”母亲继续说，“不过你可能还不想上床。”

我从外套口袋里摸出一包雪茄，是阿道夫·贝特克临别时塞给我的，我迫切地想要抽一支。我有些头晕，周围的一切也显得不太真实。我深深地吸了一口，大量的烟雾涌进肺里，感觉好多了。

“雪茄？”父亲惊讶地看着我，语气中带着几分责备。

我望着他惊讶的脸：“当然，它也是士兵口粮的一部分，我们每天都会抽三四支。你要尝尝吗？”

父亲摇摇头，没有接：“你以前从不抽烟。”

“嗯，你也说了是以前……”我笑道，他也是为我好，当兵前我确实不会当着他面抽烟，但在战场上，对他的恐惧早就烟消云散了，那时候，所有人都一样。

我偷瞄一眼时钟，到家才几个小时，可我怎么觉得像与维利、路德维希分开了几个世纪，迫切地想见到他们。这一刻，我仍不敢奢望可以永远和家人在一起，也许明天，也许后天，也许未来的某一天，我们终将返回战场，或战斗，或死亡，但我们始终在一起。

我站起来，从走廊的衣架上摘下大衣。

“你不在家陪我们吗？”母亲询问道。

“去军营一趟。”我撒了个谎，因为她不明白战友情的含义。

她将我送到台阶前。“等一下，孩子。”她说，“天太晚了，我去拿灯。”

天啊，就这几级台阶，一步就能跳下去，哪里用得着灯呢。这些年我无数次迎着炮火在黑暗中穿过战场，跳过弹坑，越过战壕，都没用过灯，现在就这几级台阶还需要灯？但我依然耐心地等待，等待母亲取来灯，为我照亮前方的路，这一刻，就像母亲在黑暗中抚摩着我。

“路上小心，恩斯特，别去危险的地方。”她在身后叮嘱道，我停住脚步。

“妈妈，已经和平了，我也回来了，能有什么危险呢？”我笑着抬起头。母亲靠在栏杆上，昏黄的灯光照在她瘦削、干瘪的脸上，影子在她身后的墙壁上翩翩起舞。突然，一种奇怪的冲动攫住我的心，令我感到痛苦。难道之前经历的一切都是幻觉，我仍是那个需要母亲照亮台阶的小孩儿，仍是那个会在马路上横冲直撞的少年？恍然间，过往的一切都变成一场虚幻的梦境。

灯光照在腰带上，反光告诉我，我已经不是孩子，我穿上大衣，三步两步跳下台阶，推开大门，迫切地想要见到我的战友。

我先去找特罗斯克。他的母亲两眼通红，眼角还挂着泪珠，事情看起来不太严重，只是日子特殊而已。特罗斯克也不太一样，蹲坐在桌子旁，看起来心事重重的。他哥哥汉斯坐在另一头，我已经很久没见过他了，听说在医院住了很久。他胖了，气色也好多了。

“你好，汉斯，看样子你已经康复了。”我开心地说，“最近怎么样，没什么比重新站起来更好了，对吗？”

汉斯小声咕哝些什么，特罗斯克太太哭着走出房间。特罗斯克给我一个意味深长的眼神，我疑惑地看看四周，这才注意到汉斯的椅子旁多了一副拐杖。

“还没康复吗？”我问汉斯。

“嗯，上周刚出院。”汉斯回答道，他抓起拐杖，支撑着站起来。由于站立不稳，他晃了几下，差点儿撞到壁炉。我惊讶地发现，他失去了双脚，现在他的右脚是一个铁质的假肢，而左脚只有一个撑鞋的架子。

我为自己的愚蠢感到羞愧：“汉斯，对不起，我……”

他点点头。他的脚在喀尔巴阡山徒步时冻伤了，后来又感染溃烂，最后不得不截肢了。

“谢天谢地，只是你的脚。”特罗斯克太太拿来一个软垫放在假肢下面，“放心，等另一个假肢做好了，你会重新学会走路的。”特罗斯克太太坐在汉斯身边，抚摩他的双手。

“对，”我安慰他，“不管怎么样，你还有腿。”

“嗯，我也这么想。”汉斯回答道。

我递给他一支香烟，在这种时候，我能做些什么呢？无论做什么、说什么都显得很没有教养，哪怕你的出发点是好的。

我们聊了一阵儿，谈话总是莫名其妙地停下来，尤其是每当我和特罗斯克站起来，汉斯都会阴郁、痛苦地盯着我们的脚，他母亲的视线也随他一起移动，总是落在我们脚上，仿佛在说：你们还有脚，我儿子却没有了。

汉斯已经无法思考脚以外的事情，他母亲的心思也全在他身上，根本没人理会特罗斯克的心情，说实在的，换一个人都不可能在他们的目光下坚持这么久。

“阿尔贝特，我们该回部队报到了。”我找个借口，让他可以和我一起出去转转。

“对啊，我都忘了。”他立刻答道。

一出大门，我们立刻开始大口呼吸。夜幕下，柔和的月光洒在潮湿的街道上，街灯在寒风中摇曳。特罗斯克呆呆地望着远方。

“我束手无策，”他落寞地说，“我坐在他们中间，看到他们的目光，我觉得一切都是我的错，我为有两只脚感到羞愧。如果能让我哥好受一些，我宁愿砍掉一只脚。”他把勋章丢在地上，狠狠地踩上去，“你想想，一个人唾弃自己，觉得自己是个废物，只因为自己身体健康，四肢健全，这太可笑了。我哪怕像路德维希那样，胳膊上挨了一枪，哥哥也不会讨厌我吧。”

我尝试安慰他，但他的眼神很快就飘走了，我松了一口气，安慰的功效就是这样不确定。

我们去找维利。他的房间乱七八糟，一大盘土豆沙拉放在椅子上，木板、锤子、锯子……一应物什扔了一地，拆掉的床板靠在窗边——维利在军队长高了一大截，原来的床太小了，所以他要做张大床。维利出去洗澡了，他母亲说走了一个多小时，应该快回来了，于是我们坐在房间里等他。

霍迈尔太太跪在地上，在他背囊里翻找着什么。她掏出一团破抹布似的东西，看形状应该是一双袜子。“天啊，这么多洞。”霍迈尔太太喃喃自语道，当我们不存在一般。

“战利品，质量不太好。”我耸耸肩。

“战利品？”霍迈尔太太抗议道，“你知不知道，这可是最好的棉纱袜，为了买它，我足足跑了八天，八天！可现在，你看看，破破烂烂的一团，都看不出是什么了！”她盯着破袜子哭诉，“你们打仗再忙，每星期也能找出几分钟换双干净的袜子吧！走的时候，我给他带了四双，可他只带回来两只，还成了这样！”她把手伸进破洞里。

我们正要替维利辩解，维利就兴高采烈地走进来，边走边喊：“嘿，有志于获得勋章的勇士们，今晚有烤鸡吃喽！”

他像挥旗子似的挥舞着一只大公鸡，公鸡尾羽闪着绿色和金色的光芒，鸡冠深红似血，嘴角还挂着几滴没擦净的血迹。虽然我晚饭吃得很饱，但听说有烤鸡，还是流出了口水。

维利开心地抓着公鸡，霍迈尔太太却愣住了，尖叫道：“维利，你从哪儿搞的?！”

维利自豪地说，他在房后看到了它，就顺手解决了它，而且只用了两分钟。他拍拍霍迈尔太太：“老妈，你看我在前线是不是学到了很多东西？一会儿我再让你瞧瞧维利厨师长的手艺。”

霍迈尔太太吃惊地望着他，好像他是一颗定时炸弹。她喊来霍迈尔先生，无力地说：“奥斯卡，瞧你儿子干的好事，他弄死了宾丁的纯血公鸡！”

“宾丁？谁是宾丁？”维利疑惑地看着母亲。

“就是隔壁送奶工宾丁啊，这是他的宠物。天啊，你怎么能这么干！”霍迈尔太太瘫坐在椅子上。

“我总不能放任一只烤鸡在我眼前走来走去吧！”维利

惊愕地说，“况且它已经到我手里了，就更不可能放弃它了！”

霍迈尔太太还是无法冷静下来：“唉，你会有麻烦的，那个小气鬼发起脾气来太可怕了！”

“你当我傻啊？”维利气愤地说，“我怎么可能被他发现？再说又不是第一次干了，我都抓过二十五只鸡了，这可是难得的肥鸡，我敢打包票，就算我吃了这只鸡，那个什么宾丁也不知道是谁干的。”他得意地晃晃大脑袋，“今天我就给你露一手，话说你爱吃烤的还是煮的？”

“我不吃！”霍迈尔太太尖叫道，“你立刻把它送回去！”

“不，我又不傻。”维利不甘示弱。

“你这叫偷！”霍迈尔太太绝望地说。

“偷？”维利大笑起来，“这个词可不太好，这应该说是‘征用’，别担心，拿人家钱才叫偷呢，如果只是找点儿吃的东西，那就不叫偷。如果你管这叫偷，那我们已经偷过很多东西了。对不对，恩斯特？”

“没错儿！”我答道，“维利，是它跑出来找你的，就像我们旅长养的意大利鸡一样，那次你也是用烤鸡给我们加餐的，不过里面还加了马肉。”

维利得意扬扬地看着母亲：“我可是连里最优秀的厨师！对了，拿什么生火，你没买煤吗？”他摸摸冰冷的炉灶。

霍迈尔太太气得说不出话，只能不停地摇头。维利满不在乎地挥挥手：“别看我，我明天还是会去‘偷’的。对了，我可以用这把椅子生火吗？反正它已经没什么用了。”

霍迈尔太太难以置信地看着她的儿子，一把夺过椅子，又抢走他手上的公鸡，转身找送奶工宾丁道歉去了。

维利愤愤不平，“它都死了，还回去也没用了。”他悲伤地说，“你懂我的意思吧，恩斯特？”

我当然理解，在前线，这么做只会被归结为运气问题而不是道德问题，但现在是在家里，所以我们不得不管住手。连新兵都知道，一只被杀死的家养宠物，就应该被送回去，一意孤行只会惹上更多麻烦，不过在我们这些人看来，这就是疯了。我还知道，即使不做烤鸡，这把椅子也留不住了，曾经我们为了煮熟一匹马烧了一架钢琴。

“小点儿声，如果其他人有样学样，那我们只能挨饿了。”维利激动地说，“如果只有我们几个，我保证半小时之内肯定能吃到美味的烤鸡，还会搭配可口的糖醋酱。”维利的目光在炉灶和房门间移动。

“我们最好离开这里，”我建议道，“这里令我感到窒息。”

我们正在讨论，霍迈尔太太回来了。“他不在家！”她气喘吁吁地说，有些不满，正要继续说下去，发现维利已经穿上外套。一瞬间，她所有理智都不见了：“你不会准备出去吧？！”

“只是出去转转，老妈。”维利笑着说。

霍迈尔太太开始抽泣。维利尴尬地拍拍她的肩膀：“放心吧，我又不是不回来，以后我天天回来，你别嫌我烦就行……”

我们双手插兜，在古堡街闲逛。

“我们是不是应该叫上路德维希啊。”我问大家。

维利摇摇头：“让他好好休息吧，有利于恢复健康。”

这座城市并不平静，一辆满载士兵的军用卡车在街上呼啸而过。市政厅前，红旗迎风飘扬，士兵们从卡车上卸下成捆的传单，分发给路人。人们接过传单，迫不及待地阅读起来，激动得两眼放光。一阵风吹过，传单像鸽子一样飞向广阔的蓝天，挂在枝头，在风中猎猎作响。

“战友们，”身穿灰色大衣的老兵激动地说，“战友们，一切都会好起来的！”

“嘿，前面似乎有热闹可看。”我说。

我们加快脚步。越靠近教堂，聚集的人越多。一名士兵站在教堂的台阶上，宣讲着什么，明晃晃的白炽灯打在脸上，广场上挤满了围观的人群。我们听不清他在说什么，阵阵狂风拉着长音席卷广场，就像管风琴的轰响，把士兵微弱的、断断续续的演讲淹没。

一种莫名的紧张与兴奋笼罩在广场上，围观的人群形成一堵人墙，大部分都是士兵，有些人把妻子也带来了。他们表情凝重、冷酷，就像在战场上凝视着敌人。突然，他们眼神里多了些东西——对未来的希望、对新生活的渴望。

广场上传来一阵阵呐喊声，低沉的吼声在广场回荡。

“来吧，兄弟们。”维利举起双臂兴奋地喊道，“让我们去找点儿刺激！”

“出发，战友们！”不知谁喊了一声，人群开始移动，游行队伍渐渐形成。脚步声扫过人行道，就像一声声沉重的叹息，我们毫不犹豫地加入。

我右边是个炮兵，前面是个工兵。虽然素不相识，但很快就熟悉了，因为战士不需要认识，知道是战友，就足够了。

“奥托，来呀，快过来！”工兵停下来对战友喊。

那人犹豫了，身边的妻子，正笑靥如花地搂着他的胳膊。他尴尬地笑笑：“不了，弗朗茨，下次再说。”

维利做个鬼脸：“女人的出现，就是战友情的结束，我们要小心喽。”

“胡说，”工兵顺手递给他一支烟，“女人是男人的另一半生命，只不过出现的时机要恰到好处。”

我们的步伐不由自主地变得整齐划一，这是士兵的另一个习惯。人行道上回荡着脚步声，一种令人窒息的、狂野的希望在盘旋，仿佛这条路通向自由、正义的新生活。

刚刚走了几百米，队伍就停下了。我们停在市长家门前，一些人冲上去敲门，屋内无人应答，但能看到紧闭的窗户后，站着一个脸色苍白的女人。敲门声越来越大，一块石头砸在窗户上，玻璃瞬间化为齑粉，落在花园里。

市长出现在一楼的阳台上，“出来！”人们纷纷喊道。他摇摇头，试图反抗，但没有人理会他，仍然高喊着：“出来，跟我们一起走！”

市长耸耸肩，点头同意了。几分钟后，他被推到队伍最前面。第二个被拉出来的是食品厂负责人，接着是一个不知所措的秃子——据说他靠倒卖黄油牟取暴利。不过我们没抓住贩粮的——因为他一听说我们到了，就躲起来了。

游行队伍聚在一座城堡前，将委员会大门团团围住，一名士兵跳上台阶闯进城堡。我们站在外面耐心地等待，很快所有窗户的灯光都亮起来。门再次打开，一个提着公文包的人走出来，他从包里翻出几张纸，用单调的嗓音发表演说，我们认真聆听。维利比别人高出一头，他双手拢在两个大耳朵边，一句一句地重复那人的话。一些无关痛痒的话语不停地在身边回荡、消失，既没有触动我们，也没有吸引我们的注意力，更没有激发我们的斗志，就只是一堆没用的废话。

我们有些焦躁不安，习惯了只做不说的我们，不理解为什么要听那人在这儿说废话。这是一场没有硝烟的战争，有些事必须要实现，但那人只是不停地说，劝我们冷静、谨慎。可是，也没有人冲动妄为啊。演说完毕，那人又返回城堡。

“这人谁啊？”我失望地问。

“士兵委员会主席，”炮兵似乎什么都知道，“他以前好像是个牙医……”

“哈?！”维利不满地晃晃红色的大脑袋，咆哮道，“太搞笑了，我还以为要去车站，直奔柏林呢！”

人们开始高呼：“市长呢?！让市长出来讲话！”声浪越来越高，市长被推上台阶。市长平静地解释说，政府正在彻查整件事。两个瑟瑟发抖的奸商也被推上去，他们已被士兵吓得屁滚尿流，其实他们被拉出来后也只是受了些辱骂，并没有人对他们做什么出格的事。

“好吧，”维利说，“市长还挺有胆量……”

“呸……他只是习惯了！”炮兵不屑地说，“这些人，隔三岔五就会被拖出来溜一圈儿……”

我们吃惊地看着炮兵。“你的意思是，这种事经常发生?！”特罗斯克说。

其他人纷纷点头。“隔几天就从前线回来一批，人们觉得有必要把这些老兵安置好，然后……就这样喽。”

“该死，真搞不明白他们是怎么想的。”特罗斯克说。

“我也不清楚！”炮兵打了一个哈欠，“我还以为他们能搞出点儿新花样呢。好吧，我要回家了，这才是目前最明智的选择！”

其他人也散了，城堡前空旷了许多。第二位代表开始发言，他也劝我们冷静，说政府会处理好一切，所有工作正在有序开展。接着他指指亮着灯的窗户，示意我们该回家了。

“该死，这就完了?！”我有些怄火。

这种事太可笑了，我们为什么要跟来啊。“妈的！”维利骂了一声。我们无奈地耸耸肩，向另一边走去。

我们又闲逛了一阵儿就分手了。我把特罗斯克送回家后，一个人在街上游荡，身边没有了熟悉的伙伴，我觉得一切都很陌生。景物在我眼前轻轻摇动，如梦似幻。不久前，我还坚信一切都很真实，但此刻，这种信念动摇了。我感到新鲜和陌生，甚至怀疑自己仍在梦中，我不停地问自己：“我真的回来了吗？我真的能回家了吗？”

面包石铺就的坚实的小路，光洁平整的屋顶，既没有张着嘴的弹坑，也没有弹片留下的斑斑伤痕，完好无损的房屋挺立在深蓝色的夜空中，月光投射在山墙和阳台上，描摹出它们黑色的轮廓，在街上投下一片黑色的影子。这里没有受到战争的摧残，窗户是完整的，在窗帘的后面，是一个宁静祥和的世界，与那个日月无光、鬼哭狼嚎的世界截然不同，而那个世界曾被我傻傻地称为“家”。

我站在一栋公寓外，窗上映出柔和的灯光，窗里传来悠扬的乐声。窗帘只拉了一半，能看到女主人优雅地弹着钢琴。唯一的光源是一盏落地灯，仅能照亮琴谱。其他部分隐藏在阴影中，依稀可以看见一张沙发、几张扶手椅，还有几个柔软的靠垫，宠物狗蜷缩在扶手椅上，安静地睡着了，一切都是那么平静、幸福。

我着魔般对着房间出神，直到女主人起身走到书桌旁，我才手忙脚乱地跑开。我心跳得很快，在炮弹狂野的火光下，在村庄的废墟中，我几乎已经忘记这些东西的存在——长长的街道、完整的围墙、柔软的地毯、温暖的家和幸福的女人……我想走进去，蜷缩在扶手椅上，让温暖将我包裹，我想痛快地倾诉，忘掉所有的苦难与暴力，我愿把痛苦的回忆当作一件脏衬衫，永远抛在身后。

灯光远了，我在黑暗中继续游荡，仿佛听到了战友悲戚的哭泣和断断续续的诉说，看到了一张张年轻的脸庞和一段段往事，无数的问题和答案涌入脑海。

不知不觉我已走到郊外，站在修道院外的山坡上，银色的城市在我脚下安睡，月亮映在河水中，照亮塔楼的倩影，一切都归于沉寂。

我站了很久，再次走向街道和房屋。我返回家中，摸索着爬上台阶，父母已经睡熟，听到母亲轻柔的呼吸、父亲粗重的呼噜，我突然为自己的晚归感到一丝愧疚。

我回到房间，点亮一盏小小的台灯。角落里的小床上，母亲已换好崭新的床单，我倚着床头发呆，不知过了多久，困意涌上来，我伸个懒腰，机械地拉过被子，而后又触电般弹起来——我忘记脱衣服了，在前线，我们总是和衣而卧。我缓缓脱下军装，把靴子摆在墙角。在床尾，我看见母亲为我准备的睡衣，我几乎忘了这种东西。我穿上它，当它滑过我赤裸、僵硬的身体时，所有的感官都被淹没了。我抚摩着床单，将头埋进枕头里。我抱着枕头，进入了梦乡，重归宁静的生活。这一刻，我只知道一件事：我回家了，回家了……

三

特罗斯克和我坐在咖啡馆靠窗的位子，面前摆着两杯已经冷掉的咖啡。我们已经坐了三个小时，依然没有勇气喝下这杯苦东西。我们在前线尝过各种奇怪的东西，但这东西如烧焦的煤炭，难以下咽。

咖啡馆里人不多，只有三桌客人。一桌是几个奸商，他们正在交易一卡车食品；另一桌是一对老夫妇，他们悠闲地看报纸。我们是第三桌，粗鲁地瘫坐在红色绒面沙发上看窗外的街景。

咖啡馆里又潮又闷，窗帘也脏兮兮的，几个女侍者打着哈欠，总之这里没什么可说的，但在我们眼里，一切倒挺新鲜。我们心满意足地坐在沙发里，听听管弦乐队的演奏，看看窗外的街景，反正有的是时间，再说我们已经很久没这样放松过了。

我们一直坐在那里，直到三位音乐家收拾东西，直到女侍者愤怒地在我们周围走来走去，而且越来越近时，我们才匆匆结账，走入暮色中。我们在一个个橱窗前无所事事地走过，不为任何事情烦恼，做个自由人，这感觉真好。

我们在斯特鲁本街站住了，“去看看贝克尔怎么样？”我提议道。

“好主意。”特罗斯克同意了，“我敢打赌，我们的到访会令他大吃一惊。”

我们上学时，大部分时间都在贝克尔的店里度过，在那儿你可以买到所有想要的东西：笔记本、水彩、捕蝶网、水族箱、邮票，甚至是古书。贝克尔是我们的朋友。我们在他店里一待就是几个小时，在那里偷偷抽烟，或是和公立学校的女孩儿约会。

我们推门进去，角落里的几个男孩儿赶紧把烟藏起来，我们微微一笑，伸个懒腰，摆出一副过来人的样子。一个女孩儿走过来，问我们需要点儿什么。

“麻烦你找一下贝克尔先生，我们想见见他。”我回答道。

“抱歉，我不能答应。”女孩儿犹豫了一下。

“小姑娘，”我说，“只是帮忙叫一下贝克尔先生，可以吗？”

她转身走了，我们整理一下衣服，大摇大摆地双手插兜，准备迎接贝克尔的拥抱。办公室那边传来熟悉的老式铃铛声，贝克尔出来了，他瘦小、干枯，一头灰白头发一如既往地蓬乱地扣在脑袋上。他眨眨眼，认出了我们："嘿，看看谁来了！贝克霍尔茨和特罗斯克！你们终于回来了！"

"嗯，回来了！"我们飞快地答道，等待他感情爆发。

"太好了！你们准备买点儿什么？香烟？"他平静地问。

我们有些吃惊，我们并不想买任何东西，而且压根没想到这一点。我想了一下，说："好吧，先来十根。"

他把烟包好递给我们："收好，欢迎下次再来！"说完，他拖着脚步走了。我们愣住了。

"还有事吗？"他站在不远处的台阶上喊。

"没了，没了。"我们边回答边走出去。

"瞧瞧……"走出店门后，我迫不及待地说，"他是不是以为我们只是出国旅游了！"

特罗斯克无精打采地说："别理他！寄生虫！"

我们继续闲逛，半路遇到了维利，决定一同去军营转转。

突然，维利躲到一边，我们也吓了一跳，因为清楚地听到了炮弹的呼啸。我们惊恐地环顾四周，大笑起来，哪有什么炮弹啊，不过是电车驶过的声音。

尤普和瓦伦丁看起来有些孤独，他们住在足以容纳一个排的大房间里，冷冷清清的。看样子恰登斯还没回来，他肯定还在红灯区流连。

一看到我们，尤普和瓦伦丁的脸上立刻绽放出笑容——

他们终于可以玩儿斯卡特[①]了。

短短几天时间，尤普已经成为“士兵委员会”的委员了，不过这是他自己任命的，整个营区的委员会也只有他一个人，军营里混乱不堪，根本没人知道这件事。

目前尤普只能住在军营里，继续当他的委员。他在军营外的工作已经丢了，他之前任职的律师事务所经理给他寄来一封信，信中说律所已经招到一名女员工，这个人工作能力又强薪资又低，况且尤普参军后，已经不符合事务所的工作需要了。最后，经理说他感到很抱歉，但现在大家都很难，他只能祝尤普前程似锦。

“混蛋！”尤普闷闷不乐地看着手里的牌，“这些年来，他只有一个愿望——让我滚蛋——现在，他得偿所愿。反正我在哪儿都一样！十八！”

维利满手都是牌，有点儿忙不过来。“二十，”我替他叫牌，“到你了，瓦伦丁？”

瓦伦丁耸耸肩：“二十四！”

尤普叫到四十的时候，布勒格尔推门走进来：“我来看看你们在做什么。”

“你竟然是来看我们的？得，要不了多长时间，我们小队就凑齐了。”维利说着换了一个更舒服的姿势，“唉，军

① 斯卡特：源于德国的三人纸牌游戏，发明于1810年至1820年，是德国酒馆文化的重要组成部分。后文出现的格朗德和努尔都是斯卡特纸牌中的牌型。

营才是士兵真正的家啊。四十一！”

“四十六！”瓦伦丁挑衅地哼了一声。

“四十八！”维利高喊道，像打雷一样。

该死，这样下去，这场比赛的赌注将会变得特别大，但我们已经接近胜利了。维利舒服地靠在储物柜上，偷偷向我展示手里的格朗德。瓦伦丁一脸坏笑，因为他在袖子里藏了几张更大的努尔。

营房整洁舒适，桌上点着一根蜡烛，火光飘忽不定，几张铁架床躲在阴影里。尤普不知从哪里搞来一大块奶酪，他用刺刀将其切开，递给我们，我们心满意足地吃起来。

“五十！”瓦伦丁再次叫牌。

砰的一声，大门霍然洞开，恰登斯冲进来：“泽……嗝……泽……嗝……”他连续打了几个嗝——他一兴奋就会打嗝，打到什么话都说不出来。我们只好把他举起来，绕着房间走了一圈儿。

“怎么？妓女偷你钱了？”

恰登斯摇摇头，仍不停地说：“泽……嗝……泽……”

“立正！”维利突然喊了一声。恰登斯立刻站好，打嗝也停止了。

“泽利希，我发现了泽利希！”恰登斯终于把话顺利说出来。

“小子，你他妈的敢胡说八道，信不信我把你从这儿扔出去！”维利吼道。

泽利希是我们的大队长，但能力着实不咋的。柏林闹革命前两个月，他逃跑了，我们一直没有找到他。恰登斯说他开了一家酒吧，就是原来那个“威廉国王”酒吧，里面兜售一款口感极好的啤酒。

“走，去看看！”我嚷道，大家便一起出发了。

“把费迪南德也叫上。”维利说，“为了施契罗特尔，他有一笔血债要找泽利希清算呢。”

在科索莱家门前，我们又吹口哨又学猫叫，好不容易才把他叫出来。他穿着睡衣，闷闷不乐地从窗口探出头，咆哮道：“干吗呀，大晚上的，不知道我结婚了吗！”

“不差这点儿时间，”维利喊道，“清醒清醒，快出来，我们找到了泽利希！”

科索莱立刻精神了：“真的?！”

“千真万确！”恰登斯保证道。

“好，我马上来！”科索莱回答道，“如果你敢骗我，你会下地狱的！”

五分钟后，科索莱加入我们，一起去找泽利希。

当我们转入霍克街时，维利不小心撞上一个年轻人。“你这头莽撞的犀牛！”那人在我们身后吼道。

维利猛地转过身，像一截黑塔似的戳在那人面前，他一掌打掉那人的帽子，凶神恶煞地说：“你说什么？再说一遍！”

那人一屁股坐在地上，看着维利，惊恐地说：“我，我说话了？我没说话呀。”

“你最好没说过！”维利说，“你这个小体格子，骂人还不够格！”

我们穿过花园，站在“威廉国王”酒吧门前，牌匾上的字已经抹掉了，它现在叫“雪绒花”。

维利伸手开门，科索莱一把抓住他的大爪子。“等一等，维利，”他几乎是在恳求，“如果一会儿打起来，让我先上，我要弄死他。”

“当然可以。”维利点点头，打开门。

嘈杂的人声、刺目的光线、浓重的烟味儿扑面而来，觥筹交错，酒杯碰得叮当乱响，驻场乐队卖力地演奏《快乐寡妇》的主题曲。酒桶上的龙头闪着诱人的光泽，吧台后的水槽边不时传来笑声，两个女孩儿正在清洗酒杯，一群人围在她们身边，讲着粗俗的笑话。水花四溅，映出那些人憔悴、扭曲的脸。一个炮兵点了一杯杜松子酒，顺手摸了一把女孩儿的屁股。“这才是和平该有的东西，莉娜。”他热情低语道。

我们走进去。“看，他在那儿！”维利一眼看见了泽利希。

泽利希的袖子高高挽起，衬衫半敞着，热得满脸通红、汗流浃背。他正在为客人打酒，大手一挥，金黄色的液体就流进了酒杯中。他抬起头，一眼看见我们，脸上立刻绽放出灿烂的笑容："嘿，你们来了，要点儿什么？淡酒还是浓酒？"

"淡酒，大队长先生！"恰登斯傲慢地说。泽利希看了一圈儿，估计在数人数。

"七个人。"维利抢先说。

"好的，七杯淡酒。"泽利希重复了一遍，又瞥了一眼科索莱，"六个人，外加科索莱，对吧？"

科索莱挤到吧台前，双手撑在吧台上："喂，泽利希，你这儿有朗姆酒吗？"

泽利希在一排酒桶后面忙碌着："朗姆酒？当然有了。"

科索莱盯着他："如果我没记错的话，那个才是你最喜欢的吧。"

泽利希正在接干邑白兰地："当然，我很喜欢，事实上……"

"那你还记得你上一次喝朗姆酒是什么时候吗？"科索莱打断他的话。

"不记得……"

"可是我记得！"科索莱大吼一声，他站在吧台前，就像站在树篱前的公牛，"你不记得朗姆酒，那你还记得施契罗特尔吗？"

"施契罗特尔？这是一个很常见的名字，我想想，施契罗特尔……"泽利希漫不经心地说。

这句话彻底激怒了科索莱，他差一点儿就扑上去，维利一把抓住他，把他按在椅子上："先喝酒。泽利希，七杯淡酒。"

他对泽利希重复了一次。

科索莱沉默了，我们围桌坐下，泽利希很快将七杯淡酒送过来。

“干杯！”恰登斯举杯说，我们纷纷举杯。一轮喝过，恰登斯靠在椅背上：“你看，我没骗你们吧！”

泽利希已经回到吧台后面忙活去了，科索莱的视线始终没从他身上挪开。

“混蛋，”他狠狠地说，“我现在一想起埋葬施契罗特尔时，这个畜生身上的朗姆酒味儿，我……”他说不下去了。

“现在别动手，煞风景。”恰登斯温和地说。

科索莱的话就像拉开了轻轻摇摆的幕布，一片灰色、幽暗的荒原在酒吧里蔓延。窗户消失了，阴影从地板上升起，记忆在烟雾缭绕的空间里盘旋。

其实，科索莱和泽利希素来不对付，但1918年8月的那一天，他俩直接成了不共戴天的死敌。

那天，我们刚从前线撤下来，躲在后方废弃战壕里，准备趁着夜色挖一个坟墓，安葬牺牲的战友。我们拼命地挖，但地下水不断渗出来，我们始终无法将墓穴挖得很深，等到完工时，我们已经泡在泥水里。

贝特克、韦斯林和科索莱忙着加固墓穴，其余人去寻找战场上散落的尸体，赶在墓穴完工前将他们抬过来。而中队长特罗斯克负责收集亡者的证件和钱包。

有些人像海绵一样，被雨水泡得肿胀。还有些尸体已经腐烂——雨季时尸体的腐烂速度要快很多，但这种尸体不像夏天的那么臭。

我们发现一具尸体，躺在地上，双臂平伸，当我们抬他时才发现，他几乎只剩下这身破碎的军装。他被炮弹炸得身首异处，证件也不见了，我们看了好久，才根据裤子上的补丁认出是小队长格拉泽。他几乎没有重量，因为一半的躯体都不见了。

我们寻找时，如果遇到一些散落的颅骨、手臂或是大腿，也会把它们带回来，放在墓穴边的油布上。当我们把格拉泽抬过去时，贝特克轻声说："放弃吧，我们无法把它们都找回来了。"

我们搬出生石灰，尤普用铁锹把它们均匀地撒在墓穴里。魏尔也回来了，他找到一些十字架。泽利希也从黑暗中走出来，他的出现令我们很惊讶。大概是没有找到牧师，而两个主官又病倒了，所以他才被叫来做祷告。

做这种事儿让他感觉很不舒服，别看他胖，可他晕血，还有严重的夜盲症，在黑暗中几乎看不到任何东西。在极度恐惧之下，泽利希一脚踏空，直接摔进了墓穴。恰登斯大笑起来，低声喊道："快填土，快填土，把他埋起来！"

更讽刺的是，科索莱正在下面修整墓穴，泽利希正好砸在他头上，那可是近180斤的胖子，科索莱被砸得破口大骂。

随后他认出了泽利希，但他是老兵，而且还在战场上，所以他根本不怕泽利希，仍不停咒骂着。

泽利希挣扎着爬起来，看见了眼前的科索莱，和他对骂起来。在一边干活儿的贝特克试图拉开他们，但泽利希不依不饶，而科索莱觉得自己才是受害者，也不肯住嘴，新仇旧恨交织在一起，他们吵得更凶了。维利忍不住跳下去帮科索莱，三人在下面引发了一场小骚乱。

“安静！”人群后面传来一声低吼，虽然声音不大，但喧闹声戛然而止。泽利希喘着粗气爬上来，他军装上沾满了石灰粉，看起来就像一块挂满糖霜的姜饼人。科索莱和贝特克也跟着爬上来，只有维利还留在下面。

是排长路德维希，他拄着拐杖走过来。他得了痢疾，两个星期来一直被病痛折磨，刚才他一直在附近的空地上休息，身上盖了两件大衣还觉得冷。

“出了什么事儿?！”路德维希厉声问道，三个人抢着说话。路德维希虚弱地喝止他们：“急什么?！一个一个说！”泽利希说科索莱打了自己，科索莱急了，连声否认。

“闭嘴!！”路德维希再次低吼，大家安静下来。“阿尔贝特，死者的证件都齐了吗？”路德维希虚弱地问。

“齐了，”特罗斯克回答说，然后对路德维希耳语道，“施契罗特尔也在里面。”之所以这样小心，是怕科索莱听见。

他们对视一眼，路德维希小声说：“这么说，他并没被俘虏？哪个是他？”

特罗斯克领他走到油布前，布勒格尔和我紧随其后，因为施契罗特尔是我们的同学、朋友。特罗斯克停在一具头上盖着纱布的尸体前，路德维希俯身去看，特罗斯克拉住他，恳求道：“别了，路德维希，求你了……”

“不，阿尔贝特，我必须看。”他平静地说，“我必须……”

施契罗特尔的上身就像一条扁平的比目鱼，几乎无法辨认。整张脸就像一块木板，上面有一个长牙的黑洞，那是他的嘴巴。

路德维希默默盖好纱布，看向科索莱，轻声问道：“他知道了吗？”

特罗斯克摇摇头。

“我们必须不动声色地安葬他，否则科索莱会发疯的。”路德维希说。

施契罗特尔是科索莱的挚友，他们之间的友情我们永远无法理解。瘦弱纤细的施契罗特尔就像一个小孩儿，而科索莱恰恰相反。所以科索莱特别照顾他，就像母亲保护自己的孩子。

有人喘着粗气追上来，是泽利希，他直勾勾地盯着地上的尸体。“我从来没见过这样的情况，”他气喘吁吁地说，“发生了什么？”

没有人回答他。八天前，施契罗特尔想要休假回家，但泽利希不喜欢他和科索莱，就没有批准他的申请，现在施契罗特尔……

我和布勒格尔走远了，我们不忍心看到施契罗特尔的样子。路德维希也钻回大衣中，只有特罗斯克留在那里。

泽利希盯着尸体发呆，月亮从云后钻出来，照在施契罗特尔的尸体上。他俯身查看，刚好对上尸体的蜡黄脸庞。一个难以想象的恐怖表情凝固在他几乎尖叫出来的脸上。

“你是现在做祷告呢，还是过会儿再说？”特罗斯克冷冷地说。

泽利希擦擦冷汗，哆嗦着说：“我，我说不出来。”这一刻恐惧已经牢牢地抓住他，我们明白这种感觉，在意外发生的最初几个星期里，也许你什么都感受不到，但在未来某个突发事件中，恐惧又会突然跳出来，让你的精神瞬间崩溃，此时的泽利希就是这种情况。他脸色苍白，摇摇晃晃地走了。

“他不会觉得敌人发射的是糖果吧。”恰登斯冷冷地说。

大雨劈头盖脸地砸下来，我们有些烦躁。泽利希还没有回来，我们不得不把路德维希从军大衣里拉出来。他平静地站在墓穴边，低声念诵祷文，我们则将战友安放在墓穴里。魏尔伸手将尸体从我手里接过去，再传给下面的维利。我碰到他手时，感到他在颤抖，每接过一具尸体，他都会小声地说：“你们安息吧，我会替你们报仇的。”我惊愕地看着他。

“你怎么了？”我问他，“你已经不是第一次见到尸体了。

如果这样，你肩上就担太多仇恨了。”魏尔没有说话。

当我们安置好第一层战友时，瓦伦丁和尤普抬着一个担架，缓缓走过来。

“怎么了？”特罗斯克问。

“他还活着。”尤普一边回答，一边揭开白布。

科索莱看了一眼。“活不长了，”他说，“先把他安放在别处吧，一会儿再说。”

担架上的战友痛苦地呻吟，急遽地喘息，每一次呼气都能咳出不少鲜血。

“我们要带他走吗？”尤普问。

“他不行了，只是晚点儿走而已。”特罗斯克指着地上的鲜血。

我们将他抬到一边，让魏尔照顾他，然后继续工作。瓦伦丁过来帮我，我们将格拉泽送下去。“天啊，想想他的妻子……他的妻子……”瓦伦丁喃喃地说。

“小心，是施契罗特尔。”尤普喊道，还碰掉了盖在脸上的纱布。

“闭嘴！”布勒格尔低声喝住他。

科索莱抱着尸体愣住了：“谁?！你说他是谁?！”

“施契罗特尔啊。”尤普重复了一遍，他以为科索莱已经知道了。

“别闹，蠢货！你忘了，他被俘虏了？”科索莱怒吼道。

“没开玩笑，费迪南德。”特罗斯克声音低沉。我们屏住呼吸。科索莱一声不响地把尸体从墓穴中抱上来，掏出手电，跪在尸体旁，一寸一寸地检查尸体，分辨他的身份。

“谢天谢地，泽利希不在这儿。”布勒格尔低语道。

我们默不作声地看着科索莱，他站起来，厉声说：“给我一把铁锹！”我把铁锹小心翼翼地递给他。也许他会杀了泽利希吧，我们想，但科索莱只是挖土，不停地挖，他要为施契罗特尔单独挖一个墓穴。我们想帮他，但他不允许任何人靠近。他亲手将施契罗特尔安放在墓穴中，他太伤心了，一时没有想起泽利希。

黎明时分，两个墓穴都封好了。那个伤兵去世了，我们将他和其他人安葬在一起。我们填实墓穴，立起十字架。科索莱找来一支笔，在十字架上写下施契罗特尔的名字，并在上面挂了一个钢盔。

我们纷纷摘下钢盔，路德维希站在墓前，又一次念诵祷文。特罗斯克脸色苍白地站在一旁，读书时，他和施契罗特尔同桌，可现在科索莱明显更糟一些，他一言不发地站在一旁，脸色惨白，仿佛一夜之间老了十岁……

我们站了很久，雨依然下。炊事班把早餐送过来，我们坐下吃饭。

天亮了，泽利希从掩体中爬出来，浑身散发着难闻的朗姆酒味儿，我们还以为他昨天晚上就逃走了，没想到他一直躲在掩体中。科索莱一见他，立刻嘶吼着扑上去。幸好维利坐在科索莱身边，将他扑倒在地，我们又上去三个人，依靠四个人的力量才勉强把他按住，避免他杀了泽利希，酿成大祸。

足足一个小时，科索莱才渐渐恢复了神志，他喃喃地说，若是他冲上去杀死了泽利希，那自己一定会倒霉，但他在坟前向施契罗特尔保证过，一定让泽利希血债血偿。

现在泽利希站在吧台前，距离科索莱只有四五米，乐队第三次奏响《快乐寡妇》主题曲。

“老板，再上一轮杜松子酒。”恰登斯眨眨小眼睛。

“来了！”泽利希回应道，很快将酒送上来，“干杯，战友们！”

科索莱皱着眉，咆哮道：“你不是我们的战友！”

泽利希放下酒杯：“哦，那就不是。”转身回吧台去了。

瓦伦丁喝了口酒：“喝酒，费迪南德，这才是最重要的。”

维利又叫了一轮酒，恰登斯已经醉了。“泽利希，你这个老东西！”恰登斯喊道，“我们再也不会受到军法处置，再也不会！我可以骂你了，看你能拿我怎么样?！”

他拍着昔日长官的肩膀，这个举动让泽利希僵住了。这种事放在一年前，恰登斯非得被送上军事法庭或是关进精神病院。

科索莱的视线在酒杯和吧台之间游移，他看着吧台后面那个一脸谄媚的胖子，摇摇头：“恩斯特，他变了，已经不是过去那个他了。”

是啊，我也有这种感觉，我几乎认不出他了。在我的印象里，他永远军装笔挺，笔记本干净整洁，那时我根本无法想象他穿便服会是什么模样，更不用说做酒吧侍者。而现在，他竟端着酒杯，忍受曾在他面前如虱子一般卑微的恰登斯拍着肩膀，连呼带喝，这个该死的世界怎么变成这样。

维利捅捅科索莱：“不动手吗？”

科索莱茫然地说：“我不知道，维利，我不知道该不该揍他一顿。我没想到会是现在这样，你看看那个混蛋，看到他这样，我不想揍他了。”

恰登斯喝了一杯又一杯，对他来说，能让昔日的上级为自己服务是件愉快的事。

泽利希的事情差不多忙完了，他牛头梗般的脸上泛起红晕，既有酒精的作用，也有生意兴隆的激动。

“让我们重归于好，干一杯和平的朗姆酒吧。”泽利希提议道。

“什么?！”科索莱愣住了。

“朗姆酒，我的柜子里还藏了两瓶好酒。”泽利希天真地说，转身去拿酒。科索莱惊呆了，目不转睛地盯着泽利希。

“他肯定失忆了，费迪南德，”维利说，“否则，他不会在你面前提这件事的。”

泽利希带着酒返回来，科索莱依然怒视他：“你该不会忘了你为什么爱喝朗姆酒吧。如果忘了，那你就该滚去守墓！”

“很久以前的事了，忘了它吧。”泽利希做了一个和解的手势。

科索莱再次陷入沉默。如果泽利希再激进一点儿，那科索莱一定会爆发，但泽利希这种出人意料的回答令他感到震惊，他下不了决心。

恰登斯举起杯子闻了闻，我也闻了一下，确实是瓶好酒。

科索莱抬手打翻了酒杯：“我不喝！”

“嘿，嘿，嘿，伙计！”恰登斯叫道，“你不喝给我啊！”说着他试图抢救那些好酒，但收效甚微。

酒吧渐渐空了，“要关门了，先生们！”泽利希喊道，顺手拉下百叶窗。我们站起身。“走吗，费迪南德？”我推推他。他摇摇头，依然无法下定决心。站在我们面前的，已经不是大队长泽利希，而是酒吧侍者泽利希。他打开门：“再见，先生们，祝你们好梦！”

“先生们?！”恰登斯轻笑道，“从前他可不会说什么‘先生们’，他每次叫我们都是‘蠢猪’……”

科索莱本已走出酒吧，但他无意间瞥见了地板上泽利希的倒影，立刻站住了。泽利希仍然打着绑腿，裤子也是旧军裤，上面还绣着代表军官身份的花条纹。这个人，上半身是酒吧老板，下半身依然是一名军官。

科索莱猛然转身，泽利希吓得连连后退。“就是现在！”科索莱冲上去，咆哮道，“施契罗特尔！施契罗特尔!！施契罗特尔!!!你这个混蛋王八蛋，你这个该死的狗杂种，你还记得他吗？现在，你该接受来自施契罗特尔的问候，一个来自地狱的、诚挚的问候！”

说着，科索莱挥出一记致命的左勾拳，泽利希将将躲开。他跑到吧台后面，抄起一支木锤，向科索莱的头砸过去，木锤打中了科索莱的左脸和肩膀。科索莱压根没有躲闪，扑上去一把抓住泽利希，将他的头狠狠地砸向吧台，上面的酒杯叮当作响。科索莱把他的头死死地按在吧台上，拧开酒桶的龙头，啤酒源源不断地灌进他的嘴里、胃里。“喝，喝啊，你他妈喝啊，你就应该淹死在这些脏东西里面！”科索莱骂道。

泽利希拼命挣扎，想踢科索莱，科索莱用双腿夹住他的腰，让他动弹不得。昂贵的啤酒从泽利希的嘴角流下来，灌满了衬衫，又流进裤子，裤子很快就像气球一般鼓胀起来。泽利希开始咆哮，要知道这年头想搞到点儿好啤酒太难了。他拼命挣扎，终于抓到一只啤酒杯，狠狠砸在科索莱头上。

“妈的，真笨！”维利喊了一声，他一直站在门口饶有兴致地看两人打架，“科索莱，你应该一脑袋撞晕他，再把他的腿拧下来！”

没人出面阻拦，这是科索莱自己的事，就算他被打得满地找牙，我们也不会出手帮他，我们只会在有人想要帮助泽利希时拦住那个人，不过恰登斯只用三两句话就解释清了事情的始末，因此没人上前帮助泽利希。

科索莱满脸是血，他已经气疯了，一拳打在泽利希的喉咙上，将他打翻在地，而后骑在他的身上，抓住他的耳朵，将他的头狠狠地在地板上撞了五六次，科索莱打累了，便停下手，带我们走了。

莉娜——酒吧的女侍者，她的脸吓得像纸一样白，她惊恐地看着泽利希。

“你最好把他送医院去，”维利道，“他没什么大问题，估计在里面住上两三个星期也就没事儿了。”

一出门，科索莱便如释重负地露出孩子般的笑容：“施契罗特尔，我终于为你报仇了。”他抹了一把手上的血迹，和我们握手告别：“谢谢你们，现在我该回到我妻子身边了，要不邻居还以为我被扫地出门了……”说完，他就一路小跑回家了。

我们在集市上告别，尤普和瓦伦丁回军营了，月光下，他们的皮靴在人行道上踢踏作响。

“我都想和他们一起走了。”特罗斯克突然说。

“我也想。”维利附和道，毫无疑问，他想到了那只鸡，“城里人心眼儿太小了。”

我点点头：“可我们也快开学了。”

我们相视一笑，恰登斯忽然想到了什么，转身去追尤普和瓦伦丁，看来他放不下自己那点儿“爱好”了。

维利挠挠头：“你觉得老师和同学还会喜欢我们吗？要知道，我们可不是以前的乖孩子了……”

“作为英雄，我们可能更受欢迎，毕竟从枪林弹雨中活着回来了。”布勒格尔说。

“其实，我更想找点儿刺激的事，”维利想了想说，“我们的脾气在钢铁般的军营里锻造得无比坚韧。”他微微抬起腿，放了一个巨臭的屁。“三十五分。”他满意地说。

四

连队解散时，我们把步枪也带上了。上级命令我们，一回到家乡就把它们送回当地驻军。现在我们回军营交枪，同时领取五十马克的退伍费和十五马克的生活津贴，除此之外，我们还能领到一件大衣、一双军靴、一套内衣和一身制服。

我们找到顶层的军需品办公室领取物资，军需官看了我们一眼，不耐烦地摆摆手说：“在那边，自己翻吧。”

维利走过去，在一堆物品中胡乱地翻着。“你给我听着，”维利就像慈父教育孩子似的说，“这堆刚从挪亚方舟上搬下来的破烂儿应该留给新兵，而不是给我们。去，给我拿新的去！”

“没有！”军需官没好气儿地说。

“哦？是吗……”维利想了下，从口袋里掏出一个铝烟盒，“你抽烟吗？”

军需官摇了摇头。

“不抽……那你喝酒吗？”维利摸摸胸前口袋。

“不，不喝……”军需官再次摇头。

“也不喝……那没办法了。”维利皮笑肉不笑地说，“只能让你尝尝拳头的味道了。你放心，没领到新装备，我怎么能走呢……”

就在这时，尤普出现了。他作为“士兵委员会”的委员，说话还是有点儿分量的。他向军需官眨眨眼睛：“海因里希，他们是我战友，一群老兵，你带他们去仓库找几件新的吧！”

军需官如蒙大赦，立刻微笑着说：“哎呀，你们怎么不早说啊。”

他把我们领到另一个房间，那里堆放的都是新军装。我们马上把旧衣服扔到一边，换上一身新衣服。

维利拉住军需官，找他再要一件新大衣，说自己出去打仗饿得都贫血了。军需官犹豫不决，尤普立刻揽住他的肩膀，把他拉到角落里，塞给他一些食品券。

他们再回来时，军需官心情明显好多了。他瞄了一眼胖了一圈儿的恰登斯和维利，哼了一声：“唉，就这样吧。我是不在乎，反正有些人根本不会领，只要我的库存能对上数，怎么都行！”我们在确认单上签字，以示我们已经领到了物品。

“你刚才不是要给我烟吗？烟呢？”军需官看着维利。

维利笑了，拿出他珍藏的好烟。

“还有酒呢？”军需官仍然看着他。

维利只好从口袋里掏出酒壶：“你刚才不是说不喝酒吗？”

“恰恰相反，”军需官说，“因为我有点儿贫血，所以医生特意嘱咐我，让我适当喝些酒，所以，酒壶放下吧……”

“只有半壶了！”维利说着，象征性地晃了一下，希望可以挽救一下自己的酒壶。他把酒壶递给军需官：“真奇怪，刚刚还是一壶呢，怎么就剩下一半了呢？”

尤普把我们送出军营，“你们猜猜，现在谁在这里。”尤普环视一圈儿，自顾自地说，“你们肯定想不到，是马克思·魏尔，他也加入‘士兵委员会’了。”

“这儿的确是他该来的地方。”科索莱说，“你们怎么样，印刷工可是个不错的职业。”

“还好，还好。”尤普说，“现在我和瓦伦丁一起做事。如果你们需要什么印刷品，比如车票或门票什么的，可以来找我。”

“正好，给我一张车票，”我说，“我去看看贝特克。”

他拿出一沓便笺，扯下一张，递给我：“自己填，记得开二等车厢。”

“好的。”

出了军营，维利解开大衣扣子，里面果然还有一件。“让我得到它，总比让某个贪官或是其他什么人卖掉好吧。”他慵懒地说，“不管怎么说，政府还欠我六块弹片的利息呢。”

我们在大街上散步，边走边聊天。科索莱说，他准备修理修理鸽笼。参军前，他养过信鸽和黑白相间的赛鸽，在前线时他就经常说，等战争结束了他要重操旧业。

“除了养鸽子，你还想做什么，费迪南德？”我问他。

“当然是找工作了，”他简短地说，“哥们儿，我结婚了，总不能让家人饿肚子吧。”

突然，圣玛丽教堂周围响起一阵枪声，我们仔细分辨。“军用左轮手枪和98式步枪，”军械专家维利道，“不过，也有可能是两把左轮手枪。”

“好了，兄弟们，”恰登斯一边系鞋带一边说，“在佛兰德，这都是小场面。”

维利在一家男装店前站住，橱窗里摆了一套用纸和荨麻纤维制成的时装样装，但维利似乎并没有看它，他的注意力都在后面的那排褪色的海报上。他兴奋地指着画着山羊胡绅士和猎人的那张海报问科索莱：“你知道那是什么吗？”

“霰弹枪……”科索莱看着猎人手中的猎枪。

“不对，不对。”维利不耐烦地打断他，“真是不可救药，我说的是燕尾服，燕尾服你知道吗？那可是最时髦的衣服，现在知道我为什么多要一件大衣了吧，我就是想改一件燕尾服。喏，你看从这里拆开，把这里剪短，再把这里缝上，最后把整件衣服染黑，嘿，多棒的燕尾服！”

维利沉浸在他的想象中，但布勒格尔打断他：“先生，燕尾服有了，你有条纹裤子吗？”

维利被问住了，“我可以从我老爸的衣橱里偷一条。”他想了一下，果断地说，“再配上一件白衬衫，你们觉得我够帅了吗？”他自恋地看着我们，“嘿，嘿，伙计们，这才是生活呢！”

回到家，我将一半退伍费交给母亲。“路德维希·布赖尔来了，”母亲说，“他在你房间等你呢。”

“他是个中尉？”父亲接着说。

“是啊，你们不知道吗？”说着，我走进房间。

路德维希看起来好多了，他的痢疾已经痊愈了。“找你借几本书，恩斯特。”他笑了。

“想看什么自己挑。”我说。

“你不看？”他疑惑地看着我。

我摇摇头。“一段时间都不会看了，我昨天想看会儿书，但一直没法集中注意力。只看了几页，心思就全跑了，那感觉就像在看一堵白墙。你想看什么，小说？”

“不看。”他在书架上挑挑拣拣，选出几本书。我看了一眼标题："看这么深啊，路德维希，你想做什么呢？"

他不好意思地笑了，吞吞吐吐地说："恩斯特，在前线时，我产生了很多疑问，但都没有时间认真思考。现在战争结束了，这些问题又浮出来，我想把它们搞清楚，比如人类到底在做什么？为什么会爆发战争？战争的意义又是什么……如果你还记得的话，关于生活我们总有不同的看法，我还想知道产生分歧的原因，总之，我想搞清楚的事情太多了，恩斯特。"

"你觉得能在里面找到答案吗？"我指着书问。

"不管怎么样，总要试一试，从现在开始，我要从早到晚不停地读书。"

路德维希很快就走了，而我仍坐在那里，陷入沉思。这段时间我又做了什么呢？我尝试拿起一本书，但很快它就滑落在地板上。我望向窗外，以前我可以废寝忘食地连续看几个小时书，一拿起书就知道要做什么。

母亲走进房间："恩斯特，今晚你不准备去卡尔舅舅家吗？"

"嗯，是该去一趟。"我有些闷闷不乐。

"他经常给我们送吃的。"母亲小心翼翼地说。

我点点头，窗外的暮色正在蔓延，深蓝色的天幕挂在栗子树的枝头，我转过身。"妈妈，夏天的时候，你还去白杨谷散步吗？"我突然问母亲，"那里一定很美吧……"

“不，恩斯特，今年一次都没去。”

“为什么没去啊？”我惊讶地问，“以前你每周末都会去啊。”

“我已经很久没散步了，”母亲平静地回答，“因为散步会让人饿得很快，我们又没有东西吃。”

我突然感到有些沮丧：“妈妈，他这么做是为什么呢？”

她抚摩着我的手：“不管为什么，恩斯特，主知道就好了。”

卡尔舅舅是我们这儿的名人，他在战争期间一直担任财政顾问，名下有一栋豪华别墅。

我带着小狼去赴宴，但是到了别墅后，它只能待在屋外，因为舅妈讨厌狗。

我按响门铃，一个身穿燕尾服的绅士前来开门：“晚上好，先生。”我有些吃惊，赶紧立正敬礼。而后，我突然意识到他大概只是舅舅的管家，该死，参军多年竟把这件事忘得一干二净。

那人上下打量着我，好像在看一个穿便衣的猴子。我笑了，但他仍一脸严肃。我脱下大衣，他伸出手，想帮我挂起来。

“不用了，”我说，但为了赢得他的好感，我接着说，“我是一名老兵，这些我可以自己做。”说完我把大衣挂在衣帽钩上。

他默默地把大衣摘下来，一脸傲慢地挂在大门旁的钉子上。可恶的家伙！我瞥了他一眼，走进房间。

卡尔舅舅走过来，腰间的马刀叮当作响。他向我打招呼时趾高气扬的，只因为我是一名普通士兵，而且他明显喜欢我两脚立正地听他讲话。我决定先下手为强，他这一身已经够让人厌恶了，还妄想让我向他敬礼。

“今天吃烤马吗？”我看着他干净整洁的晚礼服。

“嗯？什么意思？”他被我问蒙了。

“不吃烤马你带马刀干什么？”我平静地回答。

卡尔舅舅瞪了我一眼，转身走了，看来我戳到他的痛处了。在军队中，那些坐在办公室的书记官等文员都喜欢挂马刀或指挥刀。

我还没来得及解释不是有意冒犯他，身穿黑绸缎晚礼服的舅妈就轻快地走进来，她的胸口就像被熨过一样，一双黑色的小豆眼就像在抛光机上打磨过。她喋喋不休地和我说话，但看向我的眼神却不怀好意。

我感到有些尴尬，人太多了，尤其是女人。更尴尬的是，灯光太亮了。在防御工事里，能有一盏煤油灯就不错了。在这些树枝形的吊灯下活动，就像被警察监视一样，让人感觉毫无秘密可言。我不自在地挠挠后背。

“你傻站在那儿干啥？”舅妈停下来问。

“可能有虱子，”我说，“当兵的身上总会有几只，大概一个星期才能全部消灭……”舅妈吓得连连后退。

“别担心，”我安慰她，“它们不会乱窜的，毕竟是虱子，又不是跳蚤。”

“天啊……”她做了一个噤声的动作，好像这件事让别人知道了会让她丢脸。这些人就是这样，只知道我们是英雄就够了，至于虱子什么的，他们并不关心。

我不停地和一群贵妇握手，紧张得手心里都是汗水。这些人和士兵不同，他们脚步轻盈，说话就像念台词，和商店橱窗里的假人一般无二。和他们一比，我就是一台笨拙的坦克。我愤愤地想：我只是习惯了战壕，而不是宴会厅，因此才显得有些畏首畏尾。我偷偷在裤子上揩掉手上的汗水，可是和那些贵妇再握手时，手又湿了。

我不安地搓着手，试图搓掉指缝里的脏东西，在战壕里沾上的污渍像刻在指缝里一般。

我四处闲逛，见一个会计师正在人群中发表“演说”，便凑过去。“嘿，想象一下，一个马鞍匠[①]竟成了帝国的总统。你们想豪华的王宫里坐着一个马鞍匠，这事儿猫听了都会发笑！”

他兴奋得咳嗽起来。“你对这事儿怎么看，年轻的士兵？”他拍着我的肩膀。

这个问题我从未想过，只能尴尬地耸耸肩：“也许，他掌握了什么内幕……”

---

① 马鞍匠：指魏玛共和国第一任总统弗里德里希·艾伯特（Friedrich Ebert，1871—1925），其父早年是马鞍匠，德国有子承父业的传统，故有此称呼。

会计师盯着我，激动得浑身发抖。“太好了，”他叫道，“也许他真知道那么一两件事呢！不，士兵，我觉得这种东西就是命，要不为什么是个马鞍匠，而不是裁缝或是鞋匠呢？”

他又看向其他人，我不喜欢听他说话，他这样轻蔑地谈论鞋匠，让我很不舒服。他们和其他人一样，都能成为优秀的士兵。你看看阿道夫·贝特克，他就是鞋匠，但他比任何一位少校都了解战争。对我们来说，是人决定事，而不是事决定人。我狐疑地看着会计师，他四处乱说，依我看，他那点儿东西一柄汤勺就装满了。如果再次爆发战争，让我选一个人带我去前线，我宁愿选贝特克。

终于可以吃饭了，我很开心。更开心的是，我旁边是一位系着天鹅绒围巾的年轻女孩儿。我很喜欢她，但不知该和她说些什么。当兵的人话都不多，面对女孩儿时，话就更少了。其他人都在高谈阔论，我尝试找出一两个喜欢的话题。

那个会计师断言只要再坚持两个月，就一定能获得胜利。这种胡说八道令我感到恶心，当兵的都知道，在这场战争的最后几个月，我们已经弹尽粮绝，而且老兵拼光了，又没有新的兵员补充进来，能坚持两个月才见鬼呢。他旁边的女士则声泪俱下地控诉丈夫的堕落恶行，她把一桩桩罪行讲得绘声绘色，仿佛堕落的是她而不是她丈夫。一个鹰钩鼻男子正在给朋友的妻子讲一个悲伤的故事，但他表情里那抑制不住的幸灾乐祸，让我恨不得在他嘴里塞个玻璃杯。

听着他们的谈话，我觉得自己变成了傻子，很快就听不懂他们在说什么了。“天鹅绒围巾”高傲地问我，是不是前线的战斗把我变成了哑巴。

“并没有。”我答道。心想：你这个可怜的傻瓜，就应该让科索莱和恰登斯坐在你身边，他们不仅会被你愚蠢的发言逗得开怀大笑，还会让你沾沾自喜。最难受的是，我实在不知道该如何回答她的话。

谢天谢地，此时厨师端上来一盘炸猪排，我闻闻飘散的香味儿，这才是真正的炸猪排。我一看到它，所有的烦恼都烟消云散。我往前坐坐，抓了一块最好的，狼吞虎咽地吃起来，味道真是好极了。我最后一次吃猪肉，还是在佛兰德，那次我们抓到一对小猪崽儿，在一个可爱、宁静的夏夜享用了这顿美味的大餐，那时加德·辛斯基还活着，除了加德还有卡特和海尔·韦斯特许斯……我双手撑在桌上，忘记了周围的一切，仿佛他们就坐在我面前，我看得很清楚，他们就在那儿。猪肉很嫩，配着土豆饼一起吃更加美味。哦，人群里还有里亚、保罗·博伊默，没错儿，就是保罗……我听不到也看不到任何东西了，完全沉浸在回忆中。

一阵笑声把我从回忆中拉回来。餐厅里安静下来，舅妈好像被人泼了硫酸，旁边的“天鹅绒围巾”也在拼命忍笑，所有人都在看着我。

我发觉此时的我正像在佛兰德时那样，双手无所顾忌地撑在桌上，抱着最后几块猪排大嚼特嚼，满手都是油污。而其他人则用刀叉干净、体面地享用美食。

我突然冒出一身冷汗，全身的血液都凝固了，脸涨得通红。我默默地放下手中的猪排，我为什么会这么失态呢？老实说，我现在真的不知道该怎样优雅地进食，战场上我们就是这样吃东西的，最多会有一把汤勺，或是一支叉子，连盘子都没见过。

尴尬混合着愤怒。我恨卡尔舅舅，因为他又开始高谈战争债券；我恨在场的每一个人，一些无关紧要的谈话都能引起他们的不适；我恨全世界，现在世界充满各种各样的琐事和闲话，仿佛这几年可怕的战争并没有爆发。在战争岁月里，只有一件事最重要——生与死，除此之外，别无他物。

我默默地、粗鲁地把能吃的东西一股脑儿地塞进胃里，不管怎样，我要饱餐一顿，只要还能吃，我就会一直吃下去。

吃饱喝足后，我缓缓站起身。身穿燕尾服的管家依然站在接待室里，我取下大衣，咆哮道："真应该把你们都送到前线去，包括你这只穿燕尾服的猴子！"然后砰的一声摔门而去。

小狼在屋外等我，见我出来，立刻扑上来。

"我们走，小狼。"

我忽然明白，使我痛苦的并不是炸猪排，而是那些令人沮丧的、自鸣得意的高谈阔论和惺惺作态。

“走吧，小狼。”我又一次唤它，“这些人不是我们的同伴，和他们相比，反倒是那些英国兵、法国兵更好相处。走吧，我们找同伴去，在那儿我们会舒服很多。走吧，因为他们也会粗鲁地打嗝、吃饭。”

小狼跟在我身边，我们开始奔跑，越跑越快。喘息、犬吠，我们的双眸炯炯有神，我们就像疯子一般疾驰。让他们都滚蛋吧，毕竟我们还活着。小狼，我们还活着！

五

学校已经复课，我和路德维希、特罗斯克一起去上学。

我们读的是师范学校，还没有通过毕业考试。对面文科中学的学生比我们好多了，学校为他们安排了特殊的毕业试，他们可以选择在参军前或在休假时参加考试，所以回来上课的只剩下那些未参加考试的人，布勒格尔就是其中一员。

我们经过大教堂时，发现教堂的塔尖换成了一块破旧的灰毛毡，原来的青铜塔尖已经熔铸成炮弹送往前线了。现在的教堂看起来破破烂烂的，就像一座废弃的工厂。

“我敢打赌，上帝做梦都想不到教堂能变成这副模样。”特罗斯克说。

师范学校的二层小楼就在教堂西边的小巷里，对面是文科中学。学校后面有一条小河，两岸皆是椴树。我们参军前，这就是我们的小世界。而参军后，世界里就只剩下战壕。现在，当我们再次站在这里，惊觉它已经不再属于我们，战壕早已鸠占鹊巢。

在文科中学门前，我们碰见了老朋友格奥尔格·拉厄。他是一名中尉连长，这几年休假时他只顾着喝酒和闲逛，根本没有考虑学业，为此他已经留级两次了，现在不得不回来上课。

“嘿，格奥尔格，听说你在前线成了拉丁文老师，你拉丁文什么时候这么好了？”我打趣道。

“你还是先担心自己吧，”格奥尔格迈开大长腿向学校走去，边走边笑道，“别因为品行分太低毕不了业。”

过去六个月，格奥尔格一直在空军服役，听说他一人击落了四架英国战机，不过，我估计他现在连勾股定理都搞不明白。

我们继续向学校走去，小巷里到处都是穿军装的人，一些已经遗忘面孔、许久未闻的名字重新出现在眼前。汉斯·瓦尔多夫步履蹒跚地走过来，1917 年 11 月 17 日，我们把他从死人堆里刨出来，但他膝盖以下粉碎性骨折，最后不得不截肢保命。现在他拖着笨重的假肢，和熟人大声寒暄。库尔特·莱博尔特也出现了，他举起假臂，戏谑地说：“嘿，先生们，我是铁臂戈弗雷。”

这时又有人走过来，他含混不清地问：“你们猜猜我是谁？”

我仔细研究这张脸，试图辨认他的身份。他额头上有一道延伸至左眼的伤疤，红色的嫩肉翻卷出来，遮住眼睛，远远看去眼睛只剩下一条缝。右眼黯淡无光，是用玻璃球做的假眼。鼻子也不见了，医生给他补了一块黑色的假体。一道裂缝从鼻子下探出来，把上嘴唇一分为二，下嘴唇缩成一个圆球，牙齿也都是假的，在嘴巴的缝隙里隐约可以看见假牙支架。整张脸歪歪斜斜的，很难用语言形容。我仔细看了半天也无法辨认。

“我是波尔·拉德马赫啊。”他含混不清的嗓音再次响起。

我重新打量他，是他，他依然穿着那件最喜欢的灰条纹西装。

“嘿，波尔，你还好吗？”

“你瞧不出来吗？”他扯住嘴唇，“铁锹砍的，两下。还有这个。”他伸出一只手，上面就剩两根手指。他右眼呆板冷漠地看向前方，左眼痛苦悲伤地眨几下，“我只想知道我还能不能当老师，别说模样，我现在说话都很困难，你能听清我说话吗？”

“当然可以。”我答道，“相信我，你会越来越好的，你一定能成为一个好老师。”

他摇摇头，沉默了。他似乎并没抱太大希望，我想医生肯定也试过很多方案，让他恢复得好一点儿。维利挤到我们身边，把打听到的消息讲给我们听：博克曼因为肺部急性损伤去世；亨策在得知自己因为脊柱损伤，将终身与轮椅为伴后，开枪自杀——这并不奇怪，他曾是校园里赫赫有名的足球健将；迈尔在9月牺牲；而利希滕福德是6月阵亡的，那时他刚到前线两天……

谈话被打断，一个矮个子突然蹦到我们面前。

“你，你是……阿尔温·斯特霍尔特？”维利不敢置信地说。

“当然，你这个老笨蛋。”矮个子反驳道。

维利愣住了：“你不是牺牲了吗？”

“看样子并没有。”斯特霍尔特友好地答道。

“可是我明明在战报上看到你的名字了。”

“写错了呗。”斯特霍尔特笑了。

“那群人真不靠谱！”维利摇摇头，“我还以为你早被虫子吃了呢。”

“怎么会，我怎么也得死你后面啊。”斯特霍尔特打趣地说，“你会比我先走一步的，毕竟红头发都活不长久。”

我们走进校园，享用午餐的天井，摆满桌椅的教室，还有钉满衣帽钩的走廊……一切都和以前一样。可我们觉得很陌生，仿佛它们来自另一个世界。只有昏暗的礼堂让我们倍感亲切，因为它和营房很像，不过没有营房那么臭气熏天。

礼堂正前方是主席台，几百根管风琴的琴管在主席台后面闪闪发光，正中央是讲台，老师们站在讲台两侧。讲台上摆了两盆假花，前面还挂了一个系着蝴蝶结的月桂花环。校长身穿礼服走上主席台，看样子他们准备为我们召开一个盛大的庆功会。

我们聚在一起，谁也不肯往前站，只有维利傻乎乎地杵在那儿，火红的头发特别扎眼，就像妓女招揽生意的红灯。

主席台上的老师曾是我们生命中最重要的人，不仅因为他们的身份，更因为我们相信他们。以前就算给他们取了很难听的外号，也不妨碍我们对他们的信任。现在，他们不过是一群可悲的老者，他们站在那里，想继续给我们上课，哪怕牺牲尊严也在所不惜，可他们还能教我们什么呢？经过战争的洗礼，我们比他们更了解生活，掌握更多的人生智慧：粗鲁、血腥、残酷和无情。我们已经能做他们的先生了，只是没人愿意。如果这里遭到炸弹袭击，他们只会像一群惊慌失措的兔子，吓得屁滚尿流、抱头鼠窜。而我们首先要做的就是果断、冷静地把他们关起来，以免他们碍事，然后才是做好防御，准备战斗。

校长清清嗓子开始讲话，不得不承认，他是一位优秀的演说家，圆滑世故的话语不断从他嘴里蹦出来。他大谈特谈战士们的英勇事迹，他用了抗争、胜利、苦难和英勇无畏等溢美之词，但这只会让我们感到刺耳，大概是这些词太美好了吧。我看看路德维希，他也望望我。很明显，特罗斯克、瓦尔多夫、斯特霍尔特、莱纳斯曼等人都不喜欢他的话。

校长继续高谈阔论，他不仅颂扬战士的英勇，也历数后方人民的不易：“我们坚守故土，尽忠职守，为了前线战士，忍饥挨饿、吃苦受累、担惊受怕……我们的苦难常人难以想象，与前线将士相比只多不少……”

“瞧这话说得多漂亮，巧舌如簧又能自圆其说。”斯特霍尔特冷嘲热讽地说，大家也纷纷抱怨起来。

校长撇了撇嘴，继续说：“当然，我们不能和你们相提并论，你们无惧死亡，忠诚地完成了祖国交付的使命，虽然没有获得最后的胜利，但面对深处苦难的祖国，依然满怀热忱，团结一心，反抗一切敌对势力。我们要以先贤歌德为榜样，几个世纪前，他振臂疾呼，他的精神在这个苦难的时代，仍将指引我们：‘不畏强权，反对暴力。’”

校长停顿一下，面色凝重，声音低沉：“我们要牢记牺牲的校友，他们开心地与我们匆匆告别，拿起武器奔赴战场保卫祖国，最后光荣地牺牲在战场上。我们要记住，有二十一位校友已经永远离开我们，他们长眠在异国他乡，长眠在青草之下……”

这时，礼堂里突然响起一声短促、响亮的冷笑，校长的演讲被打断了，他尴尬地环视四周。是维利，他像一个笨重的衣架站在那里，又像一只满脸通红的愤怒的火鸡。

“青草，青草……”他冷哼道，“长眠？他们躺在炮火连天的战场，肠穿肚烂，身首异处，甚至坠入沼泽，尸骨无存。而你，却口口声声说他们长眠于青草之下！现在不是唱高调的时候！”维利激动地挥舞双臂，就像风中旋转的风车，“你以为的英雄是什么样子？！小霍耶，他在满是倒刺的铁丝网上挂了整整一天，肠子就像空心粉一样流出来，他一声接一声地哀号，试图用仅剩的手指把肠子塞回去。后来，一颗炮弹在他身边爆炸，把他的手指生生扯下来。两个小时后，又一发炮弹炸响，把他的腿也从身体上撕下来。他一直痛苦地活着，直到夜幕降临才死去。我们趁着夜色把他抬回来，他满身弹孔，就像被铁犁狠狠碾过！如果你还有勇气，就去找他母亲，告诉她，她的儿子是怎么死的！去啊！”

校长脸色苍白，犹豫不决，他不知道是该按校纪处理维利，还是说些什么缓和尴尬的气氛。最后，这两件事他都没有做。

“校长先生，”特罗斯克走上前，“我们回到这里，并不是想听你讲什么‘虽然你们失败了，但你们做得很好’这样的屁话，这些话，我们不屑一顾。”

校长吓坏了，全校老师也都吓坏了。人群里一阵骚乱，管风琴的琴管也在微微颤动。

“我想问一句，至少在感情上……”校长试探地说。

“放屁！放屁！！放你妈的狗屁！！！”特罗斯克怒吼道，“你知道吗？这是这几年我们说得最多的词，如果你觉得我们满嘴喷粪以至于把你那些伪善的‘仁义道德’都忘了，那我就再说一遍。你似乎并没搞清楚状况，站在你面前的不是乖学生，乖学生也不可能站在这里，在这里的只有战士！”

“可是，同学们，”校长几乎恳求道，“大家也不至于为了几句空话闹得不可开交吧，这都是误会，误会……”

校长的话再次被打断，这次是赫尔穆特·莱纳斯曼。他曾在伊瑟河战役[①]中冒着枪林弹雨把他弟弟抢出来，可当他背着弟弟赶到救护站时，弟弟已经死了。

“牺牲！”莱纳斯曼粗鲁地吼道，“他们并不是为了成为你的演讲素材才慷慨赴死！他们是战友！是兄弟！！是……算了，你闭嘴吧，别再打扰逝者的安宁了！”

一场混乱随之而来，校长绝望而无助地站在那儿，老师们也像一群受惊的小鸡战栗不已。只有两位老师很冷静，因为他们也刚刚从战场回来。

无论如何，校长还是想安抚我们的情绪，但人太多了，根本没人听他说话。维利站在他的面前义愤填膺地挥舞双臂，就像天使挥动翅膀一般，谁知道这个粗鲁的士兵疯狂起来会做什么，说不定下一秒，他就能从口袋里摸出几颗手榴弹。

突然，礼堂里安静下来。路德维希推开维利，向前走了

---

① 伊瑟河战役：1914 年，比利时与德国在伊瑟河两岸发生冲突，比利时军驻守河西岸，成功阻止了德军向沿海地区推进。自此两国军队一直保持隔河对峙的状态，直至“一战”结束。

几步，大家都静静地看着他。“校长先生，”路德维希一字一顿地说，“您一直从自己的立场看待这场战争，并用绚丽的色彩、激昂的进行曲描述它，因为您只看到我们离开火车站时的样子，所以我们并不责怪您，毕竟我们最初和您的想法一样，但是，我们现在应该了解一下这件事的另一面了。1914年发生的这场悲剧，马上就要烟消云散，无论如何我们活下来了。一种更有意义的东西把我们团结在一起，它只存在于校园之外，那是一种您无法感知也不能谈论的责任。”

路德维希停顿一下，揉了揉额头，继续说：“所以，我们并不需要您再解释什么，那么做很愚蠢，因为没有人知道未来会发生什么，但是请您不要再试图教我们如何思考。我们曾满怀热情地出国战斗，那时心里装的是祖国；现在我们已经回家，祖国依然在我们心中。因此，我们请求您保持沉默，不要再讲那些大话、空话，那些已经不适合我们，更不适合那些牺牲的战友。我们亲眼看着他们离去，那些场景恍如昨日，以致我们无法忍受您如此平静地谈论这件事，而他们的牺牲，也并不是为了你所说的那些意义。”

礼堂一片寂静。校长双手下垂，“布赖尔，”他轻声说，“无论如何，你们不该如此……”

路德维希沉默了。

过了一阵儿，校长继续说：“请把你们的诉求告诉我吧！”

我们面面相觑，是啊，我们想要什么呢？这并不是一两句话就能说清楚的。一种迫切想要倾诉的欲望在心底涌动，但是该如何表达呢？一时竟不知从何说起，或许我们需要更多的时间来思考。

片刻沉默后，斯特霍尔特挤过人群，站在校长面前："我们不想听什么悼词，我们只想听一些实际的东西。现在亟需解决的，是你准备如何安置我们？这里有七十多名士兵，我们是否必须回到学校上课？实话告诉你，我们现在头脑空空，如果不是必须回来，我们根本不想留在这里。"

校长想了一下，解释说，他还没有得到教育部的通知，所以我们暂时回到参战前所在的年级，等通知到了，再重新安排。

大家鼓掌欢呼，表示校长的话被接受了。不过维利还是不太开心："你别费劲了，既不要指望我们能和没有当过兵的毛孩子共处一室，也不要指望我们能在合适的时候举手回答问题。要我说，你就把我们安排在一个班级得了。"

这一刻，我们才发现哪里不对劲了。过去的四年里，我们被允许随意地射击、偷袭和杀戮，可现在，大家不得不面对一个严重的问题，我们该读二年级还是三年级？大家走的时候是不同年级，现在如果安排在同一个班，高年级的已经会算二次方程了，可低年级的还在解一次方程，这才是最大的问题。

校长答应我们，会想办法组建一个退伍士兵特别班。

"我们不能再等了，"特罗斯克简短地说，"这种事我们要亲自解决。”

校长没有回答，只是默默地走出礼堂。

老师们跟在校长身后也出去了，我们紧随其后。维利在离开以前，几步走上主席台，把讲台上的两盆假花丢进了垃圾桶。

“不论怎么处理我，我实在受不了这东西。”维利厌恶地说，而后他又把月桂花环摘下来，扣在斯特霍尔特的脑袋上，“拿回家煮汤！”

会议室里烟雾缭绕，到处弥漫着雪茄和烟斗的味道。文科中学的退伍士兵也过来了，现在这里坐着一百多名士兵，十八名中尉，还有三十多名中士和下士。

斯特霍尔特找出学校的旧校规，当众朗读。会议进行得很慢，因为每读一条校规都会引起一阵哄堂大笑和激烈讨论，谁都不信自己曾经遵守过这些条条框框。

当斯特霍尔特读到“未经班主任许可，晚上七点以后任何人不得出校门”时，维利打断了他。“闭嘴吧，阿尔温，”维利反驳道，“没人比你更让校长先生打脸了。战报上明明说你阵亡了，校长先生感动得专门为你写了悼词，还说你是英雄，是标兵。可你却全须全尾地回来了，他多尴尬啊。好了，现在他只能收回那些话，毕竟你的代数和写作成绩真的太烂了。”

老师可以在考试方面指导我们，但是在生活方面，我们不希望被约束。所以，我们成立了学生会，由几名学生代表组成，我们师范学校的代表是路德维希、赫尔穆特和特罗斯克，对面文科中学则是格奥尔格和布勒格尔。

而后我们又选出维利、斯特霍尔特和特罗斯克三人，组成特别行动组，明天一早前往州教育部提出我们对于课程和考试的诉求，路德维希去不了，因为他还没有恢复健康。

代表们收齐了所有人的退伍证，又搞来几张火车票。除此之外，我们又找到没退伍的军官和士兵委员会成员在申请书上签字，也由他们一同带去。

莱纳斯曼对代表团的穿着提出了建议。他首先建议维利把新军装留在家里，改穿褪色的、打补丁的旧军装。

“为什么？”维利失落地说。

“这样的话就有更多的借口让政府官员同意我们的要求。”莱纳斯曼解释说。

维利很不情愿，他很喜欢新军装，他还想在州城咖啡馆里炫耀一番呢。他想了一下：“如果部长们不同意，直接拍桌子威胁他们不就好了，效果也差不了多少。”

莱纳斯曼摇摇头：“不行，我们需要他们的帮助，不能把事情搞砸。况且穿旧军装跟他们拍桌子，效果会比穿新军装好得多，相信我，伙计。”维利同意了莱纳斯曼的方案。

接下来莱纳斯曼把注意力转向斯特霍尔特，他看起来没什么让人印象深刻的地方，因此莱纳斯曼把路德维希的勋章别在他的胸前：“这样你对部长们说话就更有说服力了。”

最后是特罗斯克，他没什么要“化装”的，光看胸前的勋章就已经够了。特别行动组一一准备妥当，莱纳斯曼满意地看着自己的作品，“完美，”他说，“你们可以出发了，让那些在后方吃萝卜的猪见识一下，什么才是真正的战争。”

“放心吧，包在我们身上。”看样子维利已经恢复了自信。

雪茄、烟斗依旧在冒烟，诉求、思想和希望一起沸腾，我们的未来只有天知道，一百多名年轻的士兵，十八名中尉，三十多名中士和下士，都坐在这里，准备迎接新的生活。我们之中任何一个人都可以独自带领一个小队穿越交战区，可以完美躲开机关枪和步枪的射击，当“敌人上来了”的喊声响起，每一个人都会做出最正确的选择。我们战斗在无穷无尽的黑夜中，每个人都是不折不扣的英雄。

当和平真的到来，我们还能适应它吗？难道，除了继续当兵，我们什么都做不了吗？

第三章

一

我跳上火车，去乡下找贝特克。我很快就认出他的小院，在前线的时候，他无数次提起过。

这是一个种满果树的院落。远远便看见一棵苹果树，苹果已经成熟，饱满的果实挂在枝上。主人还没来得及摘下，几颗熟透的苹果就迫不及待地跳下来，散落在树下的草地上。门前有一棵高大的栗子树，金黄色的树冠遮盖着小路，和树下的石桌石凳。绛红色的栗子壳已经炸开，栗子闪着诱人的光泽。我捡起一两颗，赤褐色的果皮仿佛涂了一层釉彩，上面有几个淡淡的霉斑，还有几条隐约可见的细线。

世上竟有这样的地方，我想。环顾四周，一切都那么真实，淡淡的薄雾笼罩着五颜六色的树林，再也看不见断壁残垣；微风拂过田野，再也闻不到火药和毒气的味道；油汪汪的土地闪着金光，泛起泥土的芬芳；骏马在辛勤地耕作，这一刻它们拉的再也不是笨重的火炮。扶犁的农夫显然刚刚归家，身上还穿着褪色的军装，可他的肩上再也不用扛沉重的步枪。

白云缠绕在枝头，太阳躲在云后，银色的光线透过云层和树叶射下来。几个孩子在放风筝，各色风筝笔直地飞向遥远的蓝天。深吸一口气，让清冽的空气流进我的身体。没有枪，没有火炮，没有战壕，没有沉重的背囊，也没有粗糙的武装带。不用再小心翼翼，随时准备逃跑——那种谨慎小心会在感受到危险或死亡时，能让我们随时蹲下或卧倒。我们终于可以昂首挺胸、从容不迫地走路。我摆动双臂，浑身充满力量。我要到哪儿去？当然是去看望我的战友贝特克。

屋门半掩，右边那间小屋是厨房。我轻轻敲门，无人应答。

“有人吗？”我大声询问，四周一片寂静。我推开门，一个男人独自坐在桌边，听到脚步声，他茫然地抬起头，一身旧军装胡乱地裹在身上，蓬乱的头发好似一个鸟窝。我仔细一看，竟然是贝特克。

“嘿，阿道夫。”我高兴地叫出来，“你没听到我敲门吗？你是不是刚睡醒啊？”

他没有动，摆摆手示意我坐下。

“我说过我会来看你的，阿道夫。”

“你能来真好，恩斯特。”他忧郁地说。

“阿道夫，发生了什么事儿？”我惊愕地看着他。

“没事儿，恩斯特……”

“阿道夫，你到底怎么了？”我坐在他身边。

他拒绝回答：“没什么，我真没事儿，别吵我了。你能来，或者你们当中任何一个人能来看我，这就很好了，真的，这就非常好了。”说完，他站起来。

“再这么消沉下去，你会疯的……”我四下看看，没有看到他的妻子。

他沉默片刻，再次说：“你能来真好。”他四下翻找，最终找出一瓶杜松子酒和几根香烟。

我们喝了几杯酒，厚厚的杯底刻了一朵淡红色的小花。窗外是一座大花园，一条小路从果树下穿过。院门被风吹得吱嘎作响。墙角处的深色大钟正在报时。

“干杯，阿道夫！”

“干杯，恩斯特。”

一只猫偷偷溜进房间，跳上缝纫机台，趴在上面发出呼噜呼噜的声音。沉默了好久，贝特克终于开口说话。“我父母、岳父母，他们都跑来劝我。可现在，他们已经不了解我，我也不了解他们，我们都不是从前的自己了。”他抱着头痛苦地说，“恩斯特，你了解我，我也了解你。可是对于他们，我觉得和他们隔了一堵高墙……”

在他断断续续的叙述中，我终于知道了事情的全貌。

贝特克回家时，背囊里装满了送给家人的礼物：咖啡、巧克力、罐头……甚至还有足够做一条裙子的紫色绸缎。他本想轻手轻脚地推门进屋，给妻子一个惊喜，但门前的狗一看到他便疯狂地吠叫起来，差点儿把狗窝掀翻。此情此景，他再也无法抑制内心的情感，他冲过苹果树下的小路，那是他的小路、他的树、他的房子、他的妻子……心脏就像一只巨大的摆锤，猛烈撞击他的胸膛。他推开门，深吸一口气，闯了进去。

“玛丽……”他一眼便看到了妻子，热烈的目光立刻包裹住玛丽，他非常开心。昏暗的灯光、古老的房子、嘀嗒作响的时钟、实木的桌子、舒适的扶手椅，当然还有他的妻子，都在这儿。他向玛丽走去，但玛丽却连连后退，像见鬼一般注视着他。

“我吓到你了吗？”他大笑道，有些不解。

“嗯，有点儿……”玛丽急切地说。

“没事儿，很快就会适应的，玛丽。”他激动得浑身颤抖。现在他就站在房间里，他已经离开太久了，如今活着回来，这不能不令他激动。

“我不知道你会这么快回来，阿道夫。”玛丽说，她背靠墙边的壁橱，瞪大眼睛看向他。某种不安涌上心头，狠狠挤压他的肺。

“我回来你不开心吗？”他傻傻地问。

“阿道夫，其实……”

“到底发生了什么……”他傻傻地问，忘了手上还提着行李。

玛丽突然趴在桌子上，哭声从臂弯里传出来。为什么他马上就要知道呢？反正早晚有人告诉他，他的妻子和另一个男人在一起了。这只是一时冲动，她并不想这么做，她一直想着他、盼着他。假如他愿意的话，就让他立刻杀了自己吧。

贝特克站了一会儿，终于意识到还提着沉重的背囊。他放下背囊，解开搭扣，从背囊里一样一样地掏东西。他觉得现在应该做点儿什么，总之不要让自己停下来。他一边掏东西，一边喃喃地说：“不，不是真的，一定不会的……”

他拿出那块绸子，绸缎在手上沙沙响，他举起来：“我的意思是，你看我给你带了一块丝绸……”但他想：不会的，都不是真的。他绝望地攥紧丝绸，大脑一片空白。

玛丽一直哭，什么都不想听。贝特克坐下来，静静地思考。他突然觉得饿极了，外面的树上结满了苹果，非常好的品种。他摘下几个，疯狂地啃起来。很快，他的手放下了，一切都想明白了。一股怒火从心底涌起，他很想砸东西，他疯了似的跑出去，他要找那个人算账……

他没有找到那个人，于是转去酒馆。酒馆里的人纷纷向他打招呼，但似乎都很谨慎，眼神躲闪，话也是想了又想才说出口，原来他们也知道了。贝特克装作一副若无其事的样子，但又能装多久呢？他喝了一品脱就离开了，即将走出去时，有人问他："你还没回家吗？"他没有回答，留给身后一片沉静。

他疯狂地跑，直到夜幕四合，他才又一次站在家门外。他该怎么办……

犹豫了很久，他还是推门走进去。灯已经点亮，桌上摆着热咖啡，炉子上热着烤土豆，桌上还铺了块白色的桌布。倘若没有这件事，这一切多么温馨啊，但现在……贝特克心如刀绞，眼前的一切令他更加伤心难过。

玛丽站在那儿，不再哭泣。他坐下来，她给他倒了一杯咖啡，又把烤土豆和香肠推到贝特克面前，看来她并没有准备自己那一份。

他看着玛丽，她瘦了，脸色苍白，一种莫名的悲恸涌上心头，他什么都不想知道，他只想回到床上，把自己藏在被子里，直到变成一块石头。他推开冒着热气的咖啡，装食物的盘子也推开了。玛丽有些害怕，似乎知道接下来会发生什么。

贝特克没有动，他已经没有力气了。他摇摇头："你走吧，玛丽。"

玛丽没有说话，只是将围巾披在肩上。她再次将盘子推到他面前，小心翼翼地说："你多少吃点儿吧，阿道夫……"然后推门出去了。

她走了，脚步那样轻盈，门也关上了。狗在屋外吠叫，风在窗前呻吟，贝特克成了一个孤独的人。

夜深了……

贝特克就这样浑浑噩噩地在屋里坐了很多天，这个从战壕里直接回家的人已经消瘦、憔悴。后来，贝特克在橡树林里看见了那个奸夫，当时那人躲在树后偷偷跟踪他，这才让他认出来。可贝特克已经被这个沉重的事实打击得非常厉害，打他一顿有什么用呢？无论如何，这个人一定是她喜欢的人，他暗暗想。

他的愤怒早已被这个想法蚕食，他的心太痛了。他转身离开，甚至连手都没有抬起。那人逃走了，暗暗感谢幸运之神对自己的眷顾。

接下来，他的父母、岳父母纷纷过来劝他再考虑一下，毕竟她等了他四年，也为他守了四年贞节，四年的等待不是小事。该受到惩罚的是那个男人，毕竟在战争中，会发生很多意想不到的事情。

“就剩我一个人了，我该做什么呢，恩斯特？”贝特克抬头看了我一眼。

“该死，那个可恨的狗杂种真该死！”我说。

“恩斯特，对不起，让你跟着我生闲气了。”

我把酒杯再次斟满，继续陪他喝。贝特克家里没有雪茄了，他又不肯去买，我只好替他跑一趟。贝特克是个大烟鬼，如果他能抽几支雪茄，说不定心情会好一些。我买了一大盒“农夫乐”牌雪茄，那些短粗的褐色雪茄，跟它们的名字很相配，烟叶是用山毛榉叶制成的，质量不太好，但总比没有强。

我返回的时候，屋里多了一个人。我立刻反应过来，她就是贝特克的妻子玛丽。玛丽僵硬地坐在桌边，双肩纤弱，脖颈修长，有几分妩媚，又有些孩子气。人们永远不会和这样的人生气，当然，那些脖子粗得跟火腿似的胖子除外。

我脱下帽子，向她问候，她没有还礼。我把雪茄放在贝特克面前，他没有动。时钟嘀嘀嗒嗒地奏响，栗子树被风吹得沙沙响，树叶打着旋儿飞过窗外。一截树枝挂在窗棂上，上面还连着五片褐色的树叶。它们趴在窗外，就像一只张开的大手，一只死在秋天的手，似乎想吓我们一跳。

贝特克终于有反应了，他用陌生的嗓音说：“你走吧，玛丽。”

玛丽就像一个小学生，乖乖地站起来，目不斜视地走出去。那么美丽的脖颈，那么纤弱的肩膀，贝特克怎么忍心让她走呢。

“她每天都会过来，一声不响地坐在这儿，等我原谅她。”贝特克阴郁地说。之前我还有些担心他，现在我倒是有些担心玛丽了。

“和我一起回城里吧，阿道夫，你在这里待下去也没什么意义。”我建议道。

他不肯。犬吠再次响起，玛丽已经走出院门，回她父母家了。

“她想回来吗？”

贝特克点点头，我无法再劝他，这个时候，他必须一个人做决定。

“你还是和我一起走吧。”我再次提出建议。

“以后再说吧，恩斯特。”

“那你抽支雪茄。”我把烟盒推到他面前，他拿了一支，我和他握手告别，“我会再来看你的，阿道夫……”

他把我送到门口，目送我离开，我向他挥挥手，他身后是无尽的黑暗，就像那天我们在火车上告别一样。他真应该留在我们身边，看他现在满面愁容的样子，我想帮他，却又不知如何出手。

唉，在前线的时候一切都很简单，活着，只要能活着就很好了。

二

我躺在沙发上，双腿伸直，双手枕在脑后，闭着眼睛昏昏欲睡。半梦半醒间，思绪混乱、繁杂，意识徘徊在现实和梦境间，疲惫如阴影般掠过我的大脑。我仿佛听到远处传来炮火声，炮弹呼啸而过，警报骤然拉响，提醒我们小心毒气。就在我准备找防毒面具时，黑暗悄无声息地退却了，紧贴在脸上的大地也在一种温暖的触感中渐渐消失，眼前的光线更加明亮，接着它变成了柔软的天鹅绒沙发套，而我的脸颊紧紧贴在上面。潜意识告诉我：我在家里。很快，警报声变成母亲摆放碗筷的声音，她小心翼翼地将它们放在桌上，尽量避免吵醒我。

黑暗再次袭来，炮火的轰鸣再次响起，但是声音很遥远，仿佛是从森林或海洋中传来，我隐隐听到了几个单词，大脑开始运转，将它们整理成一句有意义的话：“起来吧，卡尔舅舅给我们送来了香肠。”母亲轻柔的话语在枪炮声中传来。

在我即将滑进弹坑时，这些话刚好传进我的脑海中，随后我的眼前浮现出一张趾高气扬的胖脸。“哦，他啊。”我悻悻地说，声音缥缈无力，仿佛嘴里塞满了棉花，我觉得很累，“他就是个愚蠢的老混蛋！”我再次摔进黑暗中，越来越深，它如一阵阵波浪裹挟着我，黑一点儿，再黑一点儿……

我并没有睡着，刚才所有的东西都不见了，取而代之的是清晰的、轻柔的金属碰撞声。我渐渐恢复了神志，慢慢睁开眼睛。

母亲站在身边，脸色苍白，一脸惊恐地看着我。

“你怎么了？”我吓了一跳，一下子坐起来，“你生病了吗？”

她眼神躲闪：“不，并没有，只是……没想到你能说出这种话……”

我仔细回忆，我说了什么呢？想起来了，是卡尔舅舅……

“妈妈，别这么敏感，”我笑了，松了口气，“不管怎么说，你也知道，卡尔舅舅是个以权谋私的小人，不是吗？”

“我并不是这个意思，”母亲平静地说，“只是，你不该那么说他……”

我想起在睡梦中说的话，有些羞愧，我竟然在母亲和其他人面前说出这样的话。“那只是下意识的话，”我解释道，“妈妈，前线回来的士兵要想习惯后方的生活，真的需要很长时间。在前线，我们都是这样，虽然很粗鲁，但很真诚。”

我梳理一下头发，扣上衣扣，然后去摸香烟。我惊讶地发现母亲还在看我，她的手微微颤抖。

我摸香烟的手停住了，“妈妈，”我揽住她的肩膀，“事情没那么糟糕，当兵的都这样。”

“好了，好了，我都知道，”她小声说，“而且……你也是一名士兵，对吧……”

我笑了。当然，我也是一名士兵。我高兴得差点儿叫出来，但某种莫名的情绪击中了我，我沉默了，松开揽住母亲的手，独自坐在沙发上沉思。

母亲站在我面前，面容苍老、疲惫，她忧心忡忡地看着我，双手不安地绞在一起。那是一双操劳的手，柔软但满是皱纹，一道道青筋分明可见，它是为了我才变成这样的。我从未见过这样的手，当然还有很多我未曾见过的事物，我还是太年轻了，但我已经明白，为什么我会对这个憔悴的老妇有着别样的情感，一种有别于其他士兵的情感，因为我是她的孩子啊。

我是一名士兵，我也是她的儿子。在战争中，她只看到有一群野兽在威胁儿子的生命，但她从未想过，自己的儿子对于敌国母亲，也是威胁她们儿子生命的野兽。

我的视线从她的手上转到自己手上。这双手，于 1917 年 5 月杀死了一名法国士兵。他的鲜血喷涌而出，落在我手上，我感觉有些恶心。恐惧和愤怒驱使我一次又一次举起刺刀。而后我逃离战场，在战壕里狂吐，第二天一早，贝特克才抽出时间安慰我。那时我只有十八岁，那是我参加的第一场战斗。

我慢慢地把手翻过来。

在 7 月初的大决战中，我开枪射杀了三个人，他们在铁丝网上挂了整整一天，柔软的手臂随着炮弹的冲击波晃动，有时像在威胁我们，有时又像是乞求帮助。

之后的战斗中，我扔出一颗手榴弹，炸断了 20 米外一名英国上尉的双腿。他飞出去，发出可怕的哀号，头向后高高扬起，鲜血从嘴巴里喷出来。落地时他伸展双臂，像海豹一般撑住上半身，但很快，他就失血过多，死了。

现在，我坐在母亲面前，她看着我，泪水在眼窝里徘徊，她不明白，她的儿子怎会变得如此粗鲁，连表情都很不雅。

“恩斯特，”母亲平静地说，“我一直想说，你变了，现在的你有些烦躁不安。”

我苦苦地思索：是啊，我确实变了，母亲，你了解现在的我吗？不，你对我的认识仍停留在过去，而那只是一段回忆。在那里，我是一个安静的、满怀激情的青年。可是，你永远、永远无法了解过去几年发生的事情，你不了解我遭受过怎样的苦难，所以你不可能了解现在的我。过去几年的故事，只跟你说百分之一，你都会心碎。刚刚，你只是听我说了几句粗话便惊恐、战栗，如果你知道我经历的所有事，会不会撼动你对我的看法……

“一切都会好起来的……”我相当无助，试图平静下来。

母亲坐在我身边，握住我的双手。我将手抽出来，她看着我，眼神里充满关切：“恩斯特，你对我的态度有时就像陌生人，我都快认不出你了。”

“我必须重新习惯这里，”我回答道，“现在，我总觉得自己是来参观、做客的……”

夜色降临，房间暗下来。小狼走进来，趴在我面前的地板上，不时抬头看看我，眸子在黑暗中显得格外有神。看得出，它也没习惯和平，也有些不安。

母亲靠在椅背上：“可是一想到你能活着回来，恩斯特……”

“是啊，这才是最重要的。”我站起来。

她坐在角落里没有动，暮色中，她瘦小的身影令我陷入一种柔情之中，我忽然感到好像角色互换了，现在，她成了我的孩子。

我爱她，没有任何时候能比现在更爱她，但是我永远不能走到她身边，和她坐下来，把所有的经历都告诉她，虽然那样做也许能让我重获内心的宁静，但我也会因此失去她，这一刻，我感到从未有过的孤独与陌生。

她闭上眼睛。

“我想出去转转。”我低声说，尽量不打扰她。

她点点头。“去吧，儿子。”过了一会儿，她喃喃重复道，“去吧，我的好儿子。”

她的话像一把刀子，深深插入我的心脏，我小心地关好门。

三

小溪在草地上汩汩流淌，把青草浸润得湿漉漉的。我沿着杨树林外的小溪散步，外套口袋里有一个小玻璃罐，参军以前，我经常来这里捞小鱼，偶尔也会捉几只蝴蝶，如果走累了，就躺在树下，做一个长长的梦。

春天，小溪生满水草，青蛙把卵藏在里面。嫩绿的水草在清亮的溪水中随着浪花摇曳，长腿水黾在芦苇和鱼群间穿梭，在阳光下、在金色沙地上留下纤细迅捷的身影。

空气湿润、清冷。光秃秃的杨树在溪边一字排开，树下，星星点点的蓝色小花悄悄探出头。总有一天，杨树会重新长出绿叶，在春风中沙沙作响，阳光也会温暖地照耀这片承载我童年回忆的草地。每次来到这里，我都会忘记战争，重回童年时光。

我踏在溪边的鹅卵石上，几条小鱼迅速从下面游出来。一看到它们，我便无法抑制自己。我走到小溪最窄的地方，脚刚好可以踩到对岸。我双手伸入水中，屏气凝神，很快，两尾小鱼就落入我手中。我把它们放在玻璃罐里，看它们在罐中游弋。

它们非常可爱，细长的身体呈淡褐色，上下三片鱼鳍轻轻一摆，便在水中欢快地游动。阳光透过玻璃，照在水面上，溪水如水晶般清澈。眼前的景色多么美好，阳光、溪水、小鱼……我沉浸其中，感觉已经无法呼吸。

我小心翼翼地将玻璃罐放在手上，任神思遨游，心也随它们一起跳动，仿佛我逝去的青春就藏在里面，再次被我找到并即将带回家中。我蹲在溪边，水面上生着层层叠叠的浮萍，一条蓝色蝾螈游上来，趴在上面休息；石蛾在泥土中缓缓移动；黄色甲壳虫懒洋洋地爬行；树蛙蹲在枯木下，瞪着好奇的大眼睛向外张望……我仿佛看透了世间的一切，甚至比肉眼看到的更多，在这里，有回忆、有希望，还有快乐的时光。

我小心地握紧玻璃罐，满怀希望，继续寻找……山风轻拂，蓝色的群山耸立在天边。

忽然，莫名的恐惧席卷而来，似乎有人对我喊：“趴下，快趴下！隐蔽，你被发现了。”我立刻蹲在地上，同时伸出双手向前一跃，躲到灌木丛后。我全身绷紧，呼吸急促。我环顾四周，根本没有人，我长出了一口气，过了很久，我才恢复如常。我低头寻找脱手的玻璃罐，水已经洒了，两条小鱼在瓶中挣扎。我捡起罐子，放在溪水中，让清澈的溪水流入罐中。

我在溪边散步，任思绪飘飞。树林近了。一只野猫在林间漫步，铁轨穿过田野，消失在杨树林中。这是一个构建防御工事的好地方，我思索着，工事可以挖深些，做成半永久的，顶部用混凝土浇筑，然后以工事为中心，向左右两侧各挖一条战壕，战壕里还可以挖一条掩护撤退的地道，在地道入口设立观察哨。那边可以架设几挺机关枪，不，不，两挺就够了，其余的可以藏在树林深处，这样这片区域就可以被交叉火力覆盖了。周围的杨树也要砍掉一些，这样敌军的炮营一上来就会暴露目标，再在后面的山坡上埋伏一个炮营。好了，可以静待敌军的进攻了。

火车拉响汽笛，我抬起头，天啊，我在想什么啊？我来这里不是要寻找童年的快乐吗？怎么反倒开始设计防御阵地了。看来战争思维都已经成了习惯，现在我眼中已经没有风景，只有阵地——进攻与防守的阵地。山顶的磨坊不再是磨坊，而是一座坚固的碉堡；四周的树木也不再是树木，而是炮营的掩体……这些想法总会偷偷溜进心里。

我丢掉这些想法，尝试回想昔日的快乐，但似乎并不奏效，我没有刚才那么开心，也不想再继续往前走，于是，我转身回家。

远处一个孤独的身影向我走来，是格奥尔格。

“你在这儿做什么？”他惊讶地问。

“那你为什么来这儿？”我反问道。

“有点儿无聊。”他回答道。

“我也一样。”我答道。

“你还留着这破玩意儿啊？”他看到我手上的玻璃罐，有些嘲讽地问道。

我脸红了。

“嘿，这有什么可害羞的。”他说，“是想再抓几条鱼吗？”

我点点头。

“抓到之后做什么？”

我摇摇头。

“确实，抓鱼这种事儿已经不适合穿军装的人了，对吧？”他若有所思地说。

我们坐在倒下的树干上抽烟，格奥尔格摘下帽子：“你记得吗？以前我们总在这里互换邮票。”

我当然记得，阳光下的松柏散发出好闻的香气，水面上吹来凉爽的微风，树叶在头顶沙沙响。我想起很多事情，我们曾在这里捉青蛙、看小说、聊未来和人生。那时，我们觉得未来就藏在远处的蓝色地平线下，像轻柔的音乐一般迷人。

“早已物是人非喽，恩斯特。”格奥尔格笑道。这个笑容所有人都有，那是一种苦涩、疲惫的笑，“在前线的时候，我们为了捕鱼用尽各种手段，最有效的就是丢手榴弹。一颗下去，鱼就纷纷翻起白肚皮。”

“格奥尔格，你觉得……我们为什么会干坐在这里，却不知道该做些什么呢？”

“恩斯特，那是因为这里少了些东西啊……”他拍拍我的胸口。

我点点头。

“这段时间我一直在思考这个问题，我想也许能给你一些答案，你看这里，”他指着面前的草地，“这就是生命，它们生长、开花、结籽，我们也一样，也在成长。而在我们身后……”他转头看向远方，“那里是死亡、是杀戮、是毁灭，连同我们之中的很多人一起毁灭……”

他苦笑道：“我们需要时间修补我们的心……”

“或许，当夏天到来时，一切都会好起来的，夏天总会让人感到轻松。”

“无论什么时候，死亡都是痛苦的，”他站起来，吐出一个烟圈儿，“直到现在，我们依然没有机会选择。”

“为什么？”

“走吧，回家。恩斯特，你不是想知道我的打算吗？”他低头看着我，“我也许会再次成为一名士兵。”

“你疯了吗，格奥尔格？”我惊讶地说。

“并没有，”顿了一下，他热血地说，“或许这才是最正确的选择。”

我站起来：“可是，格奥尔格，你……”

他继续向前走：“毕竟我比你早回来几个星期……”

他开始谈论其他事情，我们边走边聊，直到城镇出现在眼前。我取出玻璃罐，将鱼倒回水中，鱼尾轻轻一摆，消失在水下，我随手将玻璃罐丢在溪边。

告别后，格奥尔格在街上慢慢走远，我站在家门前看着他的背影，反复思考他说的话。一种模糊的、不确定的想法在心里涌动，当我试图抓住它时，它溜走了；当我靠近它时，它又飘散了；当我不再想它时，它却再次回到我的心中。

铅灰色的天空低悬在路易森广场低矮的灌木丛上，树叶皆已凋零。一扇松动的窗子在风中发出嘎吱嘎吱的声响。11月的暮色躲藏在广场花园里的桤木丛中，阴冷、凄凉。

我对着花园出神，仿佛第一次见到眼前的风景，一切都变得非常陌生，似乎我从未来过这里。这片潮湿、脏乱的花园，真的是我记忆中那片阳光明媚、轻松快乐的地方吗？这个荒凉、冷清的广场以及对面的工厂，真的是被我们称为“家”

的安宁之地吗？在毁灭的汪洋大海中，真的只有它能带给我们希望和灵魂的救赎吗？或许除了这条灰暗的街道和丑陋的房屋外，都是海市蜃楼。它浮在战场之上，就像一个徘徊在死亡边缘的狂野而悲伤的梦。在我的记忆中，它更明媚、更欢快、更宽敞、更充实，难道它们都是假的？难道我流的血也是假的？难道我的记忆欺骗了我？我浑身战栗，似乎一切都变了，又似乎没变。

诺伊鲍尔工厂的大钟仍在叮当作响，就像小时候我们盯着表盘看指针移动的日子一样。叼烟斗的黑人男孩儿仍坐在烟草商店里——格奥尔格第一次带我们抽烟的地方。烟草商店对面的杂货店还在，橱窗里依然贴着那张肥皂广告的海报。一个阳光明媚的日子，我和福格特用放大镜把海报上代言人的眼睛烧出一个洞。我趴在橱窗上，那个洞还在。在回忆与现实之间是战争，而福格特在这场战争中，长眠在凯默尔山。

我不知道为什么会站在这里，为什么再也没有待在防御工事和军营里的那种感觉——充实、激情、渴望、荣耀，还有一些不可名状的东西，它们都去哪儿了？我的记忆是否比现实更加生动？还是说这根本就是现实，只是如今只剩下一个光秃秃的骨架？那么曾经那些五颜六色的旗帜又哪儿去了呢？是不是已经脱离了现实，只是像一朵凄美的云盘踞在现实之上？战争是否摧毁了通往过去的桥梁？

问题，一个又一个问题，但是没有答案……

四

退伍军人的在校特别章程已经批复，代表们出色地完成了任务，我们现在用的是特殊的课程表，上课时间缩短一半，毕业考试也较普通学生简单了很多。

其实政府没有理由反对，因为对于他们来说，这点儿小乱子不过是湖面上的一点儿涟漪罢了，连风浪都算不上。其实他们也不能反对，当兵的都知道，即使纵队司令制订了最好的计划，手下的士兵不去执行，那他的权力也形同虚设；一个思想进步的官员，如果手下都很保守，那他也不可能有所作为。而现在，官员们尸位素餐，就算拿破仑来了也没用。

下午一点，我们准备上第一节课。我们身穿制服，坐在自己的座位上。有三个人已经蓄起浓密的络腮胡，还有一个已经结婚。

在书桌上，我惊讶地发现了我用小刀刻的名字，那是我在历史课上一刀一刀刻上去的，还用墨水细心地涂上颜色，当时为了刻好它，我把它当成事业来做，直到下课工程才竣工。不过，那似乎已经是一百年前的事了。现在，重新坐在这样的环境里，我心中涌起一种奇怪的感觉，感觉回到了战争之前，感觉一切都回到原点，可我们已经回不去了。

霍勒曼先生走进来，他首先要做的也是最重要的事，便是把我们战前留在这儿的东西还给我们。这些老师的灵魂已经被繁重的、有规律的教务压迫太久了，以至于他们已经无法离开这里，选择一份新的工作。

霍勒曼先生打开上锁的柜子，把里面的东西一一取出来，铅笔、写字板，还有一摞厚厚的蓝色练习本——里面写满了论文、随堂听写，以及课堂笔记。霍勒曼先生把练习本放在讲桌左侧，按照首字母顺序发还给我们，我们在听到名字时需要答“到”，然后上前取回本子。维利拿到本子后，立刻把它丢掉了，那些沾满墨水的纸张，像长了翅膀一般飞出去。

“布赖尔！”

“到。”

“布吕克尔！”

“到。”

“德特勒夫斯！”

教室里一片死寂。

“他死了！”维利答道。

德特勒夫斯，个子不高，英俊、健谈，就是有点儿O形腿，有一次他实验失败，被撵到教室后面罚站。他是一名列兵，1917年在凯默尔山阵亡。

霍勒曼先生把他的练习本放在右手边。

“迪克！”

“到。”

“迪克斯曼！”

……

“死了。”

迪克斯曼，农民的儿子，他是优秀的斯卡特牌手，和不那么优秀的歌手。他在伊普尔战役[①]中牺牲。他的练习本也被放在霍勒曼先生的右手边。

“埃格斯！”

……

“还没康复！”维利答道。

“他肺部中弹，在多特蒙德的后方医院养伤呢，之后还要转到利普施普灵格疗养院待上三个月……”路德维希补充道。

“弗里德里希斯！”

“到。”

“吉塞克！”

“失踪了！”

“不，他没失踪。”斯特霍尔特说。

“嗯，战报上是这么写的。”莱纳斯曼说。

① 伊普尔战役：1914 年至 1917 年，协约国军与德军在比利时西部伊普尔地区爆发的三场大规模战役，整个“一战”期间，伊普尔成为双方新武器和新技术的试验场。

“我知道战报上是这么写的，”斯特霍尔特回答道，“但至少在过去的三个星期里，他一直待在精神病院里，因为我刚刚去看过他。”

“大格林！”

“死了……”

大格林，格林兄弟里的老大，他喜欢写诗，经常兼职做家庭教师，然后用赚的钱买书。在苏瓦松战役[①]中，兄弟俩相继战死。

“小格林……”霍勒曼先生把他的练习本也一并放在右手边，“他们论文写得很好。”霍勒曼先生喃喃地自言自语，不禁又一次翻看兄弟俩的练习本。

一本又一本练习本被放在他右手边，直到点完最后一个人的名字，霍勒曼先生的右手边已经攒了厚厚一摞再也没人认领的练习本。

霍勒曼先生犹豫不决地看着那些练习本，不知道该如何处理它们。他想了很久，最后想到一个自认为合适的方法——寄给他们的父母。

“你最好别那么做！”维利反对，“你觉得他们的父母看到满篇红叉的练习本会开心吗？”

霍勒曼先生瞪大了眼睛，看着维利喃喃道：“话是这么说，

---

① 苏瓦松战役：1918 年，协约国在法国苏瓦松地区袭击德军，意图切断德军的补给线，迫使德军撤退。

可是……不送还给他们的父母，我又能怎么做呢？”

“它们之前在哪儿，就留在哪儿吧……”特罗斯克建议道。

“绝不可能，特罗斯克！”霍勒曼先生怒了，“虽然我没想到办法处理它们，但它们不属于学校财产，我不能把它们放那儿不管。”

“天啊，这真是一个好借口。”维利讥讽道，然后挠挠头，“这样，你把它们交给我们，我们帮你处理。”

霍勒曼先生手忙脚乱地整理好练习本，准备交给维利。“可是……”他又犹豫了，“这是他们留下的唯一遗物啊……”

“好吧，好吧，那就按照你的想法去做——把它们工工整整地打包好，贴上邮票，写上地址，寄出去。只要你能冷静下来，一切都按你的要求来，即使它可能令别人感到痛苦。”维利揉揉太阳穴。

课后，我们聚在一起翻看练习本，最后一篇论文写于1916年年初，题目是：德国为什么必须打赢战争。我的论文分成三部分，一段引言，六个论点以及一个结论。其中第四个论点是“宗教原因”，不过在论证部分我没有处理好，霍勒曼先生用红笔在空白处提出意见：“论据不足以支撑论点，没有说服力。”但总的来说，7页的论文我只被扣了2分，以我现在的情况看，这是一个很不错的分数。

维利朗读他的生物笔记：“银莲花及其根系。”他大笑道：

“瞧啊，这些东西我们早就忘光了。”

“我也忘了。”斯特霍尔特说。

是啊，这些东西我们早就忘得一干二净，仅凭这一点，现在的教育体制就该受到谴责。你看，贝特克和科索莱教我们的东西就一辈子忘不了。

下午，路德维希、特罗斯克约我一起去精神病院看望吉塞克，路上我们遇到了格奥尔格，他和吉塞克也是非常好的朋友。

天朗气清，从精神病院后面的山坡上，可以眺望远方的田野，身穿蓝色条纹病号服的精神病人正在穿军装的看守的监视下劳作。忽然从右侧一间病房里飘出一串歌声，一定是病人在歌唱，歌声穿过铁栏杆，听起来有些奇怪：“在萨勒河[1]那可爱的河岸上……我看见白云在天边飘过……”

吉塞克和几个病人住在同一间病房里，我们刚走进去，就听见一个病人尖叫：“快藏起来……快藏起来……”而后钻到桌子下面去了，其他人若无其事地看着他。吉塞克向我们走过来，他脸色微黄，人也瘦了很多。不过他的尖下巴和大耳朵，倒让他看起来年轻了一些，但他的眼睛里依然有藏不住的苦涩与沧桑。

我们还没来得及和他打招呼，就被一个病人拉住了：“嘿，

① 萨勒河：易北河左岸支流。

外边有什么新鲜事吗？”

“新鲜事？没什么特别的事啊。”我回答道。

“那前线呢，我们占领凡尔登了吗？”

我们面面相觑。特罗斯克为了让他安心，对他说：“很早以前就拿下了。”

那人大笑起来，那是一种悲伤的、牛一样的笑声：“当心点儿，他们是骗你的。他们只是想把你们骗出去，然后把你们一网打尽。而你们就像做了一场梦，还没搞清楚自己在哪儿，就被抓回前线去了。”而后他又加了一句：“嘿嘿嘿……只要我不出去，他们就抓不到我，嘿嘿嘿……”

吉塞克与我们平静地握手，我们大吃一惊。我们还以为他会像一只暴躁的猴子，蹿上蹦下，骂骂咧咧地做鬼脸，或者当我们看他的时候，他就会像瘾君子那般不自然地颤抖。恰恰相反，他只是露出一丝苦笑：“没想到会是这样吧。”

“你很健康啊，”我疑惑地说，“出了什么事儿？怎么被送到这儿了？”

“头疼，”他伸手指指额头，“这里，就像被一个铁箍紧紧勒住，而且感觉脑袋里有声音一直在响，就像打雷一样，你还记得弗勒里[1]吗……”

在弗勒里战役中，吉塞克腹部受了重伤，并且和一个伤

---

① 弗勒里：位于法国中部大区的小村庄。弗勒里战役是凡尔登战役的一部分，是1916年德军为打赢凡尔登战役发动的配合行动。

兵在废墟下埋了几个小时，他的脸夹在倒塌的房梁和伤兵的身体之间，那个伤兵的脸露在外面，一直在呼救，但每一次呼救，都会呛出一股鲜血喷在吉塞克脸上。后来，吉塞克的肠子从腹腔里流出来，剧烈的疼痛令他感到窒息，他不得不费力地把手伸进去，努力把肠子塞回去，才能勉强呼吸。他每一次处理伤口时，都能听见伤兵沉闷的哀号。

他条理清楚地讲述自己的遭遇："这个场景每天晚上都会出现，令我呼吸困难，感觉到处都是细长的白蛇一样的肠子和鲜红的血液。"

"你既然知道自己的情况，就不能做点儿什么吗？"特罗斯克问。

吉塞克摇摇头。"就算我醒着也没用，天一黑，它们就会从黑暗中爬出来。"他浑身颤抖，"在家的时候，我尝试从窗户逃出房间，但只是又搭上一条腿。治好腿以后，他们就把我送到这里。"

"你们呢，现在你们在做什么？"吉塞克问，"还没通过毕业考试吗？"

"应该快了。"路德维希回答道。

"对我来说，一切都结束了，"吉塞克沮丧地说，"家长不会放心我这种人教他们的孩子。"

这时，高喊"藏起来"的人鬼鬼祟祟地走到特罗斯克身后，猛地在他背上拍了一下。特罗斯克转过身想要揍他，还好及时想起他是精神病人。

“桀……桀……”那人突然放声大笑，又瞬间收回笑容，一脸严肃地走到角落里。

“能帮我给团长写封信吗？”吉塞克问。

“哪个团长？”我一脸茫然。

路德维希捅捅我，示意我不要说话。“你希望我们写什么？”他问。

“你就说，请他让我再去弗勒里一趟，”吉塞克兴奋地说，“这样可以让我早日恢复健康，相信我，现在那里肯定很安全，但在我的记忆里，那里仍是日月无光、血流成河、鬼哭狼嚎、哀鸿遍野。我会穿越死亡峡谷，经过极寒之地，最后到达弗勒里，然后一枪不发，一切就结束了。从那以后，我相信我会恢复平静的生活，你们觉得呢？”

“不管怎样，那些幻觉很快就会消失，”路德维希把手搭在吉塞克的肩上，“你只要自己清楚就够了。”

“无论如何请你给团长写封信，告诉他我的名字是：格哈德·吉塞克，落款署‘G-K’就好。”他忧郁地看向远方，眼中没有了刚才的神采。“下次再来的时候，麻烦给我带点儿苹果汁好吗？我好想再尝尝苹果汁的味道。”

我们答应他，但他没有听，仿佛一瞬间丧失了所有的兴致。就在我们准备离开的时候，他站起来，向路德维希挥手告别，然后茫然地坐在桌边。

我们在病房门口停下脚步，我再次看向吉塞克，他忽然跳起来，向我们跑过来，好像刚刚睡醒一般。“带我走，快点儿！”他发出一种奇怪的声音，“它们又来了。”

我惊恐地挤在人群中，一时间不知该怎么办。还好医生很快赶来，他看了我们一眼，小心翼翼地揽住吉塞克的肩膀，温柔地说："我们该去花园散步了。"吉塞克顺从地跟他出去了。

夕阳洒在田野上，病人仍在歌唱："虽然城堡已经毁坏……但我们可以穿过云层，飞向远方……"

我们并肩走出医院大门，沉默不语。沟壑纵横的田野上，夕阳留下最后一丝光亮，镰刀一般的月亮已经升起，挂在田边的树枝上。

“路德维希，我相信，我们都有些伤感。”特罗斯克说。

“嗯，”路德维希想了一下，“我相信，我们也都有一些收获。”

我看着路德维希，夕阳映红了他的脸庞，他的目光坚定、认真。我想回答他，但我感到一阵恐惧，我不知道它从哪里来，也不知它为何会出现。

“别再讨论这件事。”特罗斯克说。

我们继续散步，夕阳西下，黑夜拉开序幕，月亮越升越高。田间吹来阵阵清风，一幢幢房屋点亮灯光。我们进城了。

格奥尔格一直没有说话，当我们告别时，他才如梦初醒地说："你听到他想做什么了吗？他想回弗勒里，弗勒里……"

我还不想回家，特罗斯克也不想。我们沿着河堤继续散步，河水在脚下静静流淌。走到磨坊前，我们靠在桥栏上休息。

“唉……恩斯特，从前线回来后，我们再也无法忍受孤独，这太可笑了。”特罗斯克说。

“嗯，”我说，“有时候真不知道自己该待在哪里。”

特罗斯克点点头：“是啊，但我们又必须有个归属……”

“或许我们可以找份工作。”

特罗斯克转过身，“工作？没用的。”他望着远方出神，轻轻地说，“必须有什么东西能支撑你活下去，也许是一个人，你懂吗？”

“伙计，”我争辩道，“人才是世界上最不靠谱的东西吧，天知道一个人什么时候死，我们见得还不多吗？原来咱们中队有一二十个人，可是一发炮弹过来，活下来的还有几个？”

特罗斯克出神地望着地平线上教堂的黑影，喃喃地说：“我是说一个真正属于你的人，也许是一个女人……”

“天啊！”我叫出来，这一刻我想到了贝特克。

“不说了！”他忽然喝住我，高声说，“一个人必须要有些能支撑他活下去的东西，你明白吗！我需要有人爱我，需要有人陪在身边，也需要有人需要我站在她身边。不然的话，还不如上吊算了！”

他背对着我，浑身颤抖。看来他夹在母亲和哥哥之间一定很痛苦，他需要一个机会发泄。

“可是，阿尔贝特，好兄弟，”我拍拍他的背，“你还有我们啊。”

“是啊，是啊，是有你们，但那不一样！”过了好久，他声音哽咽，好似在哭泣，“孩子，我需要孩子！孩子!！你明不明白!!！”

我不理解他的想法，但我不想再问。

第四章

紧张多彩的生活即将开始，快乐、充实的新生命即将到来，我们已经做好准备。然而时光在指缝间流逝，茫然四顾时，才发现我们什么都没做，总在一些无关紧要的琐事上浪费时间。我们已经习惯快速反应、快速机动，总觉得刹那的时光像永恒那般长久。所以，现在的生活对于我们来说太慢了，我们可以任性地在它面前游戏、演讲、喧闹，我们已经准备好面对生命的流逝。

“死亡”与我们相伴太久了，它就像一个敏捷的玩家，每一秒都能让我们感到危险，触摸到它对我们的惩罚。“死亡”带给我们无尽的空虚，使我们无法决断任何事情。那种空虚也令我们不安，以至于我们认为没有人理解我们，就算是爱情也无法拯救我们，在士兵与百姓之间，隔着一条不可逾越的鸿沟，而我们，作为一名士兵，必须要自谋生路。

但是，在我们烦躁不安的日子里，总会闯入一些奇怪的事情，它们怒吼、聒噪，就像从远处传来的枪声，那是来自地平线的警告，虽不知如何解读，但我们并不希望听到。它会令我们恐惧，想躲避它、远离它，以致我们错过很多重要的东西，对大多数人来说，那就是生命……

一

布勒格尔的寝室乱七八糟，地上、桌上、椅子上，到处都是书，书架却空空如也。布勒格尔曾嗜书如命，他对书的热情丝毫不亚于我们对蝴蝶标本或邮票的热情。他是艾兴多夫[①]的狂热粉丝，他收集了艾兴多夫的所有诗集，而且每一本他都有三种不同的版本。他记得艾兴多夫的每一首诗，直到今天依然倒背如流。

现在他竟然告诉我们，他要把所有藏书卖掉，去开一间专门贩卖杜松子酒的商店，还说他之前拼命存钱就是为了实现这个梦想。他之前做过杜松子酒的代理商，不过那时是给阿图尔打工，现在他准备出来自己单干。

我捡起《艾兴多夫诗集》第一卷，那是一本漂亮、柔软的蓝色皮面小书，里面收录了很多优美的诗篇，诗人歌颂落日、森林、夏夜、美梦、露营、乡愁……那一定是他一生中最美好

① 艾兴多夫（Joseph von Eichen dorff，1788—1857）：德国浪漫主义诗人、作家，有“森林诗人”的美誉。

的时光。

维利手上是第二卷，他盯着诗集陷入沉思。“你应该把它们卖给鞋匠。”维利提议道。

“鞋匠？为什么？”路德维希疑惑地说。

“因为有皮子啊。战争期间，鞋匠们搞不到一点儿皮子，可是你看这儿……”维利指指地上的书，顺手捡起一本《歌德全集》，“这一套有二十本，如果把封面都拆下来，至少可以做六双漂亮的皮鞋。说不定鞋匠一激动，给你的钱要比书商多很多呢，毕竟他们正为如何搞到皮子发愁呢！”

“你想要就挑一些，我可以优惠点儿。”

但似乎并没有人需要这些书。

“你再考虑一下吧，卡尔。”路德维希说，“以后再想买回来就没有这么容易了。”

“为什么要买回来呢？”布勒格尔笑了，“生存才是人生第一要务，比读书重要多了。去他妈的考试，我为了考试都快下地狱了，现在该让它从我眼前消失了。明天我就去考察杜松子酒样品。要知道每走私一瓶上好的白兰地，就有两分五的利，那可是一大笔钱。小伙子们，钱才是最重要的，有了钱，你就可以拥有一切想要的东西。”

布勒格尔把书捆在一起。我清楚地记得，他曾经宁肯饿肚子，也不愿意卖掉一本书，可现在……

“你们脸拉那么长干吗？”他轻蔑地说，“一个人总要做些实事，就像船锚必须扔进大海，我只不过是扔掉过去，开始新生活罢了！”

“你说得对！”维利赞同道，“如果我有这么多书，也会把它们卖掉。”

“或者说，你们都想成为霍勒曼先生那样的人，或者海关税务官，再或者……”布勒格尔说，“你们了解真实的生活吗？事实上，哪怕做点儿小买卖都比读一大堆书更实际。我已经在迷茫中待得太久了，别指望我还能在公务员的板凳上坐得住，现在我只想尝试新生活。”

“嗯，假如你能搞到充足的杜松子酒，那也是一个不错的开始。”维利忌妒地说。

“要不你们也退学吧，伙计们。”布勒格尔建议道，“待在学校里又能学到什么呢？”

“这不废话嘛！每个人都清楚这一点。”维利抗议道，“但至少我们还在一起啊，而且离考试只有两个月，不参加的话太可惜了，一个人不能总摇摆不定啊……”

布勒格尔从一卷书上剪下一部分牛皮纸。他看着维利，笑了：“你想做就做吧。你真可怜，总觉得自己有两个月或是更长时间可以挥霍，别等你醒悟过来的时候，发现自己已经垂垂老矣了……”

维利咧嘴一笑：“等着瞧吧。”

“好啊，别到时候成了乖学生。”布勒格尔转过身。

路德维希站起来："你这么做你父亲怎么说？"

布勒格尔笑了："惊吓过度的老头儿能说什么？都不能当真的，因为他们总是忽视你当过兵的事实……"

"可如果你没当兵，会做什么呢？"

"可能成为一名书商——我就是个可怜的傻瓜。"

布勒格尔的决定给维利很大的启发，他提议我们放弃读书这些没用的事，哪里有快乐，就去哪里享受快乐好了。

享受快乐最简单的方法就是享用美食，所以我们决定组成临时美食探险队。其实政府给我们发了粮票，每人每周可以领250克肉、20克黄油、50克人造奶油，以及100克珍珠米和一些黑面包，但在我们这个小队里，没有一个人能吃饱。

黄昏时，觅食者们聚集在车站周围，他们计划明天一早搭乘火车，趁夜色进入村庄，所以为了抢在他们之前，我们必须乘坐明早第一班火车。

下车时，所有的痛苦和不快都被我们抛在身后。我们选了一个比较偏的村子，到达村庄后，我们分成几个小组，有组织地在村子里寻找食物，这种觅食艺术可是我们仔细研究过的。

我和特罗斯克一组。我们选择了一个大农舍，到达时，牛粪还冒着热气，奶牛在牛棚里站成一排，温暖的牛奶香气扑面而来，母鸡在鸡窝里咯咯叫。我们贪婪地看着眼前的一切，尽量克制内心的冲动。谷仓里有人，我们与他打招呼，他没注意到我们，我们只好耐着性子等他出来，直到一个女人发现我们。她惊叫道：“你们这群乞丐，从我的院子里滚出去！”

我们只好去寻另一个农舍。身穿军大衣的农夫刚好站在外面，他轻轻晃晃手中的马鞭：“你们知道在此之前来了多少人吗？足足一个小队！”我们很惊讶，我们可是搭第一班火车过来的啊，他们一定是昨天晚上就来了，躲在谷仓里过夜，再不就是露宿街头挨到天亮。

“你们知道一天会来多少人吗？”农夫自顾自地说，“一百多！我问你，换作是你，你会怎么做？”

我们明白了他的想法。

他一眼瞥到特罗斯克的制服，愣住了：“你在佛兰德作战过？”

“是的，佛兰德。”特罗斯克答道。

“我也是。”他回了一句，转身回家拿出几个鸡蛋。

我们拿出钱包，他摆摆手：“收回去吧，不要钱了。”

“谢谢你，战友。”

“不用谢，别说出去就好了，要不然明天半个德意志的人就该跑过来了。”

我们继续走，街边一个农舍的篱笆墙上贴了一张发黄的告示：“内有恶犬！”这倒是很真诚的一句话。

我们走进第三个院子，院子里种了很多橡树，看起来就像一座大果园。我们找到厨房，厨房正中的餐桌上摆着一套崭新的餐具，数量之多都够开个饭馆了。餐桌的左右两边各摆了一架钢琴，对面是一个精致的书柜，书架上满满都是书，书脊向外，书名都是烫金的。可餐桌却是一张旧桌子，椅子也只有三条腿，和这里的环境格格不入，尤其和那两架钢琴摆在一起，看起来有些滑稽、可笑。

女主人走进来："你们有棉纱吗，必须是真正的棉纱。"

我和特罗斯克面面相觑："棉纱？没有。"

"丝绸呢？丝袜也行。"

我看了看妇人粗壮的小腿，明白了。她想以物易物，而不是收钱。

"没有，我们没有任何棉纱制品，但是我们有钱，我们可以支付费用。"

"呸！"妇人立刻否定了我们的提议，"钱?！天天贬值，屁用都没有！"

妇人慢悠悠地走了，我发现她火红的真丝外套上少了两粒纽扣。

"不管怎么说，可以给我们口水喝吗？"特罗斯克赶紧补充道。

妇人气冲冲地转回来，接了两杯水放在我们面前。

"喝完水，就请你们马上滚出去！我可没有时间陪你们在这儿站着！"她厉声说，"你们应该去找份工作，而不是在这儿浪费别人的时间。”

特罗斯克气得说不出话，抓起水杯，直接摔在地上。我吼道：“祝你长毒疮，你这个老贱人！”

妇人一边转身抓东西，一边咒骂我们。一时间，她就像一个铁匠，什么铁锤、铁钳、铁钩子，纷纷向我们飞来，就算最强壮的男人也抵挡不住她的攻击，我们只好失望地离开。

我们继续在村子里转悠，一路上，我们遇到了很多觅食者。他们在村庄附近徘徊，就像一群快要饿死的老鼠疯狂扑向蓝莓蛋糕。现在我总算明白人们对我们为什么是那个态度，这些饥饿的觅食者都快把他们逼疯了，他们也是为了自保……

下午，我们几个小组在酒馆里集合，大家收获都不多，加起来不过是几两土豆、几两面粉、几个鸡蛋、几个苹果、一棵卷心菜，以及少得可怜的肉。维利是最后回来的，他满头大汗、趾高气扬地闯进来，腋下还夹着半个猪头，口袋也鼓鼓囊囊的，有些食物都快从里面掉出来，那些都是他用新大衣换的，他家里还有一件布勒格尔送他的，再说春天很快就要到了，也不用穿大衣了。

距离火车发车还有两个小时，正是这两个小时给我们带来了好运。

小酒馆的角落里有一架钢琴，我走过去，笨手笨脚地弹奏了一曲《少女的祈祷》，大家纷纷拍手叫好。没想到，这首曲子竟然引出了老板娘。她站在柜台里静静地听了很久，一曲终了，她招招手，示意我和她一起进去。她引我走进客厅，告诉我说她很喜欢音乐，但酒馆的客人中很少有人会弹钢琴，她问我是否愿意再弹一曲，她可以用半块黄油作为交换，而且我可以经常来这儿弹奏，每次她都会给我一些食物作为报酬。

我当然愿意啊。我答应她每次过来就为她弹奏两个小时钢琴，并且答应她下次再来时，为她演奏她最喜欢的《海德格拉布》和《莱茵河畔的施托尔岑费尔斯》。

而后，我们出发去车站。一路上我们遇到很多觅食者，他们和我们一样，一大群人聚在一起，打算和我们坐同一趟列车回去。他们都害怕宪兵，为了躲避搜查，在火车到来以前，他们一直躲在离车站不远的黑暗角落里，如果不仔细看，几乎很难发现他们，一会儿只要能成功爬上火车，就没有人再搜身了。

不过我们运气不太好，一高一胖两名宪兵骑着自行车突然出现在我们身后。

“不许动！谁都不许动！”

宪兵的突然出现，引起一阵可怕的骚动。人们纷纷祈祷、哀求，但两名宪兵不为所动。

“放我们过去吧，求求你了，火车就要来了。”

“放心，火车一时半会儿来不了。”矮胖子宪兵指了指前边的路灯，那里更方便搜查，“所有人都到那儿去。”

两名宪兵把人群赶到路灯下，高个子宪兵负责看住所有人，防止有人趁乱逃跑，矮胖子开始搜身，这里差不多都是妇女、老人和孩子，他们早就习惯了这种搜查，安静、温顺地站在那里，从未想过自己可以幸运地带走半块黄油。

我仔细审视两名宪兵，他们和在前线见到的宪兵差不多，也是一身绿军装，腰间挂一把军刀和一支手枪，见到长官时，也会露出一副谄媚相。“这就是权力啊。”我暗忖道，“哪怕只有一点点权力，人都会变得铁石心肠。”

一个妇人刚准备溜走，就被高个子发现并抓了回来，他们从她身上搜出几枚鸡蛋。这还不够，矮胖子指着她的裙子：“你在里面藏什么了？！拿出来！！”

“快点儿！拿出来！！”妇人吓得瘫坐在地上。她从裙摆下扯出一片培根。接着，又把藏在身上其他位置的培根也拿出来。矮胖子把东西放在一边，“你以为你会侥幸逃脱吗？！”妇人不敢相信眼前的一切，她想尽一切办法，想把那些培根拿回来一些：“求求你了，给我留一些吧，我付过钱了，它们几乎花光了我身上所有的钱。”

矮胖子推开她的手，同时，从另一个女人的斗篷里扯出了一根香肠：“不允许讨要食物，不知道吗？！”

妇人想放弃鸡蛋，换回那些培根。“求求你，至少给我一些培根吧，要不我该怎么跟家人交代呢。那些培根是给孩子们的，他们需要食物……”妇人跪在泥水中。

“去粮食局吧，看看能不能领到多余的粮票。”高个子咆哮道，“那就不归我们管了。下一个！”

妇人跌跌撞撞地走了，叫骂声、哀叹声不断从她嘴里蹦出来：“就因为这个，我的丈夫要被你们打死，我的孩子就活该被饿死……”

一个少女，听到宪兵的喊声，立刻把一大块黄油塞进嘴里，她拼命地咀嚼、吞咽，嘴边沾满了油脂。因为吃得太急，她噎到了，脖子向前抻着，眼睛突出来。其实，她这么做能得到的也不多，之后她还会因此生病、拉肚子，但至少在宪兵把食物没收之前，多少能得到一些。

“下一个！”矮胖子叫了两声，见没人应，就抬高了声调，“下一个！”

他愤怒地在人群中扫视一圈儿，与维利的眼神相撞，于是他向维利走过去，但态度明显缓和了很多：“下一个是你吗？”

“我什么都不是。”维利不满地回答。

“你包里是什么？”

“半个猪头！”

“交出来！”

维利没动。矮胖子急了，看了一眼同伴，高个子立刻赶来帮忙。这种举动真是大错特错，他们应该是习惯了大家的唯唯诺诺，所以遇到这种事都没什么经验。其实高个子不应该跑过来，他应该保持冷静，控制住我们，连我们小声交谈都不允许。如果有必要，他也可以站远一点儿，拿枪对准我们，有了手枪的威胁，人们自然不敢造次，只能规规矩矩地站在原地，但他可能觉得维利是一个危险分子，所以飞快地跑向维利，所以，结局可想而知。

维利把小羊羔般的半个猪头从包里拿出来，交给矮胖子，矮胖子以为维利屈服了，惊讶地接过猪头，这样一来，他双手抱着猪头，相当于被维利兵不血刃地解除了武器。与此同时，维利冷静地掰下一大块猪头肉，突然塞进他嘴里，顺势把他摔倒在地。高个子还没反应过来，科索莱坚硬的大脑袋便顶在他的下巴上，瓦伦丁也做好准备，在他后仰的一瞬间，扼住他的喉咙。为了呼吸，高个子不得不张开嘴巴，科索莱顺势将一张报纸塞进去。两名宪兵倒在地上，呼吸不畅，他们拼命想把嗓子里的东西吐出来或是咽下去，但都是徒劳，因为他们的双手已经被维利用他们自己的皮带牢牢地绑在身后了。

接下来的问题是，我们要把他们藏在哪里呢？

特罗斯克想到一个好地方，离这儿大约五十米有一间废弃的小屋，门锁都已经拆掉了。于是，我们扛着两名宪兵，奔向小屋，把他们藏在里边。我看了一下周围的环境，小屋的门是橡木的，门闩也是用质地坚硬的木材制成的，他们想跑出来，着实要花些功夫。为了不引人怀疑，科索莱还把两人的自行车也扛过来，摆在小屋门外。

觅食者惊恐地看着我们。

“把你们的东西收起来吧。”科索莱笑道。此时，已经可以听到远处传来火车进站的汽笛声。觅食者们有些胆怯，但也不用我们再说第二遍，很快就把自己的东西收拾好了。

一个老妇显得有些惊慌失措，以至于没有足够的勇气离开这里，只是不停地重复道：“上帝啊，你们竟然打了宪兵，太可怕了，太可怕了……”

很多人听了她的话也有些动摇，因为他们对军人和宪兵的恐惧已经深入骨髓。

维利咧嘴一笑：“别害怕，老妈妈。就算是政府官员在这儿，我也不会允许他们从你们身边带走任何食物，想让老兵和他的朋友们交出食物？这就是下场！”

站长从办公室里走出来，站在门前挠挠头，又四下望望，乡下车站的站台离办公室比较远，他并没有看到我们干了什么。

我们向车门走去，维利拿出半个猪头，深情地抚摩它：“想让我把你交出去，没门儿！”

火车开了，我们向窗外挥挥手。站长还以为是和自己打招呼，也对我们挥挥手。可我们的真实意思是：注意远处的房子。维利探出身子，观察红帽子站长的举动。

“他又回办公室。看来两位宪兵同志够让他们的伙伴找一阵儿了。”维利得意地说。

紧张的觅食者渐渐放松下来，他们谈论着刚刚经历的大冒险。拿回培根的妇人擦干脸上的泪珠，喜笑颜开地和维利说谢谢。只有吃黄油的少女，委屈地坐在一边，不停地擦眼泪，因为她刚才太心急了，把那么大一块黄油吃掉了，而且现在她已经感觉不太舒服了。

科索莱在女孩儿面前展示了极高的情商，他把自己搞到的香肠掰了一半送给女孩儿，女孩儿立刻把它藏在袜子里。

以防万一，我们没有在城镇下车，而是选择了乡下车站，决定穿过田野，以士兵的方式回家。我们本以为会一直走回去，还好遇到一辆拉甘蔗的货车，身穿军装的司机同意带我们回城。我们在车上度过了黑夜。天上繁星点点，我们挤在一起，包里散发出好闻的肉味儿。

二

大街上氤氲着湿润的银白色雾气，路灯在上面投下一个个昏黄的光圈儿，为潮湿的树木勾勒出黑色的轮廓。人们在雪地上漫步，仿佛走在棉絮上一般，街两侧商店的橱窗里闪烁着神秘的灯光，小狼在雾气中奔跑，时隐时现。

瓦伦丁和我一起散步，他一直在抱怨，其实也不算抱怨，只是始终无法放下杂技表演，以及他在巴黎和布达佩斯获得的名气。

“恩斯特，我算是彻底告别杂技了。”他沮丧地说，“我得了风湿，每次活动四肢，都能听见关节咔咔作响。我反复练习，直到累得爬不起来，可是再多的练习也不可能让我重返舞台，糟糕的身体状况把我的未来断送了。”

“那你打算做什么呢，瓦伦丁？”我问他，“国家应该给你发一笔退休金，真的，而且应该和军官的一样多。”

“呵呵，国家……”瓦伦丁冷笑道，“国家只会给有权有势的人发东西，怎么能轮到我呢。现在，我正和几个舞者排练新节目，观众们的反应也还不错，就是数量没有之前那么多了。一个体面的艺术家本不该做这种事的，但是我能怎么办呢，我得生活啊。”

瓦伦丁要去排练，我决定陪他一起去。在哈姆肯街的拐角处，一个头戴黑色礼帽、身穿鹅黄色风衣的人匆匆走过去，手里还拎着一个公文包。

“阿图尔……”我喊道。

阿图尔停下脚步。

“哎呀，你这一身也太漂亮了吧，我都快认不出你了！”瓦伦丁像看艺术家似的仔细端详他那条紫色圆点儿的真丝领带。

“是啊，还不错，还不错。”阿图尔急忙说。

“哎呀，不只领带好看，你的帽子也很漂亮。”瓦伦丁看着他的圆顶礼帽再次惊叹道。

阿图尔着急赶路，拍着公文包说：“赶时间，谈生意去，谈生意去……”

“你不开雪茄店了吗？”我问他。

“开啊，只是业务范围扩大了。欸，你们知道哪里有房子出租吗？租金多少都可以。”

“这个不太清楚，”瓦伦丁说，“我们也没有租房的需要啊。对了，你妻子呢，她在做什么？”

“怎么突然提到她？”阿图尔疑惑地说。

“因为以前每次说到你妻子，你总是唉声叹气的，还说她太瘦太矮了。怎么，现在是不是准备找个胖子啊？”

阿图尔摇摇头：“我说过这样的话吗？”说罢，便消失在雾气中。

瓦伦丁笑了：“唉，恩斯特，人怎么这么善变啊，在前线的时候，他是一个苦大仇深的可怜虫，现在摇身一变，反倒成了成功商人。他以前骂那些生意人都是吸血鬼，现在同样的话他又不愿意听了。”

“至少他的事业一帆风顺啊，而且知道自己想要什么。”我答道。

我们继续前进，浓雾仍未散去。小狼在雾里愉快地奔跑，不时地出现在我们身边。在明亮的路灯下，一个戴亮红色皮帽的女孩儿一闪而过，帽子下的面庞在雾气的衬托下，显得像花朵一样柔美，两只大眼睛炯炯有神。

我呆住了，心跳加速，是阿黛勒。回忆把我拉回到十六岁的黄昏。我们一群男生总是躲在校门后，待穿白毛衣的女孩儿出来时，小心翼翼地跟在她们身后，到了正街后，再气喘吁吁地跑到她们面前，一言不发地看着她们。她们若是跑开，我们便会再次跟上去。如果在某个阳光明媚的午后，我们在街上与她们偶遇，也会傻傻地跟在她们身后，不敢上前和她们说话，直到她们走到家门口，才会鼓起勇气，在她们身后喊一声“再见”，然后害羞地跑开。

见我站住，瓦伦丁疑惑地看看四周。“等我一下，”我急忙说，“我去见个人，说几句话，马上回来。”

我跑去找那顶“红帽子”，雾中的那朵红玫瑰，珍藏了我穿军装、上战场前的青春岁月。

“阿黛勒……”

“红帽子”四下看看，终于看到我：“恩斯特?！你回来了！”

我们肩并肩漫步，雾气在我们之间偷偷溜走，小狼在我们身后跳跃、吠叫，电车从身旁隆隆驶过，这个世界，可爱又温柔。昔日的情愫再次涌上心头，充实、紧张、不安，时光一去不复返，一道光辉璀璨的虹桥，穿过浓雾，架在过去与现实之间。

我不知道我们在说什么，但这又有什么关系呢，重点是我们能够再次肩并肩地散步。少年时代甜蜜、朦胧的音乐再次回荡在耳边，梦想和欲望在如茵的草地上闪光，在银色的白杨林间歌唱，美好的青春时光如地平线上升起的黎明，清晰、明亮。

阿黛勒和我道别，我孤独地跑回来。我不知道我们一起走了多久，但这次偶遇，就像一面迎风招展的军旗，给我带来快乐、希望和满足。我就像一个小孩儿，沉浸在自己的小小天地里，那里有明媚的夏日、绿色的方尖塔和广阔的世界。

我跑回去找瓦伦丁，却和维利撞个满怀，于是我们一起去找瓦伦丁。找到他时，他正满脸喜色地冲向一个人，并重重地拍了下那人的肩膀。

“嘿，库克霍夫，老东西，你从哪儿冒出来的？”他向那人伸出手，“能再次见到你真不容易，看来我还是挺幸运的。”

那人上下打量他一番，犹豫地说：“你是……瓦伦丁？”

“对呀，当年我们在索姆河上一起表演杂技，你还记得吧，那天节目进行到一半时，我们分吃了莉莉寄来的薄饼，还是乔治随着其他信件一起送来的呢。欸，那是不是你干的最危险的事？”

“是的，一点儿也不错。”那人说。

瓦伦丁沉浸在快乐的回忆中。“后来乔治也离开了。”瓦伦丁继续说，“那时候你已经走了，你知道吗？乔治因为一个小疏忽，失去了右臂。对于他这样的马车夫来说太不幸了，真希望他能找到新的工作。你呢，现在怎么样了？”

对方给他一个似是而非的答案，然后傲慢地说：“很高兴再次见到你，你还好吗，部下？”

“你说什么？”瓦伦丁惊讶地说。

“我说，你过得怎么样？现在在做什么？”

瓦伦丁似乎还没有从震惊中恢复过来：“部下？”过了好久，他才注意到对方穿着一身优雅得体的风衣，再看看自己身上的破衣服，瓦伦丁尴尬得满面通红，一下跳开了。

“我他妈就是一傻子！”

我为瓦伦丁担心，这是他第一次感到等级差异。在他看来，我们都是平等的普通士兵，而那个狂妄自大的家伙，仅仅用“部下”两个字就把瓦伦丁的真诚击得粉碎。

“别为这种人烦恼，瓦伦丁。”我劝他，“他们天天炫耀老爹有多少收入，并以此为荣，那是他们的事，别想了。”

维利也在一旁添油加醋地数落那人。

“不管怎么说，他曾是一位很好的朋友……”瓦伦丁沮丧地说，可这种自我安慰并没有消除他的不安，反而让他感到窒息。

幸运的是，一转身我们便遇到了恰登斯。他浑身脏兮兮的，看起来就像一块破抹布。

“嘿，伙计，战争都结束了！你就不能好好收拾收拾自己吗？”维利嫌弃地说。

“我会的，但不是现在。”恰登斯解释道，“下周六，下周六我不只要好好地洗个澡，还要理发、除虱子。”

我们惊讶地看着恰登斯，他竟然要洗澡，他遇到了什么事儿？去年8月，他被埋在废墟时，肯定弄丢了什么东西。维利打趣地把手放在耳朵上：“你重新说一次，你周六要做什么？我没听清楚。”

“洗——澡！听清没有！”恰登斯骄傲地说，“下周六晚上，我就要订婚了！”

维利惊讶地看着恰登斯，好像他是一只稀有动物。他像老父亲一样，把大爪子搭在恰登斯肩膀上，一脸慈祥地说：“恰登斯，你不是总感到后脑一阵阵刺痛，有时耳朵里还会响起奇怪的嗡嗡声吗？”

“现在不会了，只有饿得半死的时候才会那样。”恰登斯解释道，“其实我的肚子偶尔也会有被炮弹撕裂的感觉，那种感觉很可怕，但是当我回到未婚妻身边，那些感觉就消失了。我的未婚妻不算漂亮，跛脚、斜视，但她有一颗善良的心，最重要的是她父亲是个屠夫。”

屠夫？我们仿佛看到了曙光。恰登斯继续说：“她追的我，很惊讶吧。现在时局不好，想活下去太难了，所以我们不得不做出一些牺牲。而屠夫，将会是这个时代最后一个饿死的，况且从订婚到结婚还有很长的路要走呢。”

维利听得津津有味：“恰登斯，我们是最好的朋友吧……”

“一直都是，”恰登斯打断他的话，“下周一来找我吧，给你拿几根香肠或是几块排骨，再来点儿饮料，你们也一起来吧。记住，下周一，到时候我们会出一批‘白货’。”

“什么意思？”我不解地问，“你是在做布匹生意吗？”

“不不不，我们只是要杀一匹白马。”

我们答应下周一去找他，然后继续前进。

瓦伦丁带我们走进霍夫饭店，那儿是艺术家的聚集地。我们进去时，一群侏儒正在吃饭，桌子上摆了一盆萝卜汤，每个人面前还有一片面包。

“我觉得他们领的粮票应该够吃了。”维利低吼道，“毕竟他们个头儿那么小，估计对食物的需求也不会太多。”

墙上贴了很多破损的海报和照片，海报已经用各色胶带修补好了，但有一些被撕掉了一半，无法修补，只能放任不管了。照片也已褪色泛黄，上面有强壮的举重运动员、驯兽师和小丑。在过去的几年，这些人已经把前线当成了竞技场，在那里，或许他们并不需要这些海报和照片。

瓦伦丁指着一张照片说："这个人就是我。"照片上一根单杠从马戏团帐篷的圆顶上垂下来，一个鸡胸男人在上面翻跟头。虽然很危险，但是那人的神情却是全世界最坚定的，如果瓦伦丁不说是他，我们很难认出来。

和瓦伦丁一起排练舞蹈的人已经准备好了，他把我们安顿在后台的小房间里，从这里可以看到他们排练的情况。房间的角落里堆了一些背景布，看布上的图案，应该是一部取材于前线生活的滑稽戏[①]，我小时候看过一次，那是一部歌剧，两年前在社会上引起了巨大轰动。

瓦伦丁把留声机放在椅子上，从箱子里翻出一张唱片。低沉、沙哑的嗓音从留声机里传出来，不时还有一些呲呲的电流声混在里面，这个伴奏唱片质量太差了，但能听出来，是一首狂野的舞曲，就像一个美丽、忧郁的少妇在高声吟唱。

"是探戈。"维利以鉴赏家的神态小声告诉我，不过他没有说，他刚刚偷看过唱片包装盒上的介绍。

瓦伦丁身穿蓝色的长裤和衬衫，他的舞伴则穿了一件紧身连体衣。他们跳的是一种极富想象力的阿巴契舞[②]。女孩儿用双腿钩住瓦伦丁的脖子，和他一起飞快旋转。

---

① 滑稽戏：一种类似相声和小品相结合的喜剧节目。

② 阿巴契舞：法国巴黎底层人民狂欢时跳的双人舞。

两人面无表情地默默排练，只是偶尔交流一两句。昏暗的煤气灯发出轻柔的噼啪声，灯火摇曳，舞者巨大的身影在背景布上移动。

维利像一头狗熊似的围着留声机转，不时地拧几下发条。一曲终了，瓦伦丁停下舞步，维利卖力地鼓掌，瓦伦丁不满地向他摆摆手让他走开。

女孩儿开始换衣服，根本不在意我们就在一旁。煤气灯旁，她慢慢解开鞋带，脱下舞鞋，顺势脱下褪色的连体衣，她的双腿修长、美丽，背部光滑、轻盈。她站起身，抓过一件衣服套在身上，光与影在她肩膀上交替。

维利在屋内四处翻找，最后找到一张滑稽戏的节目宣传册。里面有几则广告。一个是巧克力广告，商人将巧克力制成炮弹和手榴弹的模样，准备运往前线；另一个是英国商行的，他们出售弹片制成的拆信刀，印着名人名言的卫生纸，以及《士兵的告别》和《我站在黑暗的午夜》两个系列的明信片。

女孩儿已经穿戴齐整。穿上大衣、戴上帽子后，她看起来很陌生。之前她就像一个软体动物，而现在她和普通人没什么区别。如果不是亲眼所见，我根本不会相信，一个人穿不穿衣服会有如此大的差别，更神奇的是，制服要比其他衣服更能改变一个人。

三

维利每天晚上都和瓦尔德曼在一起，瓦尔德曼在郊区搞了一个宴会厅，每天下午和晚上都会举办舞会，我准备去那里看看，因为维利告诉我，阿黛勒有时也会参加舞会，我想再次见到她。

瓦尔德曼舞厅里灯火通明，舞者曼妙的身影在窗上缓缓移动。我站在酒廊里四处寻找维利，酒廊里座无虚席，每张桌子前都挤满了人。战争结束后的这几个月，人们疯狂地娱乐、享受生活。

维利身穿崭新的白衬衫和燕尾服出现在人群中，那件燕尾服正是用他的新军装改的，为了配燕尾服，他从父亲那里搞来一条条纹裤。我眯着眼，上下打量他，火红的头发、雪白的衬衫、黑色的燕尾服，他在人群中就像一根移动的旗杆。

维利看到我惊奇的目光，满脸堆笑地走过来。“嘿，恩斯特，这么早就到了。你在看这件燕尾服吗？”他像一只开屏的孔雀，在我眼前转来转去，展示他的燕尾服，“德皇限量纪念款，喜欢吗？没想到我真的会把军大衣改成燕尾服吧。”

我没有说话。

他拍拍我的肩膀：“你运气不错，今晚有舞蹈大赛，半小时后开始。一起参加吧，我们一起努力，争取拿个头奖！听说奖金不菲呢！”

比赛开始前，人们仍有足够的时间练习。维利找到一位女拳击手做舞伴，那个女子人高马大，强壮得好像一匹种马。维利和她练习的是独步舞，维利的舞步别具一格。在另一侧，布勒格尔正和食品办公室的胖职员练习，布勒格尔有戴银链子和戒指跳舞的坏毛病，一跳起来身上的饰品叮当作响，不过他们倒是把舞蹈的专业性和娱乐性结合得很好。还有特罗斯克，他没有跳舞，而是和一个金发女孩儿坐在角落里，看到我们时，害羞地向我们点头致意。

“完了，他就要弃我们而去了。”维利预言。

我在房间里走来走去，想找到一个合适的舞伴，但这并不容易。坐在餐桌边的女孩儿，有的看起来像小鹿一样温柔、漂亮，可是一跳舞，却像怀孕的大象一般笨拙，而那些优秀的舞女早就被人家约走了。最后，我终于找到一位满意的舞伴——一个小裁缝。

大厅里响起一阵轻快的音乐，主持人激动地走进舞池，胸前还别了一朵菊花。他介绍说，一对来自柏林的舞者将为大家表演最新潮的狐步舞[①]。这种舞蹈我们听说过，但从未见过，于是我们饶有兴趣地观看表演。

乐队开始演奏，两名舞者就像敏捷的小羊在舞台上跃动。他们时而分开，时而手臂环在一起，边跳边转圈儿。

---

① 狐步舞：20世纪初欧美流行的一种社交舞蹈，舞者步幅大而平滑、优雅飘逸，富于流动感。

维利伸着脖子仔细观看，眼睛瞪得和茶碗差不多大，看得出来，他很喜欢这种舞蹈。

摆放奖品的桌子抬进来，我们立刻围上去。主持人说，今晚将在独步舞、波士顿舞和狐步舞三种舞步中，各评选出三名获奖者。我们想了一下，狐步舞我们根本不会，但在另外两项上，我们就像布吕歇尔[①]一样。

主持人还说，一等奖会得到十个海鸟蛋或一瓶杜松子酒。维利问我们海鸟蛋能不能吃，在得到确切答案后，他立刻兴奋起来。二等奖是六个海鸟蛋或一顶羊毛帽。三等奖则是四个海鸟蛋或两包日耳曼产的“英雄牌”香烟。

“无论如何，其中一种舞蹈，我们一点儿戏都没有了。”布勒格尔失望地说。

比赛开始了，布勒格尔和特罗斯克选择了波士顿舞，而我和维利选择了独步舞。不过我们对维利获奖并不抱太大希望，除非评委具有超凡的幽默感，他才能获胜。

波士顿舞比赛中，布勒格尔、特罗斯克以及另外三对进入最终的角逐，布勒格尔遥遥领先，他崭新的立领军装、考究的皮靴以及银链、戒指，都让人感到一种无法抗拒的优雅，而且他的舞姿和风格也是独一无二的。特罗斯克虽然是个大

① 布吕歇尔：格布哈德·列博莱希特·冯·布吕歇尔（Gebhard Leberecht von Blücher，1742—1819），普鲁士元帅，他积极进攻的指挥风格为他赢得了“前进元帅”的称号。德国有一句谚语 er geht ran wie Blücher（办事就像布吕歇尔一样），即指人办事雷厉风行，非常优秀。

块头，但他在协调性上占了很大优势。评委们一一做好记录，此时瓦尔德曼宴会厅里就像在进行“末日审判”，评委过了很久才给出分数。毫无疑问，布勒格尔获得第一名，特罗斯克拿到了第二名。布勒格尔选择了海鸟蛋，因为他对杜松子酒太熟悉了，这里摆的几瓶还是他卖给主办方的呢。他大方地把海鸟蛋分给我们，因为他家里还藏了不少好东西。而特罗斯克害羞地领回六颗海鸟蛋后，径自向金发少女走去，维利看热闹地吹起口哨。

我和小裁缝的独步舞也进了决赛，但令我们惊讶的是，维利竟然没有参赛。

我展示了一种以前从未展示过的屈膝退步的舞步，而小裁缝则像羽毛一般翩翩起舞，最后我们获得了二等奖。

我胸前挂着帝国舞蹈运动协会颁发的银色荣誉勋章，自豪地走回桌边。

“维利，你这个大笨蛋，”我说，“为什么不试一试呢，就算拿个三等奖也好啊。”

“恩斯特说得没错儿，”布勒格尔也劝道，“你为什么不试一试呢？”

维利站起来，伸个懒腰，又整理了一下燕尾服，高傲地看了我们一眼，只回答了两个字：“因为……”

主持人正在叫参加狐步舞比赛的人上台，只有几对夫妻报名，维利带着女拳击手，志在必得地走上舞台。

“天啊，他可从未跳过啊。”布勒格尔不可思议地说。

我们纷纷从椅子上站起来，想看看维利到底要干什么。女拳击手向维利走去，维利向她伸出手，做了一个邀请的手势。音乐响起，维利瞬间化身野骆驼，他在空中旋转、跳跃，一连串踢踏舞舞步后，他把舞伴抱起来旋转一圈儿，然后轻松一跃，跳到舞池另一端，这个过程中，女拳击手始终挂在维利平伸出的右臂上，双脚离地，这样她既不用害怕被踩脚，也不会影响维利的移动。接着，维利就像一只陀螺，飞快地旋转；而后又像一头山羊，灵巧地跃出一步，以一种奇怪的姿势结束舞蹈。大厅里顿时响起雷鸣般的掌声，他开心地把舞伴举过头顶。

这一刻，人们毫不怀疑一颗狐步舞新星正在冉冉升起。显然，在比赛开始前，维利看到了自己的机会，并成功地利用了这个机会。他超越了所有的舞者，获得了一等奖，他得意扬扬地把那瓶杜松子酒递给我们。

他出了很多汗，身上的污垢被汗水冲下来，把白衬衫都染脏了，这反倒让他的燕尾服显得白了许多。

主持人再次走上舞台，在他的解说里，维利被描绘成一个舞蹈天才，他热情地邀请维利走上舞台，宣布维利是狐步舞舞王。帝国舞蹈运动协会为他颁发了镀金奖章，上面还系了一条红蓝相间的缎带，这个奖章可以说是最高的皇家荣誉了。

比赛结束了，人们继续跳舞，我们围坐在桌边喝维利赢来的杜松子酒。特罗斯克早就不见了，看来没有人能把他从金发女孩儿身边拉走。

维利捅捅我："嘿，阿黛勒在那儿呢！"

"哪儿？"我急切地寻找起来。

他指指舞池里舞动的人群，没错儿，是阿黛勒，她正和一个高大的黑人跳华尔兹。

"她什么时候来的？"我问道，因为我希望她能看到刚刚的舞蹈比赛，看到我的胜利。

"五分钟前。"

"他和那个男的一起来的？"

"看样子是的。"

阿黛勒跳舞时，将头微微后仰，一只手搭在黑人肩膀上。我望着她的侧颜，几乎无法呼吸。舞厅昏暗灯光下的倩影，渐渐与战前黄昏里见到的那个重合。可是，当我正面看向她时，又觉得她比那时更成熟了，笑容也有些陌生。

我抓起酒瓶猛喝了一口，小裁缝又去跳舞了。她比阿黛勒更苗条、更精致。前几天在浓雾中偶遇时，我还没有发现，阿黛勒早已发育成一个乳房丰满、小腿壮硕的成年女性。我不记得她以前是不是也这样，我没有注意过。我推推眼镜，姿势有些滑稽，再仔细去看，却什么也看不清了。

“好像是丰满了很多。”维利似乎看出了我的想法。

“闭嘴！”我生气地说。

一曲结束，阿黛勒靠在门边休息。我走过去，她看到我，和我打个招呼，继续和黑人男子聊天。我呆呆地望着她，心跳得很快，仿佛在做一个很重要的决定。

“你为什么一直看着我？”她不解地问。

“没，没什么……”我结结巴巴地说，“我，我能请你跳支舞吗？”

“现在不行，下一曲吧。”说完，她和黑人再次走进舞池。

我默默等她，然后和她一起跳了一曲波士顿舞。我努力配合她，她赞许地笑道：“你是在前线学会的吗？”

“不完全是。”我回答道，“几分钟前我刚刚得了二等奖。”

她迅速抬起头：“真遗憾，我们本可以一起跳的，奖品是什么？”

“六个海鸟蛋和一枚银奖章。”我回答道，似乎头发也变成了奖章的颜色。舞厅里传来轻柔的小提琴曲，人们踢踢踏踏的舞步清晰可闻。

“我们可以一起跳舞吗？”我问她，“对了，你还记得吗？以前我们总翻过体育馆后面的院墙，偷偷跑到这儿跳舞。”

她点点头：“是啊，那时候我们还挺幼稚的。你看那边，那个穿红裙子的女孩儿，那条裙子可是今年最新款，你觉得好看吗？”

小提琴的旋律不知什么时候结束了，现在场内奏响的是如泣如诉的大提琴曲，哀怨的曲调在棕色的琴弦上缓缓流出。

“记得第一次跟你说话时，我特别紧张，刚说了一句，就吓跑了。”我回忆道，“那是6月，就在小镇的老城墙边。虽然过去很久了，但感觉就像发生在昨天似的。”

阿黛勒向远处挥挥手，应该是和某人打招呼，而后再次看向我。

“是啊，那时候我们都够傻的。对了，你会跳探戈吗？和我一起来的那个人可是一个探戈专家！”

我无法回答，音乐也停了。“去我们那边坐一会儿吗？”

她顺着我手指的方向看过去：“那个穿皮鞋的瘦高个儿是谁啊？”

“哦，卡尔·布勒格尔。”我答道。

阿黛勒和我回到桌旁，维利给她倒了一杯酒，继续和周围的人说笑。阿黛勒笑着望向布勒格尔，有时也看看他的舞伴——一个打扮新潮的金发女孩儿。我偷偷观察阿黛勒，她变化很大，我不清楚是不是记忆欺骗了我，还是记忆也会随时间改变，直到超越了现实。我觉得这个谈笑风生的女孩儿，完全变成了陌生人。可是，会不会有另一个她藏在我们不知道的角落里呢？难道事情也会因为我们长大而发生改变吗？

岁月流转，三年前，她才十六岁，还是个孩子，如今，她已经十九，是个青年了。我突然感到一阵莫名的悲伤。时光在流逝、世界在变化，当一个人久别归来，也许什么都找不到。离别是一件难以言说的事情，当你回来时，就很难再回到过去了。

“嘿嘿嘿，恩斯特，想什么呢？闷闷不乐的。”维利的手在我眼前晃了几下，“有心事？”

“他是不是觉得无聊啊？以前他总是这样。”阿黛勒笑道，“高兴点儿，恩斯特，女孩儿们最喜欢的是活泼开朗的男生，都像你这样腊肠似的戳在那儿，可不会赢得女孩儿的芳心。”

结束了，一切都结束了。不是因为她的改变，也不是因为她对我的冷淡，更不是因为她与黑人、布勒格尔的谈笑，不，都不是。而是因为我觉得这一切无所谓了。强烈的情感不断冲击我的内心，我叩响青春的回忆之门，想要走进去。我想它定会欣然接纳我，毕竟我还年轻，很多事情都无法忘记，但它像海市蜃楼一般，无声无息地消失，每当我触碰它，它都如焰火般炸裂，碎成千万片。我无法理解，总觉得里面残留了某种东西。我无数次尝试，但只把自己弄得遍体鳞伤。现在，我终于抓住了它，在这片记忆之海中，一场死寂、沉默的战争正在爆发，即使再看下去，也毫无增益。时间就像一道天堑，我已无法回到过去，也没有必要留恋。我必须前进，昂首阔步地前进，无论去向何方，毕竟我还没有到达生命的终点。

我端起酒杯，四下巡视。阿黛勒仍在和布勒格尔聊天，似乎在问他哪里可以买到上好的丝袜。舞会也在继续，管弦乐队现在演奏的是一首名为《梦之屋》的华尔兹舞曲。而我，仍然坐在椅子上，仍在呼吸，仍像以前一样活泼且富有生气。

难道曾有一道闪电将我与生活割裂？难道曾有一个风景在我眼前消散，只留下我苟延残喘？所有的回忆在这一刻消散了，我永远失去了它。

阿黛勒起身向布勒格尔告别。“那迈尔和尼克尔的店里见？”她笑道，“只要你确信他们能搞到各种货物，那我明天一早就过去。”

“我走了，恩斯特，再会！”她转向我。

“等我一下，我送送你。”我也站起来。

刚走出院门，她便和我握手告别：“不用送了，我等人。”

我突然为自己的愚蠢感到悲哀，我摘下帽子，向她深鞠一躬，就像在和她做一个长长的告别，但不只是她，更是与我的年少时光告别。

“你有时真的很逗……”她看看我，向草地跑去。

乌云散去，黑夜降临在小镇上空。我在夜幕中伫立良久，默默回到舞厅。

四

从前线回来后，我们连第一次聚会。我们决定在科纳斯曼餐厅举办一场盛大的庆祝活动，所有战友都接到了邀请。

因为迫不及待地想要见到那些老伙计，我和布勒格尔、尤普、特罗斯克提前一小时就到餐厅了。

我们坐在大厅的沙发上，百无聊赖地等其他人。就在我们准备玩儿一局斯卡特打发时间时，科索莱推门进来了。我们立刻丢掉纸牌，把他围在中间。

令我们没想到的是，他竟然没穿军装。其实他和我们一样，一直不肯脱下旧军装，但今天，他似乎是为了庆祝战友团聚，破天荒地便装出席。他身穿蓝色的天鹅绒大衣，头戴鸭蛋青色的帽子，还在立领衬衫上系了一个黑色领结。他站在那儿，感觉像换了一个人。

我们还没从震惊中恢复过来，恰登斯也到了。他竟然也穿了便装：一身竖条纹西装，一双黄皮鞋，手里还拿了一根镀银手杖。他昂首挺胸、大摇大摆地穿过大厅，径直走到我们面前。他和科索莱互相看了一眼，都吓了一跳。看来他们都没见过对方穿便装的样子。他们对视几秒后爆发出一阵爽朗的笑声，都觉得对方穿便装的样子太可笑了。

“唉……费迪南德，你这打扮，我还以为是哪个暴发户呢。”恰登斯笑着说。

“你什么意思？”科索莱愣住了。

“喏，你看看这里，”恰登斯指指科索莱的袖口，“不知道的还以为你在哪个古董贩子手里买的呢。”

“放屁！”科索莱咆哮道，气冲冲地走到一边。我发现他的脸已经红了，看来恰登斯的嘲笑确实令他很尴尬。在自以为没人注意的角落里，科索莱偷偷检查被人嘲笑的大衣，用力擦掉衣袖上的污渍。如果他穿制服，就不用这么烦恼了，反正旧军装上有什么都不稀奇。

他回来了，盯着一身新西装的布勒格尔，偷偷问我：“布勒格尔的父亲是做什么的，你知道吗？”

“地方法院的法官……”我回答道。

“法官……真不错，那路德维希呢？”他若有所思地问。

“海关税务员。”

科索莱沉默了，过了好久，他闷闷不乐地说：“我猜，要不了多久你也会假装不认识我了吧。”

“说什么傻话呢，费迪南德？！”我有些惊讶。

他耸耸肩，没有说话，但他的做法依然不能打消我的疑虑。看来不仅仅因为这身不合时宜的便服，他自己也有了很大改变。以前，他从不会为这种事烦恼，可现在，他不仅脱掉大衣，还把它挂在最黑暗的角落里。

“太热了。”发现我在看他的大衣，科索莱紧张地解释道。我点点头，没有说话。

“你父亲是做什么的？”过了好久，他垂头丧气地问。

“书籍装订工。”我答道。

“真的吗？”他立刻高兴起来，“那阿尔贝特的父亲呢？”

“已经去世了，去世前是个锁匠。”

“锁匠？”他很高兴地重复一句，就像见到教皇似的，“太好了，恩斯特，锁匠……我是个钳工，我们要是做同事，一定会很亲近的，对吧？”

“嗯嗯，一定会的。”我说。

老兵科索莱终于变成了平民科索莱，重新获得了生机和活力。

“真是太遗憾了，他已经过世了……”科索莱颓然地说。恰登斯再次凑过来，并向他做了一个鬼脸，科索莱一言不发，站起来直接照他屁股来了一脚，平民科索莱又变成老兵科索莱了。

大厅的门开始不断被撞响，第一批战友到了。我们走进宴会厅，里面的装饰还没有挂好，桌上也空空荡荡的，让人感到很不舒服。大家三五成群地凑在一起聊天，我发现朱勒·韦德坎普姆特仍穿着破军装，我向他招招手，拉开椅子欢迎他。

“朱勒，最近过得怎么样啊？”我和他打招呼，“老伙计，你还欠我一个桃花木的十字架呢！我可记着呢，你还说用能做钢琴盖的木料做，记得吗？”

“我自己用了，恩斯特！”他沮丧地说，“我妻子去世了。”

“对不起，朱勒，我感到很痛心。出了什么事儿？”

他耸耸肩：“整个冬天，她都在商店外面排队买吃的，身体冻坏了。生孩子的时候难产死了。”

“那孩子呢？”

“也死了……”他无力地垂着头，感觉快要冻僵了，“恩斯特，你知道吗？舍夫勒也死了……”

我摇摇头：“怎么回事？”

韦德坎普姆特点燃烟斗，深吸一口：“你还记得1917年，他头上挨了一枪吧。当时伤口愈合得很好，可是大概六周前，他突然头疼，疼得不停撞墙。我们几个赶紧把他送到医院，大夫说是什么脑炎。第二天他就不行了。”韦德坎普姆特又划了一根火柴，“可是政府那些混蛋，却连抚恤金都不想给他老婆。”

“那格哈德·波尔呢？”

“他来不了，法斯本德和弗里奇也来不了。这几个老家伙倒是想来，但是他们失业了，现在连吃饭都成问题。”

说话间，一半的人都到了。我见到很多许久未见的老战友，但奇怪的是，似乎大家情绪都不高。几周以来，我们一直期待这次聚会，并希望借此缓解压力、缓和矛盾、消除误会。或许是人群中随处可见的便服，又或许是职业、家庭、社会地位等因素，总之出于各种各样的原因，大家生分很多，可以肯定的是，昔日的战友情已经一去不复返了。

环顾四周，很多人已发生了巨大转变：

博塞，他曾是全连的笑料，因为他就像可怜的傻瓜，总能把自己搞得脏兮兮的，身上的军装也是破破烂烂的，所以我们特别喜欢捉弄他，几次三番地把他按在水龙头下，让他干净一些。可现在，他坐在人群中侃侃而谈，一身精致的毛料西装，一枚别致的珍珠胸针，活脱脱有钱人模样。

贝特克，他现在是一个几乎没有经济来源的乡村鞋匠。他站在博塞身边，如果博塞看他一眼和他说两句话，他就显得很开心。

路德维希没有穿军官制服，而是穿了一身旧校服，校服有点儿小，可他毫不在意，还配了一条针织领带，不过他的手法不咋样，领带系得歪歪扭扭的。而他的勤务兵亲昵地拍着他的肩膀，那人现在是经营抽水马桶配件的商人和管道工，在商业街上有一家装修豪华的店面。

瓦伦丁则搞得像个流浪汉，一身破破烂烂的旧军装，里面搭了一件褪色的蓝白相间的毛衣，唉……他可是我们中间最出色的士兵啊！

还有阿图尔，之前他就像一条脏兮兮的流浪狗，可现在，他神气十足地坐在瓦伦丁旁边，头戴一顶华丽的大礼帽，身穿一件鹅黄色风衣，嘴里还叼了一支英国雪茄。

可以毫不夸张地说，一切都搞砸了。人们不仅从服装上可以看出阶级差异，甚至连说话的语气都发生了改变。过去谨言慎行的，现在夸夸其谈。穿着华丽的傲慢无礼，衣衫褴褛的沉默寡言。一名品行很差的下士，现在摇身一变成了教师，他坐在路德维希和布勒格尔身边，不厌其烦地打听他们考试准备情况。如果我是路德维希，我绝对会把啤酒从他衣领灌进去。万幸的是，他身边还有一个布勒格尔。布勒格尔在那人面前极力贬损考试和教育，却把经商贸易夸上了天。

人们的谈话令我很不舒服，我现在宁愿没有举办这次聚会，这样在彼此的心中还能留下一个美好的回忆。我极力地想象所有人都穿着又脏又破的军装，而这间奢华的科纳斯曼餐厅则是部队食堂，但一切都是徒劳，人们的变化太大了，阶级差异也更大了。曾经的共同利益已经让位给个人利益，我们穿过同样军装的记忆仿佛是很久以前的事，早已模糊不清。原以为一切都被战争摧毁了，只有战友情还在。可现在，我们把他们当兄弟，他们却没拿我们当战友，这才是真正令我难过的事情。我悲哀地发现，死亡做不到的事情，生活却成功了，它使我们越走越远。

我不愿相信这件事，毕竟我们还坐在一张桌子旁，路德维希、布勒格尔、贝特克、维利、瓦伦丁、恰登斯……一个不少，但总有一种忧郁的情绪盘亘在房间里。

“无论如何，我们都应团结起来。”特罗斯克扫视一圈儿身边的战友。我们把手搭在一起表示赞同。而“好衣服”们也凑在一起，虽然我们无意把大家分类，但衣服已经这么做了，于是，我们主动把那些被“抛弃”的战友团结起来。

“快过来啊，阿道夫！”我对贝特克说，“欢迎你的加入。”

贝特克把大爪子搭在我们的手上，脸上终于露出了笑容。这还是连队解散以来，我第一次看见他笑。

贝特克坐了一会儿就走了，他看起来还是不太对劲。这几天一定要再去看看他，我暗暗提醒自己。

一名侍者走进来，和恰登斯小声嘀咕着什么。恰登斯摇摇头，请他出去，并大声说："让她走吧，女人在这儿又没事做。"我们惊讶地抬起头，恰登斯不好意思地笑了。很快，侍者又回来了，同他一起进来的还有一个身材健壮的女孩儿，恰登斯有些吃惊，但很快就故作镇定地挥挥手，骄傲地说："介绍一下，我未婚妻！"

这事儿本来只是一个小插曲，但维利还是把在场的人一一介绍了一遍，并邀请女孩儿坐在自己身边，女孩儿欣然同意。维利凑到她身边，胳膊搭在椅背上："听说你父亲在新格拉本地区开了家肉铺，是吗？"

女孩儿点点头。维利靠得更近了。恰登斯似乎一点儿也不担心，他心满意足地喝了一口啤酒。维利坚持不懈地活跃气氛，女孩儿很快就适应了。

"我特别想见到你们，"她快活地说，"恰登斯经常提起你们，但每次我求他带我参加你们的聚会，他都不肯。"

"为什么不愿意啊，恰登斯？"维利不满地瞪了恰登斯一眼，转向女孩儿说："你能来参加聚会我们当然愿意了，真的，见到你非常开心。恰登斯那个老家伙，他从来都没提过这件事！”

恰登斯有些不安，科索莱就像没看见似的，身体前倾，追问道：“他经常提到我们吗？太意外了，我很好奇，他都说我们什么了？”

“玛丽兴，我们该回家了！”恰登斯突然站起来插话道。

科索莱把他按回到椅子上：“你先坐下，恰登斯！着什么急啊。小姐，你继续说，他都说什么了？”

玛丽兴很信任我们，她害羞地看着维利：“你是霍迈尔先生吧。”

维利向她鞠躬致意，表示认同。

“这么说他救的人就是你啊？”玛丽兴小姐把知道的故事源源不断地讲出来，恰登斯局促不安地在椅子上蹭来蹭去，好像有一堆蚂蚁在咬他似的。

“霍迈尔先生，难道你不记得了？”

维利丈二和尚摸不着头脑，“我被埋了吗？难道我失忆了？这太可怕了，这么值得纪念的事，我怎么会不记得？对了，你们记得吗？”他摸摸大脑袋。

“你被谁救过？”科索莱也一脸疑惑。

“玛丽兴，我要走了，你走不走！”恰登斯不耐烦地说。

科索莱死死地抱住他，令他动弹不得。

“他特别谦虚，”玛丽兴小姐发出银铃般的笑声，“恰登斯说，当时有三个黑人手拿斧子追着霍迈尔先生砍，他冲上去三拳两脚就解决了那三人，而且是徒手干掉的……”

“徒手啊……”科索莱重复了一句，没再说什么。

“是啊，他说敌人人手一把斧子，他解决掉那几个人后，把你背回营地了。”玛丽兴小姐上下打量着两米多的维利，对恰登斯兴奋地点点头，“亲爱的，你太棒了，没有人比你更厉害了。”

“这倒是真的，”科索莱若有所思地说，“完全可以这么说。”

维利看看玛丽兴没有说话，过了一会儿，他站起来说：“没错儿，恰登斯是个很不错的人。”说罢，他向恰登斯点点头：“跟我出来一下。”

恰登斯磨磨蹭蹭地站起来，但维利只是揽着他的肩膀走出宴会厅。几分钟后，两人回来了。维利欠欠身，对玛丽兴说：“明天晚上我会去拜访，我要登门拜谢恰登斯把我从黑人手里救出来，不过我也救过他一次呢。”

“真的吗？”玛丽兴惊讶地说。

“或许一会儿他就会告诉你的。”维利冷笑道。

恰登斯松了口气，赶紧拉着未婚妻走了。

“明天他就危险喽……”维利看着两人的背影。

没有人听清他说什么，我们憋得太辛苦了，现在实在憋不住了，笑声像一群饥饿的战马在叫。科索莱笑得浑身颤抖，捂着肚子哎哟哎哟直叫。过了好久，我们才冷静下来，听维利解释。他告诉我们，恰登斯答应以无偿提供上好的马肉和马肠作为交换。

“这个老东西，我现在可算抓住他的小辫子了。”维利大笑道。

整个下午我都待在家里，试图做点儿什么，但无所是事，最终再次走出家门，在马路上漫无目的地闲逛。我经过一家新开的餐厅：霍兰迪西·戴里餐厅。这已经是过去三个星期内开的第三家售卖杜松子酒的餐厅，这些餐厅雨后春笋般冒出来，而这家无疑是最大、最豪华的一家。

看门人站在灯火通明的玻璃门前，制服有点儿像修士和骑兵团团长的结合体，手里还拿了一根镀金手杖。我看看他，他突然冲到我面前，用手杖戳戳我的肚子，笑道：“嘿，恩斯特，你这个老稻草人[①]，Commongsava？（最近过得怎么样）？”他突然冒出一句法语。

是安东·德穆特中士，他是我们连的炊事班班长。我给他敬了一个礼，在部队时，我们常被告知敬礼是因为那身军装，而不是穿军装的人。而这身梦幻的制服代表着上流社会的身份，所以应该向它敬礼。

“嘿，安东中士。”我笑着和他打招呼，“聊点儿实际的，

① 稻草人：在德语中多指一个人外表丑陋、骨瘦如柴、衣着邋遢，含贬义。

有吃的吗？”

“当然，相信我！”他肯定地说，“还记得弗朗茨吗？就是那个弗朗茨·埃尔斯特曼，他也在这儿，厨师长！”

“我什么时候可以过来？”我迫不及待地问，这个消息令人精神振奋，要知道弗朗茨曾经可是全国最大的食品采购商。

“午夜一点，”安东眨眨眼睛，“我们刚从食品检察官那儿搞来了十几只鹅，走私货，你懂的。你去找埃尔斯特曼，让他提前藏几只鹅腿。鹅也会打架，谁敢保证它们打架的时候会不会少一只腿，对吧？”

“没错儿！”我答道，“你们生意怎么样？”

“每天都座无虚席，不信你看。”

他把门帘向旁边拉了一些，我向室内看了一眼。暖黄色的灯光温柔地洒在餐桌上，淡蓝色的雪茄扯出长长的细雾，袅袅地升到空中，缠在吊灯上，我还看见猩红色的地毯、温润的瓷器、流光的银器……贵妇们围坐在桌边，侍者站在一旁为她们服务，贵妇们既不用操劳，也不会感到尴尬，但是她们在付小费时，能看出她们是一群自私自利的人。

“嘿，伙计，你不会想娶一个回家吧。”安东戳戳我的腰眼儿。

我没有回答，这五光十色的生活让我感到兴奋，但它如昙花一现般很不真实，恍如梦中，我就像站在潮湿泥泞的街道上，通过门缝看一张发黄的旧照片。当然，这种场景对投机倒把、大发战争财的商人和暴发户来说根本不算什么，只是找个地方挥霍金钱罢了。也许我们在肮脏的防御工事中待得太久了，以至于我们常对奢靡、优雅的生活抱有一种奇怪的热情，那是一种近乎疯狂的渴望，因为奢侈的生活就意味着被庇护和照顾，但那已经超出我们的认知了。

“小伙子，怎么样？”安东再次问我，“你不会真想在她们中挑一个温柔、漂亮的上床吧……”

我突然觉得自己笨嘴拙舌，一时间竟找不出一个得体的答案。那些说了很多年的话，突然觉得粗鄙不堪、令人生厌。万幸，此时一辆轿车停在门口，安东不得不恢复严肃认真的模样。一个身材高挑的女人走下来，她身子微微前倾，一只手紧紧拉住毛皮大衣的前襟，一缕头发从得体的金色绒帽下探出来，在灯光里泛着诱人的金黄色，她双腿夹得很紧，手足纤细。下一刻，她就像一根弹簧，从我身边轻盈地飘过，走进旋转门，只留下一阵淡淡的香水味儿。突然，我心中涌起一种近乎疯狂的渴望，想跟她一起走进餐厅，坐在桌旁，被暖黄色的灯光包裹，无忧无虑地等待侍者服务，享受被金钱守护的快乐和自由的生活，洗去多年来因为贫穷与艰辛而沾染的污秽。

我的样子看起来一定像个小孩儿，安东的胡子里突然冒出一阵笑声，他狡黠地眨眨眼睛，又用手杖捅捅我：“别看她们身穿不同款式的大衣和丝袜，其实上了床都一样。”

“那是自然。”为了掩饰我的尴尬，我讲了一个干巴巴的黄段子，这样他就不知道我在想什么了。

“午夜一点，对吧？”我赶紧岔开话题。

“当然！”他又用法语接了一句，“Bonsoir（再见）！”

我继续闲逛，双手插在口袋里。积雪在我脚下发出咯吱咯吱的声响，我生气地踢着雪前行。如果真的和那些贵妇坐在一起用餐，我该怎么办呢？也许我只能看着她们吃，毕竟我还没有学会在那种情况下旁若无人地吃饭。而且，如果让我和其中一位度过一整天的话，我可能会非常紧张。就算到了晚上，我依然什么都做不了。我对女人的了解少之又少，有限的了解还是尤普和瓦伦丁教我的，可是对于这些女人，他们教我的方法肯定行不通。

我第一次碰女人，还是 1917 年 6 月。当时我们连队刚刚转到新的驻地，正在休整。午休时，两只小狗向我们跑过来，大耳朵在脑后翻飞，缎子似的皮毛在阳光下泛着光泽。天空呈现出纯净的蓝色，小狗在草丛中蹦跳、嬉闹，似乎战争已经远去。

尤普从机要室走出来，两只小狗向他扑过去，但被尤普推开了。他高喊道：“命令到了，今晚开拔！”

我们清楚这意味着什么，大决战的隆隆战鼓日复一日地从西线传来，一批又一批精疲力竭的队伍从前线撤下来，当我们问他们前线的情况时，他们总是摆摆手，漠然地直视前方。卡车拉来一车又一车的伤员、死尸，几天来，我们每天早上起床第一件事就是挖一排排墓穴……

我们站起来，贝特克和海因里希从背囊中翻出几张信纸，准备写遗书；维利和恰登斯准备去伙房大吃一顿；而弗朗茨·瓦格纳和尤普则游说我和他们去随军妓院长长见识。

“恩斯特，你记住，男人必须了解女人。我们晚上就要出发了，谁知道什么时候死在战场上，要知道对面刚拉来一批新的火炮，如果死的时候还不知道女人的滋味儿，那就太可笑了。”瓦格纳不停地在我耳边念叨。

随军妓院设在一个小镇上，走过去大概一个小时。我们拿到许可证后，在妓院外排队等候，其他团也接到了命令，很多人都匆忙赶到这里，想在死前释放生命的激情。我们等了不久，便被叫进一个小房间，工作人员收走许可证，并让我们解开裤子，检查我们是否得了性病。检查过后，他们给我们注射了几滴白蛋白，并告知我们费用每次三马克，而且因为排队的人多，每人只有十分钟，说完就让我们去房间外排队了。

队伍慢慢向前移动，房门不时响起，每次都有一个人走出来，高喊一声：“下一个。”

“里面有几个？”弗朗茨拉住一名工兵问。

“三个，”工兵回答道，“但是不能挑，轮到哪个算哪个，就跟买彩票一样，如果你运气不好，碰上一个老太太也有可能。”

走廊里闷热难耐，我被饥渴的士兵身上发出的热气、汗水和口臭弄得有些反胃，最初的好奇心早已消失得无影无踪，我想离开这里，但又怕被人笑话，只能硬着头皮等下去。

终于轮到我，我推门进去。房间低矮、昏暗，空气中还有一股精液和汗臭混合的怪味儿。我望向窗外，窗外有一棵椴树，嫩绿的叶片在阳光下与微风嬉戏。我觉得很奇怪，窗外一片生机盎然，屋内却是一片枯萎与死寂。椅子上有一个盘子，里面有些粉红色的不明液体。屋角有一张行军床，上面铺条破床单。为我服务的女人很胖，只穿一件半透明的衬衫。她根本不看我，径自躺在床上。或许是见我没过去，她才不耐烦地抬起头，觉察到我是一名年轻的士兵，她松垮的脸上露出一丝理解的神色。

她向我招招手，那是一种笨拙、粗鄙的手势，为了把我叫过去，她甚至露出一种甜腻的、娇羞的笑容，想让我同情她。可在我眼里，她只是一张每天被无数人睡的公用床垫。我把钱扔在她身上，转身冲出房间。

尤普拉住我：“感觉怎么样？”

“还不错，还不错……”我模仿妓院常客的语气回了一句，转身就走。我还不能立刻离开这里，还要去一趟最初的那个小房间，工作人员会再次给我们注射一次白蛋白。

这就是爱情吗？整理背囊时，我沮丧地想，难道这就是书中所写的“爱”，那个在我年轻的梦中反复出现的、令人期待的“爱”吗？我叠好大衣，卷好被单，把它们统统塞进背囊里……

领取弹药后，队伍出发了。我沉默且悲伤地想：那些令人激情澎湃的理想与爱情，除了一支步枪、一个胖妓女，以及响彻天际的炮火声，什么都没给我留下。而我们，正向着地平线上的炮火缓缓前行。

黑暗悄然降临，死亡也随之而来，这一夜，弗朗茨·瓦格纳和其他二十三名战友永远沉睡在黑暗中。

雨珠从树梢滚落，我把衣领翻起来。时至今日，我依然渴望爱情，渴望羞涩的话语，渴望温柔、丰富的情感，我想摆脱过去粗鄙、单调的生活。可是如果我成功了，我又该做什么呢？假如重回往日的花花世界和轻柔时光，假如有一个娇羞、可爱的女孩儿爱上我——就像那个戴着金丝绒帽的贵妇，可当深蓝的夜幕四垂，当激情与欢愉降临，又会发生什么呢？最后一刹那，胖妓女的身影会不会出现？耳边会不会听到战友淫秽的笑声，以及前线的零星回忆与戏谑聊天？会不会把这体面的感情搞得一团糟呢？我虽保持着那份纯真，从未接触过女人，但我对女人的幻想，却在不经意间被玷污了，就在我们对爱情一无所知时，已经被迫接受性病检查。浮躁、冲动、晚风、黑暗、疑惑……一切都将化为泡影。十六岁的年华，还有那个只敢在闪烁的路灯下默默跟随阿黛勒或其他女孩儿的男孩儿，再也找不回来。虽然我没有碰过那个胖妓女，但她牢牢地抓住我，欲望让我动摇了，让我追悔莫及。

不知不觉，我加快了脚步，加重了呼吸。我要让爱情回来，我需要它，它一定要回来，否则生命有什么意义呢？

我去找路德维希，他的房间仍然亮着灯。我捡起一颗石子，砸在他的窗户上，他立刻跑下来开门。

走进路德维希的房间，格奥尔格竟然也在。他站在书架前，摆弄那些闪闪发光的矿石标本。

“嘿，恩斯特，能在这儿见到你太好了。”他笑道，“我刚去过你家，你不在，我就来这儿了。其实就是想跟你们说一声，我明天就要走了。”

一看到他身上崭新的制服，我立刻明白了。

“格奥尔格，”我吞吞吐吐地说，“你不会真的想……”

“是啊！”他点点头，“二次入伍，我觉得这才是最正确的选择。手续都办好了，明天报到。”

“你理解他的做法？”我看向路德维希。

“是的，我知道他想干什么，但我左右不了他的决定。”

他转向格奥尔格：“格奥尔格，你的幻想破灭了，一时间你不知道自己想要的是什么，所以你想回部队，这很正常。

在前线，我们每天都处于极度紧张的状态，每分钟都徘徊在生与死的边缘，但是现在，风已经停了，没有风的支撑，船帆会怎样……其实，很多事情都很简单，它们不过是前进路上的一些小麻烦……”

“没错儿。”格奥尔格点点头，“这种对食物、野心和实现理想的欲望让我焦虑，还有一些奇奇怪怪的想法，它们只会增加我的焦虑，令我困惑、迷茫，我只想摆脱它们！”

“如果你必须做点儿什么，你可以参加革命啊，说不定你能当司令呢。”

“呵呵！”格奥尔格不屑一顾地说，“那不过是几个前线将军和各个党派的主席从屁股里面崩出来的，他们早就被自己胆大妄为的想法吓坏了！你看看他们那副狗咬狗的嘴脸，什么社会民主党、独立社会民主党、斯巴达克团……所有人都没意识到，这群人本就没脑子，他们鼓吹的‘革命’不过是自娱自乐罢了！”

“不，你错了。”路德维希说，“事实上，对于这次革命，我们只投入了极少的愤怒。我们从一开始就希望一视同仁，所以搞得满盘皆输。如果一开始就有燎原之势，早就开花结果了。可现在，我们既不愿意打破旧制度，又希望建立新制度，才会一团糟。经历过战场的洗礼，我们太累了，连愤怒的力气都没有了。相信你也感受过，当人疲惫到一定程度，即使在炮火连天的战场也可以安然入睡。你可以尝试找一份工作，人只要忙碌起来就不会想太多了。工作是一个稳定的事业，你就不会再有遭受袭击时那种关于生与死的迷茫了，说不定还能实现在战场上未曾实现的理想。”

“工作！”格奥尔格依然很激动，“如果我愿意，我可以舍生忘死地战斗，可是工作不行！”

“所以，我们现在需要学习，学会如何工作。”路德维希窝在沙发上，平静地说。

“不，我觉得只是有些士气低落……”格奥尔格反对说。

屋里一片沉寂，风在窗外咆哮。格奥尔格在小房间里不安地踱步，脚步沉重，看样子他真的无法适应安心地学习、工作。仿佛那张坚毅、聪慧的外表只属于灰色的军装，属于战争、战壕和战斗。灯光落在他身后的书架上，给他身后的矿石标本涂上一层光晕。

“路德维希，”格奥尔格平静地说，“我们在这儿还能做什么呢？你抬头看看，我们是这个社会的负担！我们生活在那些高高在上的、唯利是图的、体面的公民中，就像堂吉诃德在陌生的土地上游荡一般！”

路德维希看看我，久久没有说话。

“我们都病了，格奥尔格。战争已经深入骨髓……”

格奥尔格点点头：“是啊，我们已经无法摆脱它了。”

“不，我们可以。如果你不信，那么做什么都是徒劳！”路德维希反驳道。

格奥尔格跳起来，拳头狠狠地砸在桌子上："是，我承认，所以我才觉得要疯了！你想想，我们当中还有谁能摆脱战争的疯狂啊！当我们斗志昂扬地走向战场时，我们仿佛看到一个新时代的到来，希望把陈旧的、腐朽的、半途而废的、党同伐异的东西一扫而光。那时我们还年轻，但是谁没年轻过呢？"

格奥尔格从书架上拿起一块水晶，好像握着一颗手榴弹，双手不停地颤抖。"路德维希，我走过很多工事，"格奥尔格继续说，"一群年轻人可怜地挤在一盏沾满泥水的煤油灯前，苦苦地等待，头顶上呼啸而过的炮弹隆隆作响。作为预备队，他们清楚地知道等待他们的是什么，也知道未来会发生什么。可在他们一张张平静、愉悦的脸上，你能看到的更多的是英勇无畏，是慷慨赴死。在那坚毅、平静的表情下，是对未来的希望。无论冲锋陷阵时，还是壮烈牺牲时，我们始终保持这副表情。年复一年的战斗令我们更加冷静，即使很多东西都消失了，但这种表情依然写在我们脸上。可是，现在呢？路德维希，它在哪儿？你难道从未发现，在一堆乱七八糟的秩序、责任、女人、规矩，以及其他被勉强称为'生活'的东西中，它已经不见了吗？虽然你无数次告诉我你憎恨战争，但是我们活下来了，因为我们并肩战斗，因为我们熊熊燃烧的信仰比这世上的泥土还要多！"

格奥尔格喘着粗气："路德维希，我承认，革命确实能解决一些事情！当我听说柏林爆发革命时，我曾激动地想：和平即将到来，革命就像倒流的江河，终将摧毁旧堤岸，建立新堤岸。可是现在，江河变成了若干条小溪，革命成了党派之间争权夺利的赛场，各种职业、背景的政党充斥其间。所以，我不愿意参加革命，我更希望回到战友、同志的身边去！”

路德维希站起来，他激动得满脸通红，眼睛似乎要喷出火来。他细细打量格奥尔格：“为什么？我告你为什么，格奥尔格！因为我们被骗了，直到现在我们还没有意识到这一点！他们利用了我们的无知，他们说：‘为祖国而战！’那不过是一个贪婪的吞并计划；他们说：‘为荣誉而战！’那不过是一小撮野心勃勃的外交家和侯爵的争吵，以及对权力的渴望；他们说：‘为了建立新的国家！’那只是为了让一群即将失业的将军有用武之地！”

路德维希抓住格奥尔格的肩膀，拼命地摇晃：“你还看不出来吗?！他们用各种天花乱坠的语言来描绘‘爱国主义’，但那只是他们伪善的谎言，是他们对荣誉的渴望、对权力的追寻、对金钱的迷恋。他们愚蠢又贪婪，在我们面前夸夸其谈，给我们打造出一个伟大的蓝图，让我们跟随集结的号角，进入一个更新、更艰苦、更广阔的生活。你还没看明白吗，伙计?！我们正在互相残杀，每一次射击就会有一个人倒下，一个家庭也会随之坍塌。这些你都没看见吗?！

“那好，你给我听清楚了，我现在明明白白地告诉你，什么才是真正的革命！革命，是全世界的青年团结起来，为自由而战，为理想而战！可现在，青年正在广袤的土地上互相残杀！你还不明白吗?！其实世界上只有一场战斗，那就是反抗谎言、反抗欺骗、反抗妥协、反抗旧秩序！可是，我们被专权者华丽的辞藻欺骗了，不仅没有反抗，还为他们出生入死。我们本应为未来而战，可是青年已死，我们没有未来了……现在的我们，只不过是一群活在废墟里的可悲的幸存者。

“现在，只有一种人还活着，而且比以往任何时候活得更富足、更充实、更心满意足！为什么会这样?！因为那些不满足的、渴望建功立业的人，早就开赴战场，死在冲锋的路上。你想想，一场战争毁灭了一代人，一代人啊！一代人的希望、忠诚、意志、力量与天赋，全都荡然无存！虽然全世界的青年都抱有同样的理想，但同样也被催眠，所以他们才会互相残杀！”

路德维希的声音嘶哑，眼里盈满泪水。我们都站起来。

“路德维希……”我把手轻轻地搭在他的肩上。

“再见，路德维希，老伙计！”格奥尔格拿起帽子，把矿石放回书架。

路德维希呆呆地看着他，双唇紧抿，高高的颧骨更突出了。他结结巴巴地说：“你去吧，格奥尔格……但，我会留下来，我不会屈服的！”

格奥尔格注视他良久，平静地说：“你没救了……”他整理一下着装，走出大门。

我和格奥尔格一起出门，天空已泛起鱼肚白。石阶发出回响，仿佛我们刚从工事中走出来。空荡荡、灰蒙蒙的街道迤逦伸向远方。格奥尔格指着街道说：“恩斯特，你看它像不像一条长长的战壕……”他又指指两边的房子：“你看它们像不像防御工事……战争还在继续，不过这是一场肮脏的、卑鄙的战争，因为每个人反对的都是自己的同胞啊！”

我握住他的手，不知该说些什么。格奥尔格笑了：“恩斯特，你在烦什么啊?！振作点儿，这不是真实的战争！再说了，我们是战士，这又不是第一次分别……”

“但是，格奥尔格，这却是我们第一次真正意义上的分道扬镳！”我急忙说。

他站了一会儿，缓缓地点头，沿着街道从容淡定、头也不回地走了。当他消失在街道尽头的时候，我仿佛能听见他坚定的脚步声。

第五章

一

毕业考试终于开始，享受特殊待遇的退伍士兵终于要毕业了。我们可以选择自己感兴趣的题目提交毕业论文，评审委员会根据我们提交的论文给出考试成绩。

所有人成绩都合格了，但考试还没结束，特派人员必须要在三个月以后再考一次，所以路德维希必须要等到那时才能拿到毕业证书，尽管此前他已经帮助我们几个通过了考试。

几天后，我被分到一个小村子代课，这令我很开心，我已经受够了漫无目的的闲逛，因为它只能带给我痛苦的回忆和毫无意义的争吵，现在我终于可以开始工作了。更幸运的是，维利被分到邻村小学做老师，我们住得很近，走路的话大约 1 个小时就能到。

我寄宿在一个古老的农舍里，窗外有一棵高大的橡树，还能听见屋后羊圈里传来的温柔的羊叫。

农夫的妻子朔马克妈妈已经准备好晚饭，她把我按在一张大扶手椅中，就开始上菜。她坚信城里人已经饿得半死了，所以晚餐准备得很丰盛。这种想法一点儿没错儿，我努力克制着扑在食物上的冲动，看着那些几乎被我遗忘的美食一样一样地摆在桌子上：巨大的火腿，和小臂一样长的香肠，雪白的小麦面包，还有恰登斯最喜欢的夹火腿的荞麦饼。这里有足以养活一个小队的食物，我毫不客气地大快朵颐。

朔马克妈妈双手叉腰地站在一旁，笑容满面地看我吃东西，一个小时后，我不得不放下刀叉，揉着肚子长舒一口气，不管她怎么劝我都吃不下了。

就在这时，维利来找我。“朔马克妈妈，他来就好了，你的愿望就能实现了！”我说，“他会让你真正见识到什么叫‘饥饿的士兵’，跟他比，我可差远了！”

维利说到做到，他没有在烦琐的餐前仪式上浪费时间，直接开吃。应朔马克妈妈的要求，他从荞麦饼开始品尝，桌上的食物很快一扫而光。当他拿起奶酪时，朔马克妈妈靠在橱柜上，钦佩且惊讶地看着维利，仿佛在参观世界八大奇迹似的。难得有人喜欢她做的食物，她立刻又准备了一道味道很棒的布丁，维利毫不客气地照单全收。

“嗝……”维利摸了摸肚皮，打了个饱嗝。朔马克妈妈开始收拾餐桌，维利把勺子放在一边：“谢谢您，我很久没有吃过这么美味的食物了，这令我食欲大增。老妈妈，下回我饿了，还能再吃一顿这样美味的大餐吗？”凭着这句话，维利立刻赢得了朔马克妈妈的好感。

我忐忑不安地坐在讲台上，这所学校只有三间教室，学生们按照年龄分成三个班级，我负责年龄最小的班级。

班里一共四十名学生，在教室里坐了八排。他们之中最小的只有七岁，大的也不过十岁。他们整齐地坐在那里，胖乎乎的小拳头叠放在课桌上，面前放着练习本和文具盒。

有些学生家里穷，住得也远，他们每天穿着木鞋，系着羊毛围巾，背着牛皮书包，跋涉两个小时才能赶到学校。到达的时候，全身上下已经被汗水浸透了。所以教室里经常生着一盆炭火，泥炭在火炉里噼啪作响，很快就能把他们汗湿的衣服烤干。

小家伙们圆乎乎的红脸蛋就像熟透的苹果，他们目不转睛地盯着我，几个女孩儿对着我不停地傻笑，一个金发碧眼的小男孩儿在全神贯注地挖鼻孔，还有一个男孩儿躲在前排同学的身后往嘴里塞涂满黄油的面包，他们无论做什么，最关心的还是我的一举一动。

我不安地挪动着，一周前，我还和他们一样坐在课桌前，听霍勒曼先生讲战争时期诗人们的浪漫词作。一周后，我却成了这群孩子的“霍勒曼先生”。

“孩子们，现在我们来学习拉丁文‘L’的大写写法。”我走到黑板前，用粉笔写了一个“L”，并写了两个以“L”开头的单词，“Lina”和“Lerche”。

“孩子们，打开练习本，抄下来，‘L’写十遍，这两个单词各写五遍。”

在我身后，立刻发出一阵沙沙声。我真希望他们此刻能发出几声嘲笑，让我有勇气转身面对他们，但下面一片寂静。我默默转身，练习本摊在课桌上，四十颗小脑袋乖乖地趴在桌子上，默默完成我布置的任务，看着他们，我心里涌出一种奇怪的感觉。

钢笔和羽毛笔沙沙作响。我在课桌间穿行，一朵白云低低地从窗外飘过。我在后墙前停下脚步，墙上挂了一幅耶稣像、一只猫头鹰标本和一张德意志地图。

我伫立在地图前，这是一幅用棕色和绿色的画笔绘制的地图，上面用红线清楚地标出德意志的疆界，界线弯曲成奇怪的锯齿状。这是科隆——亚琛铁路，一条细细的灰线把它们描绘出来，沿途有赫贝斯塔尔、列日、布鲁塞尔、里尔……

我踮起脚尖，仔细辨认：鲁贝、阿拉斯、奥斯坦德……凯默尔山在哪儿呢？没找到，估计是没有标出来，但是有朗格马克、伊普尔、比克斯肖特、施塔登。它们在地图上怎么这么小啊，只是几个细小的、几乎看不出来的小黑点儿……

7 月 31 日大冲锋开始时，火光映红了天际，炮火的撞击令大地疯狂颤抖……当黑夜降临时，我们连所有军官都牺牲了。

我转回头，四十个小脑袋仍埋在练习本中，他们努力练习大写的“L”和 Lina、Lerche……对于他们来说，地图上的那些小黑点儿只不过是历史课本上几个需要死记硬背的新地名和无关紧要的日期罢了，就像七年战争[①]或条顿堡森林战争[②]一样。

第二排一个小男孩儿跳起来，举起他的练习本，示意我他已经完成了。我走过去，仔细地检查他的作业，指出他在写“L”的时候，底下的一横画得太长了。他水汪汪的蓝眼睛望着我，明亮的眸子里露出热切的神情。我赶紧移开视线，走上讲台，在黑板上写下新的单词“Karl”和……手停住了，我不想写下去，但是一种无形的力量引导我继续写下另一个单词“Kemmel”。

“Karl，谁知道这个单词是什么意思？”我问道。

一只只小手举起来，“一个男人！”小男孩儿迫不及待地喊道。

“那 Kemmel 呢？”我继续问道，感觉自己快要窒息了。

孩子们都沉默了，终于，一个小女孩儿犹豫地举起手：“是

① 七年战争：1756 年至 1763 年在英国—普鲁士联盟与法国—奥地利联盟之间爆发的战争，持续了七年之久，故得此名。

② 条顿堡森林战役：公元 9 年，古罗马人与日耳曼人之间爆发的战役，这场战役使强大的罗马帝国停止扩张，西方文明的版图大致形成。

出自《圣经》吗？”

我看看她：“不，亲爱的，你说错了，你说的应该是Ölberg（橄榄山）或 Libanon（黎巴嫩）。”

女孩儿害羞地点点头，有些气馁。我摸摸她的小脑袋，“那我们就练习写‘Libanon’吧，这也是一个非常美丽的单词。”

我继续在课桌间穿梭，不时检查一下孩子们的作业。我在炉火边看着这些年轻的面孔，我喜欢研究孩子们的脸庞，他们或平庸，或顽皮，或木讷，或聪明，大多数人表现得很好，无论怎样，每个人身上都闪耀着独特的光辉。对他们来说，生活中不会每件小事都尽如人意，也不会一生都只有坎坷。

突然，我感到有些泄气，明天他们会学一些新的单词，下周会参加一次听写考试，一年之后他们能准确回答出教材上的 50 个问题，四年后他们会算乘除法……可总有一天他们会长大成人，生活会牢牢地困住他们，或卑微，或高贵，或温和，或暴躁，他们会有不同的人生，命运会以各种形式降临在他们身上。而我，只能教会他们认识德意志的山川河流，那又有什么作用呢？他们四十个人，将会拥有四十种不同的人生，如果可以的话，我愿意帮助他们，可是，谁又能真正帮助另一个人呢？就像贝特克，我能帮他什么呢？

铃声响起，第一节课终于结束了。

第二天一早，我和维利身穿合体的燕尾服——我的燕尾服刚刚做好——去拜访牧师，这是我们的义务。

牧师非常热情地接待我们。从牧师那里出来，已经接近黄昏。我们准备去拜访村长，这也是我们必须要做的事。没想到刚走到小酒馆就碰到村长——他在这里邮寄东西，这家酒馆也是村里唯一的邮局。

村长是个满脸皱纹的老头儿，一看到我们，皱巴巴的脸上立刻露出狡黠的笑容，他让老板送来一轮啤酒，我们欣然接受。这时，几个农夫说说笑笑地走进来，一进门，便和我们亲切地打招呼，邀请我们一起喝一杯。这些可怜人，他们在桌子底下偷偷地做手势，想要联合起来把我们灌醉，看我们出丑。看样子，这种事他们经常干，因为他们正像讲笑话一样，给我们讲过去几任教师的糗事。他们认为我们很快就会醉倒，这么想不外乎三点原因：首先，他们认为城里人没有他们能喝；其次，教师一般都接受过高等教育，通常滴酒不沾；最后，我们只是两个初出茅庐的毛头小子，压根不知道酒是什么。

他们这点儿手段，或许对于之前的实习教师还有点儿用处，但对于我们，就打错算盘了。我们当了这么多年兵，杜松子酒都是按桶喝，酒量自然比其他老师好很多。他们的举动激发了我们的斗志，他们想看我们出丑，我们就要维护士兵的第三种荣誉，也为了提高我们在村里的影响力，我们提出斗酒。

坐在我们对面的村长、文书，还有一些粗鲁的农夫显然是一群酒鬼。在他们欢快、滑稽、狡诈的笑声中，我们不停地碰杯，维利装出一副不胜酒力的样子，他们笑得更开心了。

我们先和他们每人喝了一杯，他们又每人回敬一杯。他们一边喝一边计算我们喝了多少。七轮过后，他们以为我们已经到了极限，可看到我们依然不动声色地倒酒，他们惊呆了，目光里露出了赞许的神情。

维利面无表情地让侍者再送一轮啤酒。侍者看了一眼，小跑着过来，不好意思地说："对不起，啤酒没了，我这儿还有杜松子酒，要不……"

"什么？啤酒没了？"村长也有些吃惊。

"唉，行吧。"维利勉为其难地说，"我还想喝到明天早上呢，看来没机会了！"

村长眼睛都瞪圆了，不可置信地看着维利。一阵窃窃私语后，一个人站起来，承认我们是最能喝的。

我们眼看着他和另一个人人默不作声地消失在门外，剩下几个农夫把手悄悄挪到桌下，想把酒倒掉，但被维利发现了，维利笑着把他们的手扯到桌面上，让他们把酒喝净，否则就算认输，他们再也笑不出来，看来这一局我们赢定了。

一个小时后，他们一个个烂醉如泥地躺在地上，两个意识稍微清醒的，跌跌撞撞地回家了。只剩下村长和文书与我们展开最后的决斗，其实我们早就神志不清了，但他们一直喋喋不休地吹牛，那副不服输的表情再次激起我们的斗志。

又过了半个小时，所有人的脸都红得像鸡冠子似的。维利提议，最后一轮，一决胜负。

“老板，四杯法国白兰地！用啤酒杯装！”维利气势汹汹地向柜台喊道，村长手脚并用地爬回到座位上。

酒端上来了，维利把两杯酒塞进他们手里，高喊道：“来，干！”

他们直愣愣地看着我们。

“不醉不归！”维利不满地喊，脸上泛着醉意。

“好，喝！”文书装作手抖洒出些酒来，但这个小动作被维利看在眼里，马上制止了他。

“分四次吧。”村长替文书求情，谦逊而卑微。

“不行，一口！”维利坚持道，并且站起来和文书碰杯。我也跳起来，举起酒杯，对村长说：“老，老村长，我先干为敬！”两个家伙目瞪口呆。

他们看看我们，好像待宰的羔羊一般，小心翼翼地抿了一口。

“快点儿喝！怎么，想把酒倒了吗？”维利吼道。

村长和文书摇摇晃晃地端起酒杯，一口一口地抿，我和维利看得很紧，笑着把空酒杯展示给他们。

“干，干杯！”

“歇，歇会儿再喝！”

“赶紧喝了……”

他们被迫清空了酒杯，而后就像两根面条，缓缓地、一点一点地滑到地板上。

我们胜利了，或许他们早就看出来了，我们在喝酒上受过特殊的训练，能让他们坚持到现在，已经是我们特殊照顾了。

我们头重脚轻、步履蹒跚地环视“战场”，除了我们两个，其他人都躺下了。酒吧老板兼邮递员也在其中，他跪在地上，头靠在吧台上，大声哭奠他在前线时死于难产的妻儿：“玛莎，玛莎……”他发出一声声高亢、尖锐的抽泣。

“你们别管他，每次都是这样。”女侍者解释道。

哭声刺激着我们的神经，是时候离开了。

维利背起村长，而我则扶起体重稍轻一些的不省人事的文书，走出酒馆，宣告我们赢得了最终的胜利。

我们把村长放在家门口，敲门敲了好久，屋里才亮起灯光，他的妻子出现在台阶上，看来她已经猜到发生什么了。

“天啊，”她惊呼道，“你们就是新来的老师吧，这么年轻就这么能喝！真是一个‘好’的开始！”

虽然维利极力向她解释这一切关乎士兵的荣誉，但她还是无法理解。

“请问你需要我们把村长抬到哪里？”努力保持最后一丝理智的我问。

“不用管，等这头死猪睡醒再说！”她咆哮道。

最后，我们还是把村长扔到沙发上，维利坐在地上，像一个要糖吃的小孩儿，请她给我们倒杯咖啡。妇人看着维利，那眼神就像看一个未开化的野人。

“毕竟我们把你丈夫送回来了啊。”维利讪笑道。面对如此无礼的要求，这个愤怒的妇人一时间竟然找不出拒绝的理由。她无奈地摇摇头，给我们煮了两杯咖啡，同时也把我们两个一顿臭骂。我们没有反驳，这是一年来我遇到的最好的事情。

从此以后，我们被当作村里人，不论走到哪儿都会受到尊重……

二

日子一天天过去，一切还算顺遂。我每天上六个小时课，上午四个小时，下午两个小时。剩下的时间我可以到处转转，熟悉环境，但我更喜欢待在家里，这样可以有充足的时间思考。

星期天是最糟糕的，如果不去酒吧，那简直难以忍受。学校除了我，只有老校长一个男教师，他已经在这里工作三十多年，利用空余时间成为一名养猪专家，为此还获了很多奖，但我几乎不能和他谈论任何事情，因为每次看到他都会想到总有一天我会和他一个样，那种感觉太可怕了，所以每次我都找借口溜走。

除了他之外，还有一名女教师，她是位和善的老人，谁要在她面前说“该死”“混蛋”，她就会吓得瑟瑟发抖，搞得其他人很郁闷。

维利也在邻村安顿下来，他作为公派教师受到村民的极大尊重，村民无论办婚礼还是施洗礼，都会请他出席，就连马匹生病或是母牛难产也会把他叫过去，听听他的想法。到了晚上，他就蹲在小酒馆里，手把手地教村民玩儿斯卡特。

相较于泡在酒吧里浪费时间，我宁愿待在自己的房间，但时间一长，一些奇奇怪怪的想法就会从角落里爬出来，像一只充满威胁的手不停在我眼前挥舞。挥之不去的往事，像一个幽灵时刻跟在我身边，不时浮现出来，灰白的脸庞、失明的双目、凄惨的哭声、无端的指责……

一个闷热的星期天，我早早爬起来，乘坐火车去看望贝特克。这是美好的一天，我又可以和我最亲近的人坐在一起畅谈，当我回来时，无聊的星期天也就结束了。

我下午才到他家，大门发出吱吱嘎嘎的声响，看门狗蹲在窝前汪汪汪地吠着，我快速走过苹果树下的小路。贝特克刚好在家，没想到玛丽也在。我一进房间她就躲出去了。

过了一会儿，贝特克终于忍不住了：“恩斯特，你是不是觉得很奇怪？”

“嗯，贝特克，到底发生了什么？”

“我去把她找回来了。”

“你做得对，阿道夫。”

“来个苹果吗？”贝特克端来一盘苹果，我拿了一个，顺手递给他一支雪茄。

他咬掉茄帽，深吸一口，缓缓说：“你走了以后，我就一直坐在这里，一动不动，一天，两天……我也不知道自己坐了多久，但我觉得自己要疯了。独自坐在空荡荡的房间里，感觉这是一个比地狱还要可怕的地方。我走遍每一个房间，衣架上挂着她的衣服，上面破了一个洞，她还没来得及补。那张桌子，她以前特别喜欢坐在桌边缝缝补补。还有那张床，每当夜深人静，我躺在床上时，月光照在身边，那么苍白，那么凄凉，我翻来覆去，怎么也睡不着，另一边仿佛还有她的温度，过往的美好时光不断地浮现在脑海中……你能明白那种感受吗？”

“抱歉，我无法理解，阿道夫。”我点点头，“然后你就跑出去喝酒，去找她说了一堆疯话？”

时钟的指针嘀嘀嗒嗒地旋转，木柴在炉中噼啪作响。玛丽蹑手蹑脚地走进来，放下一盘面包和一小碟黄油，又退出去。贝特克轻轻地抚摩桌布。

“唉，恩斯特，我想通了，这些年她也是这么过来的啊，孤独地坐在桌边，孤独地躺在床上，每天生活在恐惧和不安中，她为我担惊受怕，怕听到噩耗，所以才会发生那样的事，毫无疑问，最初她肯定不想那样，但它的的确确发生了，她不知所措，最后只能将错就错了。”

玛丽送来咖啡，我向她问好，但她没有理我。

“你不喝一杯吗？”贝特克问她。

“不了，厨房里还有很多事情要忙。”她的声音温柔而低沉。

“那时我就坐在这里，我对自己说：‘贝特克，你看看你做了什么，你证明了自己的尊严，但是对你有什么好处吗？你的自尊心真的得到满足了吗？你是维护了尊严，可你也形单影只了，它并没有让你变得更好啊。’所以我去找她，请她回来。我太累了，况且我能活多久呢？假如我不知道这一切，那我们是不是就可以像以前一样，幸福快乐地生活了。所以，一个人又何必什么都知道呢？”

贝特克激动地抓紧椅子扶手：“喝杯咖啡吧，恩斯特，再吃片面包，记得涂点儿黄油。”

我点点头，倒了一杯咖啡，轻啜了一口。

“你比我强多了，恩斯特。”贝特克温和地说，“你活得比我轻松，你读过书，受过教育，还拥有很多我不曾拥有的东西。我呢，我只有她。”

我无法回答，也无法说出我的困惑。他已经不是战场上那个贝特克了，而我也变成了另一个人。

“她说什么了？”过了好久，我开口问道。

贝特克的双手垂下去："她几乎什么也没说，我也不指望她能说什么。她就坐在这儿看着我，不停地哭。"

贝特克放下杯子："她只提过一次，说她当时很孤独，只想有人陪在身边。她说她没有意识到这件事会对我造成伤害，她只是错把那人当成了我。我不相信，在那种事情上，她应该分得清是和谁在一起，可她似乎真的没搞清楚。"

"阿道夫，或许她也不清楚自己在做什么，就像在做梦一样。"

"也许吧，"贝特克说，"我已经不想知道了，毕竟他们在一起也没多长时间。"

"她是不是也不想和那人再有瓜葛呢？"

"'我属于这个家。'这是她的原话。"

我想了很久，我还应该问些什么呢？

"阿道夫，你现在感觉好点儿了吗？"我傻傻地问。

他看看我，"好一点儿，不多。也没什么好奇怪的，虽然现在不行，但我相信一切都会变好的，你说呢？"贝特克似乎不太自信。

"当然，一切都会好起来的。"我点点头。

又聊了一会儿，我就起身告别了。出门时又看到玛丽，她从我面前匆匆忙忙地跑过去。

"再见，贝特克夫人！"我主动伸手，向她道别。

"再见！"她和我握手，但眼睛一直看向贝特克。

贝特克送我去车站，寒风凛冽，我一边走，一边偷偷看他。还记得我们躲在战壕里讨论和平的模样时，他脸上不自觉露出的幸福微笑，可现在……究竟发生了什么？

火车开始启动。我从窗口探出头，飞快地说：“贝特克，我特别理解你，真的，非常非常理解你！”

他没有回答，只是孤独地穿过田野，回家了。

大课间的铃声在十点钟准时响起。我刚在最高年级上了一小时课，下课铃一响，这群十四五岁的少年纷纷从我身边拥出去，奔向操场。我站在窗前看着他们，短短几秒钟，他们像换了个人似的。一旦放下课业的压力，他们很快就能重拾童年的快乐与纯真。

他们有时耍点儿小聪明，有时又有些幼稚，他们坐在我面前时，总会把真实的自己藏起来，有的变成懦弱的书呆子，有的成了伪君子，还有的变得十分叛逆，是七年的教育把他们变成这样的。

他们怀揣梦想，放下心爱的游戏，从乡野走进校园，就像一群年幼的小兽，真诚、淳朴、善良……他们奉行着最简单的生活法则——最活泼、强壮的人就是孩子王，其他人会自觉地跟在他身后。然而随着教育和考试的累积，他们被强加上一种价值观，那就是谁功课做得最好，谁就最优秀，并可以获得奖励，而其他人为了获得奖励，也不得不效仿。如果有一些学生能够站出来反抗这种制度，我相信一定能创造一个小小的奇迹，但是他们都选择了顺从，因为好学生才是学校里的标兵、模范，可是这只是学习的模范啊，那些学习好的孩子一旦走向社会会遭遇什么呢？在学校打造的温室里，他们享受短暂的、安逸的生活，一旦走向社会，大部分人都会走向平庸和无足轻重，这个世界想要有序运转，恰恰是靠那些“坏”学生。

我仔细观察这群正在嬉戏的少年：

头发蓬乱的达姆霍尔特以旺盛的精力统治全场，其他人在他的强大攻势下节节败退，他的肌肉紧实，目光犀利，所有人都毫不犹豫地跟在他身后。可十分钟后，回到座位上的他就化身调皮捣蛋的小恶魔，成绩总是一塌糊涂，家务也做不好，复活节过后他又要留级了。他还喜欢在我身后扮鬼脸、吐舌头，当我看他时，他又表现得恭敬、乖巧。你若问他论文是否抄袭，他的谎话张口就来，若逮到机会，他还会向我的影子吐口水，或是在我的椅子上插一颗钉子。

而那个普里穆斯恰恰相反，他在操场上畏首畏尾，可一进教室，便立刻踌躇满志。当达姆霍尔特头脑空空、愤怒绝望地坐在座位上等待留级通知时，他总会自信地抬起头，好像什么都知道，但若将这个脸色苍白的优等生与小恶魔达姆霍尔特相比，我更喜欢后者。

我无奈地耸耸肩，眼前的一切与科纳斯曼的聚会那一幕何其相像。在前线时，一个人的出身不重要，职业也不重要，可当战争结束，一切又恢复原状。我摇摇头，我们回到的是怎样一个奇怪的世界？我们又陷入了怎样的困境？

达姆霍尔特的喊叫声在操场回荡。我想：如果老师和学生能成为朋友，我是否会帮到他们？这样或许可以改善师生关系，减少一些不必要的麻烦，但这不过是自欺欺人而已。孩子们很聪明，看问题也很透彻，他们经常团结起来，对抗老师和其他成年人。他们是一种很感性的生物，成年人可以接近他们，但是很难融入他们。无论是谁，一旦长大成人，离开这个群体，就再也回不去了。

孩子们之间有一套独特的生存法则，就像目光敏锐的达姆霍尔特，他可以冷静地利用自己在小圈子里的地位为自己谋取利益。他或许在某些事情上表现得足够友善，但这并不妨碍他利用身边的人。教育家们天真地认为自己能与少年共情，但这不过是他们的一厢情愿。少年们可不想被理解，他们只想让一切保持原样，甚至会对此产生逆反心理。在他们眼里，一味想要接近他们的成年人，就像偷穿童装一般可笑。我们或许可以与他们共情，但他们绝不会与我们共情，这是他们对世界最后的倔强。

铃声响了，休息结束了，达姆霍尔特不情愿地走进教室。

我穿过村庄信步向村外走去，小狼在我面前兴奋地跑来跑去，突然，一只獒犬从农舍里冲出来，径直扑向小狼。小狼没有防备，被扑倒在地，但它立刻跳起反击，尘土瞬间腾起，什么都看不清了，只听到獒犬的咆哮。

一个农夫拎着棍子跑出来，在不远处喊道："天啊，恩斯特老师！快拉住你的狗，冥王星会把它撕碎的！"

我摇摇头。

"冥王星，冥王星，快回来，有肉吃！该死，肉在这里！"农夫气急败坏地吼道，气呼呼地冲上去，想把两条狗分开。两团尘土如旋风一般，带着狂野的叫声蹿出去百余米后，又裹成一团……

农夫追了几步，扔掉棍子。"完了，它死定了！"农夫喘着粗气说，"我告诉你，如果你的狗受伤了，我可不会付医药费！你明明能叫住它！"

"谁死定了？"我不解地问。

"你的狗！"农夫认真地回答道，"冥王星已经弄死很多条狗了！"

"这可不好说，我们拭目以待。"我不屑地说，"伙计，小狼可不是普通的牧羊犬，它是一条军犬，一名老兵！不信？你看！"

烟尘渐渐落下，两条狗钻进一片草丛中，我看到冥王星试图从后面按住小狼，如果它成功了，小狼一定完蛋了，因为它可以轻松地咬断小狼的脊柱，但是小狼就像鳗鱼一样，从冥王星嘴下一厘米处，紧贴着地面滑开，之后腾空而起，向冥王星发起反攻。冥王星不停地吠叫，小狼却始终保持沉默。

“该死！”农夫骂了一句。

冥王星努力摆脱小狼的追击，它跳起来，在空中愤怒地转身，对小狼又抓又咬。从远处看去，就像冥王星自己在草丛里玩耍似的，因为小狼就像猫一样，一直贴地攻击，这是它作为通信犬养成的习惯。小狼在冥王星身下钻来钻去，不时从下面向跃起的冥王星发起攻击。突然，小狼一口咬住冥王星的肚子，冥王星哀嚎一声摔在地上，拼命扭动四肢想要摆脱小狼，但小狼就像影子般迅速松开冥王星的肚子，趁机向它的喉咙咬去。这一刻，我第一次听到小狼的咆哮，声音低沉，透着杀机。不论冥王星挣扎的力量有多大，小狼始终把它死死地按在地上。

“老师啊，看在上帝分儿上，拉住你的狗吧，它快把冥王星咬死了。”农夫绝望地哀求道。

“我可以叫住它，但不知道它会不会听我的。”我无奈地说，“不过它做得没错儿，就该让它干掉冥王星！”

冥王星不停地哀嚎，农夫忍不住举起棍子去帮助它。我拉住棍子，把他扯回来，然后一把抓住他的衣领：“该死，是混蛋的冥王星先动手的！”

我们离那两条狗并不远，站的位置刚好在它们视野范围内，或许小狼认为我正在受到攻击，它突然松开冥王星，快速向我跑来。还好我的位置可以抓住它，否则农夫就该买身新夹克了。与此同时，冥王星夹紧尾巴灰溜溜地钻回农舍去了。我拍拍小狼的脖子，让它冷静下来。

“唉，这才是真正的来自地狱的恶犬啊！”农夫吓得结结巴巴。

“是啊，”我自豪地说，“它可是一名老兵，你不该瞧不起它……”

我和小狼继续散步。村后有一片开阔地，村公墓就设在这儿，这里长了很多杜松子。一群绵羊在白桦林外吃草，毛茸茸的脊背在斜阳里泛着光，就像一块块褪色的黄金。

小狼突然跳起来，开心地冲向羊群，勇斗冥王星的经历让它热血沸腾。我紧紧跟在它身后，以防它对羊群大开杀戒。

“危险，小心那条狗！”我对牧羊人高声喊道。

“没事儿，一条牧羊犬而已，还是一条什么都不会的牧羊犬！”他笑道。

“天啊，天啊！”我惊呼道，“它是一条军犬！”

“啊？！啊……”牧羊人说，“管它是不是军犬呢，没关系的，你看着。小狗，太棒了，看住它们，别让它们溜了！”

我简直不敢相信自己的眼睛。小狼此前从未见过绵羊，现在却知道如何把羊群赶到一起，就像它一直在做这项工作似的。它高高地跃起，吠叫着扑向落后的两只羊羔，把它们赶回羊群。每当羊群试图走向岔路或是想要停下来，小狼都会轻咬头羊的腿，把它们撵回到正路上。

“真是一条优秀的牧羊犬，它做得太棒了，还知道轻轻地咬。”

小狼变了，它耳朵不停地摆动，警惕地护着羊群，眼神里露出兴奋的光芒。

“把它卖给我吧，作为牧羊犬，它什么都不用学了。”牧羊人说，“我真想看看它是怎么把羊群赶回村里的。”

我心里有些不是滋味儿，“小狼！”我高喊道，“小狼！”它不解地转过身，看到它的模样，我的眼泪不自觉地流出来。它在枪林弹雨中长大，可现在，没有人教它任何技能，它就知道该做些什么。

“求你了，我愿意出一百马克和一只宰杀好的羊。”牧羊人恳求道。

我摇摇头：“我不会为了一百马克卖掉我的战友，伙计。”

轮到牧羊人摇头了，他有些失望。

石楠花的枝条划过我的脸颊，我把它推到一边。小狼靠在我胳膊上，平静地呼吸。万籁俱寂，远处传来几声若有若无的牛铃。

夕阳西下，一朵云在天空中缓缓飘过。夜色将杜松子染成深褐色，我感受到从林中吹来的微风，清新、自然。它拂过我的脸颊，钻进远处的白桦林中。士兵、农民、护林员是最熟悉这样风景的人，他们以天为庐、以地为床，知晓每一丝风吹起的时间，熟悉微风带来的花果的芳香，了解云朵在地面上缥缈的倩影，清楚月亮每一次的圆缺变化。

在佛兰德，经过炮火的猛烈轰炸后，一位战友负伤了，但他迟迟没有得到救治。我们把身上所有的纱布都缠在他的肚子上，但他依然在流血，不停地流血。一朵巨大的云团飘过天空，在夕阳的映衬下，云团就像一座大山，泛着红色、金色和白色的光芒，看起来很不真实。它矗立在破碎的褐色乡野中，一点一点地被夕阳染得血红，与云朵下濒死的战友一样静止了，仿佛二者已融为一体。我不明白，为什么眼见生命逝去，还能冷漠地感受到云朵的可爱。

最后一缕阳光把荒原从血红变得绛紫，野鸡拍打着翅膀飞回巢穴，远处池塘传来青蛙的鸣唱。我凝望眼前广阔的大地，想起豪特许尔斯特附近那片被罂粟花染红的田野，每当雷雨之时，花海就成了一片血海，所以我们把那里称为“血草场”。一个晴朗的夜晚，当我们再次行军到“血草场”时，满身伤病的科勒疯了，虚弱与疲惫让他把那里当成了血湖，差一点儿跳进去，被我们拉住……

眼前的风景让我感到一阵战栗。这是什么情况，痛苦的记忆为什么会频频地出现在我的脑海中。太奇怪了，这些记忆与眼前的风景完全不同啊。也许是我太孤单了吧……

小狼睡着了，发出一阵轻柔的吠声，也许它在梦中又见到羊群了吧。我慈爱地看着它，过了好久，才轻轻地叫醒它，我们该回家了。

星期六，我去找维利，问他明天想不想和我一起回城转转。他一口回绝了，“明天这里会杀一只鹅。”他说，“我怎么能错过呢，再说你为什么要回城啊？”

“我受不了这里的星期天，太无聊了。”

“真搞不懂你，有什么能比吃东西还重要。”他摇摇头。

第二天，我一个人在夜色中进城了，我带着一丝模糊的希望去了瓦尔德曼宴会厅，那里正在举办一场盛大的活动，我站在一旁看了一阵儿。一群为战争痴狂的少年在舞池里舞动，他们知道自己想要什么，在他们的世界里只有一个目标：成功。他们虽然还年轻，但比我更有才华和梦想。

我在舞池中发现了小裁缝，邀请她共舞一曲华尔兹后，和她坐在桌边聊天。前几天我刚领到薪水，所以大胆地叫了两瓶红酒。我们一杯接一杯地喝，很快就醉了，我感到一种莫名的惆怅，特罗斯克说得对，我需要一个真正属于我的人。

我趴在桌子上听小裁缝喋喋不休地讲她的身边事，讲她们裁缝铺的姑娘，讲计件工资，讲刚学会的新舞步……她一直在说，像小燕子在呢喃。她还说，如果工资能涨到 20 芬尼，她就可以到餐厅吃午餐了，那样的话，她一定是世界上最快乐的人。

我很羡慕她简单、明晰的生活，我问了她很多问题，我想向身边每一个快乐的人提问，听他们笑着给我讲述他们的生活，我觉得，或许他们中某一个人的故事能够解决我的困惑。

宴会结束后，我送燕子般轻盈的小裁缝回家。她住在一栋灰扑扑的公寓里，我站在公寓门外，感受她手心里传来的温度，看她的脸庞在黑暗中焕发出别样的光彩。这是人类的脸庞、人类的手掌，一个鲜活、温暖的生命。

“我想和你多待一会儿，让我进去坐坐吧……”我急切地说。

我们小心翼翼地踏上咯吱作响的木楼梯，我擦亮一根火柴，但她立刻吹熄了。她牵住我的手，引我一步步走上楼梯。

这是一间狭小的房间，里面只有一张桌子、一张床、一张褪色的棕色沙发，以及摆在角落里的缝纫机。缝纫机上摆了几块做了一半的花样和一篮待缝补的衬衫，缝纫机后墙上还贴了几张海报。

小裁缝拿出一个茶壶，煮了一壶茶。这种茶是用茶叶和苹果皮制作的，需要将两者放在一起熬煮，烘干，再煮，再烘干，反复十次后，就可以喝了。小裁缝拿出茶杯，倒了两杯茶。她俏皮的脸蛋上挂着甜甜的微笑，一袭蓝色的连衣裙，一无所有的小房间。这就是一只小燕子的青春时光吗？我的爱情真的就这样轻盈、俏皮地到来了吗？我坐在沙发上暗暗想。一种欲望掠过我的身体，大衣滑落一旁。

“小燕子”是那么可爱。一定曾有人把她搂在怀里，又离开了，这就是她过去的人生。缝纫机吱吱嘎嘎地奏响，人来了，“小燕子”笑了；人走了，“小燕子”哭了，但缝纫机始终没有停下。她在缝纫机上盖了一块喜人的布帘，把那个钢铁怪兽变成一座开满红、蓝鲜花的山坡。现在她不想再记起那一天，她光洁、柔软的身体窝在我的臂弯里，她呢喃着、低语着、呻吟着。她纤瘦而洁白，她也有渴望，渴望有个人带她到床上去，到那个行军床一般的铁架床上去。她抱住我的脖子时，表情里有一丝征服的意味。她喘息着、微笑着，就像一个害羞的小孩儿，颤抖、迟疑。她长长呼出一口气，发出微弱的呼号。我直愣愣地望向她，我和她一样重重地呼气。我默默地问自己，这就是爱情吗？这真的是爱情吗？“小燕子”用各种昵称呼唤我，她感受着我的存在，更加温柔地靠近我。当我准备离开时，我问她：“你快乐吗，小燕子？”她把脸凑过来，温柔地吻我，用力地点点头……

我走下楼梯，心中感慨万千，她很快乐，我们发展得很快。可我还是不懂爱情，不明白怎么这么容易就寻到它，不应该很难吗？她是独立的人，她有自己的生活，我能融入她的生活吗？即使我拥有爱情之火，但她会一直爱我吗？哦，爱情，它像一只坠入深渊的火炬，只会为你显示悬崖的深度。

我穿过街道向车站走去，这就是爱情吗？不，这不是爱情，她还是她——一只快乐的“小燕子”，而此时的我，比以往任何时候更觉孤独……

三

台灯在桌子上投下一圈儿明亮的光晕，摆在我面前的是一堆蓝色的练习本，右手边还有一瓶红色的墨水。我仔细检查孩子们的作业，用红笔标出作业里的错误，直到把钢笔插进墨水瓶，合上最后一本练习本。

我站起来，有些恍惚，这种单调的、日复一日的工作难道就是生活吗？离开现在的环境我会不会感到空虚？没关系，反正我还有很多时间来思考这件事。过去我以为单调的生活可以让我平静，但没想到它只会令我更加焦躁不安。

长夜漫漫，我披衣起床，走出客厅。我向牛棚走去，奶牛在黑暗中东闻闻、西嗅嗅，不时用蹄子跑几下坚硬的土地。挤奶女工坐在奶牛身边的矮凳上，仿佛每人都有一个小房间，而那些黑白花的母牛就是房间的围墙。牛棚里挂了一盏小小的油灯，温暖的灯光在牛棚里忽明忽暗。洁白的牛奶化作一道细流跃入奶桶，挤奶姑娘们的乳房在蓝色的棉袄下晃动。她们抬起头，笑意盈盈地看着我，露出洁白、整齐的牙齿。明亮的眸子在黑夜中炯炯有神，身上散发着牛奶和干草混合的臭味儿。

我在牛棚边站了一会儿，回到房间里。蓝色的练习本依然躺在灯下。它们会一直躺在这里吗？我会一直坐在这里，慢慢变老，最终离开这个世界吗？我不知道，我想睡觉了。

红色的月亮慢慢爬上谷仓，在房间里投下一片歪歪斜斜的窗影，那是一个由菱形和十字组成的图案，月亮越升越高，图案慢慢移动。一个小时后，它终于爬上我的床，将十字印在我胸前。

我躺在农家独有的大床上，身上盖着红蓝相间的格子被单，久久不能入睡。有时我刚刚闭上眼睛，就感到自己正在无限的空间里穿行，随后便被一阵莫名的恐惧拉回现实世界。窗外响起教堂报时的钟声，我仔细地聆听，辗转反侧。

不知过了多久，我披衣起身，轻轻唤起窗外的小狼，和它一起向村外走去。

月光皎洁，春风和煦，平原一望无际。一条铁路横穿平原，消失在远方。

我坐在杜松子树下，不一会儿，铁路上的信号灯亮起来，一辆夜间火车驶来，铁轨发出低沉的隆隆声。车灯在地平线上闪烁，仿佛火车在追逐那道光。火车疾驰而过，车厢里灯火通明，那一刻我感觉呼吸都要停止了。火车带着旅客的行李和命运渐行渐远。沾满露水的铁轨恢复了宁静，在月光下泛着银光。远处若隐若现的红色车灯，就像一只燃烧的、邪恶的眼睛。

我凝视着月亮，看着它从红色变成金色，又从金色变成银色。晨光熹微，蓝色的天光散落在白桦林中，树根在石缝间盘根错节，我跌跌撞撞地穿过白桦林，露水不时滴落在衣领中。当我回到房间时，天空已经泛起鱼肚白。油灯依然明亮，我悲哀地环顾房间，不，我不能这样走完一生！也许二十年后我会认命，但现在我决不会屈服！

我脱衣服时感到疲惫不堪，困意袭来，进入梦乡时，我还抓着衣襟。我不会放弃……我不会放弃……不会……随后，我再次进入那个无限的空间……

我心事重重地走在路上，夕阳下的山坡上开满金黄的金雀花和火红的罂粟花，罂粟花瓣在我钢盔周围飘飞，空气宁静而温和。用于侦察的热气球已经升空，和白云一起远远地挂在天边。

灌木丛后传来一阵微弱的、几不可闻的簌簌声，而后又归于沉寂，我小心潜伏。一只金色的甲虫在我面前的洋甘菊上缓缓爬过，它的触须在破损的叶片上小心探察。暮色中，簌簌声再次响起，一个敌军头盔在矮树丛后若隐若现，被头盔遮住额头的脸颊，明亮的眸子，半张的嘴巴，一点点出现。他沉浸在白纸和铅笔的世界中，不时地扫视远处的田野，他在描绘夕阳下的村庄。

我摸出手榴弹，一点点把它拿到身前，用左手钩住引线，计算好投弹距离，猛地拉掉引线，向矮树丛后丢出去，然后快速躲进旁边的树丛中，身体尽量贴伏在地面上，脸深深地埋进草丛，捂住耳朵张大嘴巴。

一声轰鸣响彻天际，炸裂声、呻吟声、叹息声不绝于耳，恐怖如斯。我紧紧握住第二颗手榴弹，慢慢探出头。那名英国士兵横卧在山坡上，他的腿断了，鲜血喷涌而出，腰带也断了，像拖在地上的灰色缰绳。他趴在地上，双手像船桨一般拼命地划动，想将自己撑起来，痛苦地喘息使他的嘴巴张成O形。

他努力地翻转过来，明亮的眸子望向我，他用双肘撑起身体，就像一只海豹，不停地向我低吼。鲜血不停地从伤口流出来，他红润的脸颊渐渐苍白，声音也越来越微弱，眸子渐渐失去光泽，嘴巴也渐渐合拢，不再如幽暗的山谷。生命正从他身体里一点点流逝，他终于支撑不住，缓缓倒在草地上。

我慢慢站起来，想要偷偷溜回战壕。仔细查看周围的情况，我惊恐地发现那名死去的英国士兵竟然复活了，他尝试站起来，似乎想来抓住我，我拼命扯下第二颗手榴弹的引线，向他投去，手榴弹没有爆炸，而是在离他一米的地方滚下山坡。怎么没炸呢？我还没想明白，英国兵已经站起来，龇牙咧嘴地看着我，我又一次投出手榴弹，依然没有爆炸。他咆哮着向我走来，两条断臂向前平伸。我投出的最后一颗手榴弹砸向他的胸口，他却灵巧地躲开了。我跳起来，没命地奔跑，但我的双腿像奶酪一般软弱无力，完全不听使唤，我拖着双腿痛苦地向前挪动，但一切都是徒劳，大地似乎抓住了我，让我动弹不得。我挣扎、扭动，向前翻滚。我已能听见追击者的喘息，我努力搬动双腿，但他已在身后牢牢地扼住我的脖子。他把我扳倒，膝盖紧紧抵在我的胸口，扯过拖曳在身后的腰带绕在我的脖子上，他用力拉动腰带，我喉咙一阵巨痛。他把我拖到一个白垩坑边，用力一推，我失去平衡，坠落下去。呼号、坠落，坠落、呼号……我撞到突出的岩石上，疼痛令我更加大声地呼号……

我坠落进无尽的黑暗中，一些滑落的碎石向我袭来。我拼命躲避尖锐的石块、铁刺，不由自主地大声哀号……我无法停止坠落，直到有人紧紧抓住我的手臂。我猛地撞向他，然后紧紧握住步枪。在黑暗中我摸索着寻找掩体，把步枪从肩上扯下来，又从腰间摸出几枚子弹，愤怒地开枪射击……

忽然，好像有一把锋利的小刀划破黑暗，结束了打斗……

“老师，老师……”

援兵到了，是援兵到了！

“喂，老师……”没错儿，是援兵，我兴奋地跳起来。我要杀出一条血路，和援兵会合。我拼命地奔跑……脚下突然被什么东西绊了一下，我跌进一个柔软的地方，光线照进来……

房间里的灯光明晃晃地照在我脸上。

“老师！老师……”一切都不见了，只剩下我声嘶力竭的哭号在室内回荡，而后，哭声戛然而止。

我跪在地上，身子趴在床上，并以持枪的姿势举着一根手杖。朔马克先生躺在我身旁的地板上痛苦地呻吟，身下露出斑斑血迹。小狼靠在我身边，温柔地舔舐我的手指。

“老师！”朔马克妈妈站在一旁止不住地战栗，“你到底怎么了?！”

我什么都不知道。

“我在哪儿？”我的嗓子已经喊哑了。

“醒醒，老师，你还做梦呢！”

“做梦？”我疑惑地说，“我梦到了什么？”我忽然狂笑起来，声音尖锐刺耳，令我痛苦万分。

我止住笑声，喃喃地说：“我梦到了一名英国士兵，打仗时……”

朔马克先生站起来，揉着被我打伤的手臂。“你是不是做噩梦了，刚刚你从床上摔下来，我想叫醒你，可你什么都听不见，还差点儿杀了我！”

我完全不明白他在说什么，只感到心中涌起一种无法言说的悲伤。我看看手中的手杖，把它扔在一旁，沮丧地坐回床上，小狼凑过来，把头搭在我腿上。

“朔马克妈妈，”我缩成一团，“可以麻烦您给我倒杯水吗？然后您就去睡觉吧，我没事儿了。”

他们都走了，我没有继续睡，而是蜷缩在毛毯中，呆呆地坐在窗前，房间的灯一直亮着。我闭上眼静静地坐着，士兵只有感到孤独时才会这样静坐。过了好久，我有些烦躁，总觉得有人在房间里看着我。我一动不动，缓缓挪动身体，想让幻觉消失。我睁开眼，发现我正对着镜子发呆——就是那个挂在脸盆架上的小镜子。在凹凸不平的镜面上，一个挂着黑眼圈、眼窝深陷的人在看着我，那是我自己……

我站起身，取下镜子，镜面朝下地塞进壁橱的角落里。

走进教室，孩子们已经乖乖坐好，胳膊叠放在桌子上。大大的眼睛里装着几分儿童的羞涩与好奇。他们如此信任我，目不转睛地盯着我，他们的目光击中了我的心。

亲爱的孩子们，我站在你们面前，作为数十万失败者中的一员，我有什么资格做你们的老师呢？战争摧毁了人们的信仰，也几乎摧毁了所有有生力量。我站在你们面前，你们好好看看我，你们比我更有活力，更懂得如何融入生活。我站在你们面前，现在是你们的老师和引领者，可是我能教你们什么呢？我是否该告诉你们，二十年后，你们的生命将会干涸凋零，会因自由的冲动伤残，而命运会把你们像垃圾一样踩在脚下？我是否该告诉你们，当人类打着“人道主义”的旗号，频繁地使用毒气、铁锹、炸药、枪炮作战时，所有的知识、文化和科学在现实面前都显得非常可笑？所以，我能教你们什么呢，你们这群天真、纯洁的，没有被可怕岁月玷污的小家伙？

教你们拉出手榴弹引线，向一个活生生的人投出去吗？教你们拔出刺刀去戕杀一个人，或用枪托、铁锹击杀一个人吗？教你们用步枪像打怪物一样瞄准一个仍在呼吸的胸膛或一颗仍在跳动的心脏吗？教你们什么是脓毒血症，什么是骨折，什么是头骨爆裂吗？向你们描述脑浆迸裂、骨头被砸扁，和肠穿肚烂的模样？描述伤了胃的人如何呻吟，伤了肺的人如何捯气儿，伤了头的人如何哀号？除了这些，我想不到还能教你们什么，毕竟其他的知识我也没有学过。

再不然带你们走到那幅五颜六色的地图前，让你们的视线随我的手指移动，告诉你们这就是爱情被谋杀的地方？或者向你们解释，你们手中的书本是捕捉纯洁灵魂的陷阱，它会把你们困于用华丽的辞藻和虚幻的想象编织的铁丝网中？

我是一个有污点的罪人，我站在你们面前，恳求你们的宽恕。我要告诉你们，保持本心，千万不要让童年时对战争的美好幻想被复仇的火焰利用。你们的眉宇间还藏着天真，我有何面目教你们呢？在我的身后，那个可怕的、血腥的岁月对我穷追不舍，这让我安敢融入你们之中？我现在最应做的，就是让自己重新变回一个“人”！

我越来越僵硬，好像正在变成一尊泥塑，我的精神快要崩溃了。我不安地坐在椅子上，意识到自己不能再在这里逗留，便试图抓住什么，但又做不到。我僵硬地坐在椅子上，任时间慢慢流逝，过了好久，我才感到自己放松下来。我艰难地站起来："孩子们，你们可以走了，今天不上课了……"

孩子们愣住了，他们看着我，确信我不是在开玩笑。我点点头："没错儿，走吧，孩子们，今天都出去玩儿吧，森林里，小河边，去哪儿都行，或是和你们的宠物待在一起，明天上课之前再回来就好。"

课桌乒乒乓乓地响起来，孩子们迅速把文具塞进书包里，叽叽喳喳地、急匆匆地疯跑出去。

回到住处，我收拾好行李，到邻村与维利告别。他穿着睡衣，靠在窗边拉小提琴，桌上摆着一顿丰盛的晚餐。

"这已经是今天第三顿了，"维利满意地说，"我发现自己就像一匹骆驼，需要不停地吃东西，为将来储存能量。"

我告诉他我辞职了，晚上就走。维利点点头，他不是一个喜欢提问题的家伙。"走吧，恩斯特，"他沉吟片刻，"我承认，这里确实枯燥乏味，但只要他们每天提供充足的食物，"他指指桌上的晚餐，"就是十匹马都无法把我从这张桌子边拖走。"说罢，他从沙发下面拖出一大箱啤酒。"电流牌的。"他兴奋地举起酒瓶，让灯光照在标签上。

我看着他，过了很久才开口："维利，老朋友，我多想像你这样无忧无虑啊。”

“我相信你会的。”他笑了，砰的一声，酒瓶的软木塞弹了出去。

去车站的路上，从农舍里跑出几个小脸脏兮兮、头发乱糟糟的小女孩儿。她们告诉我，她们刚刚在花园里为一只鼹鼠举行了葬礼。她们向我行了屈膝礼，并一一和我握手告别：“再见，恩斯特老师！”

第六章

一

“恩斯特，我想和你谈谈。”父亲走过来。

我能想到他要说什么，我回来几天了，他一直满面愁容地在我面前走来走去，似乎想说些什么，但又没有说出口。而我为了躲开他，很少待在家里。

我们走进房间，父亲坐在沙发上，看起来很焦虑：“恩斯特，我们为你的将来担心。”

我从书架上拿出一盒山毛榉叶的雪茄，抽出一支递给他。父亲的眼睛亮了，他从未抽过这么好的雪茄，这个雪茄是我从布勒格尔那里买的，但布勒格尔从来不抽山毛榉叶的。

“你真的辞职了吗？”父亲问我。

我点点头。

“为什么？”

我无奈地耸耸肩，不知道该如何解释，我们是两个世界的人，现在还能心平气和地聊天，只因为我们根本不了解彼此。

“接下来你打算做什么？”他继续问道。

“什么都可以，对我来说都差不多。”我回答道。

父亲惊讶地看了我一眼，开始讲什么是体面的、令人尊敬的工作，讲如何在生活和社会上占据一席之地。我静静地听，有些无聊，又有些感动，这种感觉真奇怪，沙发上这个男人竟然是曾经主宰我生活的父亲！然而，在外征战多年，他再也不能照顾我，甚至不能到军营里探望我。现在在我心里，团里的任何一个人，都比他重要得多。我必须独自闯过眼前的难关，而他的陪伴已无足轻重。

听他絮絮叨叨地说完，我起身给他倒了一杯白兰地。

“爸爸，现在该你听我说了。”我在他身边坐下，“你说的也许是对的，但是你看，我已经习惯住防御工事，吃面包皮就凉水。只要不用战斗，我就很知足了。休息时，我们若能有一间破茅屋遮风挡雨已经很奢侈了，如果再能有一床破草席，那简直就是天堂。爸爸，你必须明白，我还活着，再也不用去战斗了，也许未来我只能得到极少的食物和淡水，但我却拥有一个完整的生命。您为什么要限制我呢？相信我，我会处理好一切的，或许过段时间我会出去转转。”

“是的，我理解，可是……”父亲犹豫道，“这不是生活啊，你这个决定令我们措手不及……”

“每个人都有自己的追求，我觉得如果未来三十年，要我每天都走进同一间教室或是同一间办公室，那才不是生活呢。”

“我不是也在印刷厂工作了二十年？而且现在已经是出色的手工艺人了。”父亲对我的说法感到惊讶。

“我现在不想工作，爸爸，我只想活着。”

“我活得不好吗，轻松、体面，”他自豪地说，“而且加入了手工艺人协会。”

“你该庆幸这辈子过得很轻松。”我反驳道。

“可你总得做点儿什么啊。”他坚持道。

“我暂时会去战友的商店里帮忙，他给我安排了一个职位。”我安抚他，“它将给我目前需要的一切。”

父亲摇摇头：“可你放弃的是一份体面的公务员工作啊。”

“在前线，我们也经常不得不放弃一些东西，爸爸。”

父亲忧心忡忡地吸着雪茄：“那不一样，这份工作可以提供一份不菲的退休金。”

“唉……”我笑道，“当兵的有几个能活到六十岁退休呢？有些深入骨髓的东西，会慢慢显露出来的。你放心吧，爸爸，在此之前我会照顾好自己的。”我实在无法想象六十岁时，我还会不会有这般斗志，毕竟我见过太多人在二十几岁倒下。况且，我为什么要想那么久之后的事情呢？我们只活好当下就够了。

我若有所思地抽烟，偷偷地观察父亲。以前，他教我如何赢得权力，教我如何识人，但是在军队中，所有人都是平等的，哪怕是那些比我大很多的老兵。也许多年以后，当我到了父亲这个年纪，那些对社会的谦逊和猜疑也会随岁月的流逝消散吧。我清楚地知道，面前的这个人是我的父亲，可他也是一位慈祥、和蔼的老人，一位迂腐、懦弱的老人，他的人生经验对我已经不重要。我想如果他上了战场，他一定是一位极受欢迎的士兵，因为他常常会找到一些行军路线以外的新路线。不过，他绝不会成为一名好兵。

我出门去找路德维希，想和他聊聊心事，或许他会给我提出一些意见。他的房间里堆满了各种书刊报纸，看上去一片狼藉。我们聊起最近发生的一切，路德维希似乎有些心不在焉。最后，他忍不住说："我现在应该去看医生了……"

"痢疾还没好吗？"我问他。

"不，是其他毛病。"

"路德维希，你哪里不舒服？"我感到很奇怪。他沉默了好久，颤抖着嘴唇嗫嚅道："我不知道……"

"我可以陪着你吗？没别的意思，就是有些担心你……"

"当然，和我一起去吧。"他在衣柜里找出一顶帽子。

一路上，路德维希表现得很奇怪，总是偷偷地看我，神情沮丧，似乎有话想说。我猜他应该是遇到什么事儿，受了刺激。可是在这之前他并没有什么异常表现，怎么突然就这样了呢？我们转进林敦街，走进一家有小花园的别墅，院子里种了几丛光秃秃的灌木。我看了一眼金属门牌：斯希尔兹医生，主治皮肤科、泌尿科和性病。

我停下脚步："你到底怎么了，路德维希？"

他脸色苍白："没什么，恩斯特，我应该只是得了疔疮。"

"嗐，那没什么。路德维希，你看看我，我的疔疮比婴儿脑袋还大一圈儿呢。"我安慰他道，"都是那些残次军品惹的麻烦。"

我上前按门铃，一个身穿白大褂的护士打开门。我们紧张、羞涩地走进候诊室，脸红得像野鸡的鸡冠，谢天谢地，候诊室里没有人。桌子上摊着几期《展望周刊》，我们拿过来，一页一页地翻看。这几本刊物是旧的，其中一期还在讨论《布列斯特——立陶夫斯克和约》[①]呢。

很快，医生就叫我们进去。

不知为什么，医生都喜欢在鼻梁上架一副眼镜，或许这会让他们看起来非常严肃，他们还喜欢在诊室正中摆一张用

---

① 《布列斯特—立陶夫斯克和约》：又称"布里斯特和约"，1917年俄国十月革命胜利后，苏联为巩固政权，恢复和发展本国经济，提出退出战争，未获得协约国同意，后转向与同盟国（奥匈帝国、奥斯曼帝国、保加利亚王国）谈判，并于1918年在布列斯特—立陶夫斯克签订和约。同年11月，德国战败，苏联单方面宣布废除此条约。

皮料和金属制成的椅子，最有趣的是，医生似乎特别喜欢把病人当成小孩子，尤其是牙医，这几乎成了他们的必修课。眼前这位医生似乎也是如此。

“嘿，布赖尔先生，”“严肃”的医生似乎想开个玩笑，“看来短期内我们是不可能形同陌路了。”

路德维希失魂落魄地站在一边，哽咽道：“是不是……”

医生终于真正严肃起来，他点点头：“是的，血检报告出来了，阳性。现在该正式谈谈你的病情了。”

“阳性……”路德维希结结巴巴地说，“意思是……”

“是的，”医生回答道，“我们会努力治好你。”

“我真的得了梅毒……”

“是的……”

时间仿佛停止了，潮湿的空气附着在墙上，仿佛整个世界都发生了变化，恐惧已经变成了事实。一只绿豆蝇嗡嗡嗡地在诊室里盘旋，不时撞在玻璃上。一辆摩托车从窗外疾驰而过，轰鸣声打破了室内正在蔓延的死寂。

“有没有可能是报告错了，”路德维希仍抱有一丝希望，“能不能再为我验一次血？”

医生摇摇头：“抓紧时间开始治疗才是最明智的选择，现在你的病情已经到中期了。”

“那能治好吗?！”路德维希吼道。

医生恢复了活力，信心满满地说：“没问题。我这儿有最好的针剂，如果你选择注射它，一个疗程大概只要六个月。然后，我们通过验血，再决定你是否需要继续治疗，或许到时候我们什么都不用做了，要知道，梅毒是可以治愈的。”

梅毒，一个像眼镜蛇一般可怖的字眼。

“你是在前线感染的吗？”医生继续问道，路德维希点点头。

“当时为什么没有及时治疗呢？”

“一开始我不知道是怎么回事，战争爆发以前没人告诉过我这些事。我也是在不久前发现的，但是我认为没什么大不了的，而且相信很快就能自愈。”

医生摇摇头，飞快地说：“现在看起来恰恰相反。”

我突然有种用椅子砸他脑袋的冲动。他根本不清楚，布鲁塞尔那三天假期对我们意味着什么。

当我们乘坐火车穿过被炮弹击穿的、被冰雪覆盖的、污秽的血色黄昏，终于抵达布鲁塞尔，当我们再次看到灯火通明的街道、林立的店铺、美丽的姑娘、漂亮的宾馆，当我们终于可以尽情地洗去身上的污秽，聆听轻柔的音乐，站在阳台上呼吸新鲜的空气，品尝各式清凉的美酒，我们那种激动的心情……

可是，我们只能停留三天。他不知道三天以后，当我们离开那里时意味着什么，因为他同样不知道，在晨曦的蓝色薄雾中，恐惧与死亡可能只有一步之遥，而那一步对我们却有一种神奇的吸引力，就像透过乌云缝隙洒下的阳光，就像来自生命的狂欢。那一刻没有人知道，几天以后，自己会不会被炮弹撕裂，四肢悬挂在铁丝网上，任生命在痛苦的咆哮、饥渴中逝去。

所以，我们要尽情地享受甘醇的美酒，再呼吸一次清新的空气，再看一眼这五光十色的、梦幻的、充盈着妇人热情私语的世界……因为在这些背后，是凝成墨色的血污，是绝望、愤怒、肮脏的年代与记忆，还有甜蜜、幸福和希望汇成的巨大旋涡。

明天，“死亡”将再一次带着手榴弹、汽车炸弹、地雷和游击队的强攻降临……但是，今天我们仍然拥有柔嫩、芬芳的躯体，生命在一种奇妙的诱惑中呐喊，醉醺醺的脑袋仍顶在脖子上，扛在肩膀上。爆炸、火光、迸裂……火光映红了天际，未来谁还能在伏兵、岗哨和待命中回想起此时的私语与柔嫩芬芳的肌肤，回想起那种魅惑与热情呢？

没有人知道，也没有人想知道，那种时候谁还能想到今天以外的事情呢？也许明天就战死沙场。这场该死的、血腥的战争教会我们，要发现并把握刹那的永恒。

“我现在该做什么？”路德维希无力地问。

“尽快开始治疗。”

“那就开始吧……”路德维希缓缓地说。

我回到候诊室，在那儿，我把桌上几期《展望周刊》撕得粉碎，那里面刊载的，都是战争狂人们的进行曲，都是关于胜利和希望的谬论。

路德维希出来了，我耳语道：“去看看别的医生吧，我感觉这人不太靠谱，他对你的病一点儿都不了解。”

路德维希疲惫地看了我一眼，和我一起走下台阶，沉默不语。走了四五米，他停下来看着我，眼神飘忽：“六个月以后再见吧……”

我看着他，他靠在铁门上，两手在口袋里不安地搅动着。

“你到底怎么了？”我认真地问。

“我要回家了……”他回答道。

“不管怎么说，把手给我。”我镇定地说。

“你别再碰我了，从现在开始……”他声音颤抖地反抗道。

他胆小、无助地站在那儿，一脸愁容、眼眸低垂地看向地面。“喂，路德维希！路德维希!！你是不是忘了，我是来干什么的！你脑子抽筋了，还是成了榆木疙瘩啊！你站在那儿，不让我碰你。事实上，在此之前我和你直接接触了不下一百次！你要是生病了，我也跑不了。”我吼道，眼圈泛红。他就像一头倔强的驴子，我用力地扳过他的肩膀，让他看着我的眼睛，我感到他在颤抖，“唉……路德维希，你别这么想了，或许我也得了这个病呢。”

他依然在颤抖，不停地颤抖，此刻，我紧紧地拥抱着他。

二

下午，大街小巷都贴满了组织游行的告示。几个月来，各地物价飞涨，人民生活比战争时期更加艰难，工资已不足以购买生活必需品，就连有钱人也无法买到自己想要的东西，但是酒吧和舞厅却如雨后春笋般涌出来，敲诈勒索和商业诈骗越来越多。

工人们纷纷罢工，跑到街上示威游行，时不时引发一场骚乱。流言四起，说军队已经开始集结，准备镇压游行队伍，但目前还没有看到任何迹象。

到处都能听到示威者的抗议和镇压者的呼喊，在街角，有人正慷慨激昂地发表宣言。

突然，所有人都安静下来，一队身着褪色军装的老兵缓缓走过街道。他们四人一排，队列齐整。

前面几排老兵举着两块巨大的白色标语，上面写着“伤残老兵正在挨饿”“祖国的感恩之心何在”。这些人用只剩下的一只手臂擎着标语，另一只袖子松松垮垮地塞在口袋里。他们不停地向后张望，确认大部队是否跟上来，因为他们是这群人中走得最快的。

接着是一群牵着导盲犬的老兵，导盲犬的牵引绳很短，身上还穿着象征盲人的红十字工作服，它们引领主人小心翼翼地前进，如果队伍停下，它们也会立刻坐下，示意主人站住。

有时流浪狗会冲进队伍，不停地摇尾巴、吠叫，想和导盲犬一起玩耍、嬉闹。可导盲犬把头转到一边，耳朵机警地立着，眼睛不时向四周扫视，对流浪狗的示好充耳不闻。它们似乎明白自己的职责，即使在走路时，也不会乱跑乱跳，它们刻意将自己与同类分开，就像修女与女店员的区别。几分钟后，流浪狗急匆匆地跑了，好像在躲避什么。只有一只强壮的獒犬还在坚持，它蹲坐在队伍中间，发出悠长、深沉、哀怨的吠叫，直到队伍通过，它才停下。

这些老兵都是因战致盲的，在行动上与那些天生视力残疾的人有很大不同。他们还没有适应黑暗的世界，走起路来跌跌撞撞，关于色彩、天空、大地、黄昏的记忆还残留在他们脑海中，所以不免有些暴躁，说话办事也像视力健全的人一般，如果有人和他们说话，他们仍会不由自主地抬起头，转向说话的人。一些人戴上了黑色的眼罩或纱布，但大多数人都没戴，仿佛这样能令他们更接近色彩和光明。

橱窗里的灯光已经点亮，晚风轻拂，他们已感受不到温暖、甜蜜和春风，也看不见明媚的春光。他们拖着笨重的战靴踏入云雾般的无尽黑暗。他们心绪烦乱，不停地计算补偿金的数额，这对他们来说意味着面包和舒适的生活，但实际上这个要求很难实现，饥饿和贫穷始终萦绕在他们脑海中，他们感到无助与恐慌，可他们看不见，更无法采取任何行动，只能跟在游行队伍中，在街上慢慢移动，他们麻木地从黑暗中抬起头，感受光明，默默疾呼那些仍然看得见的战友及时醒悟。

盲人之后是一群头部受伤的老兵，有的人瞎了一只眼，有的人少了一半脸皮，有的人嘴歪向一侧，有的人嘴巴凸出来，还有一些人少了鼻子或下巴，总之这些人脸上遍布红色的瘢痕，一些人的嘴巴和鼻子甚至变成几个黑洞，他们的脸如同一片荒漠，眼睛里没有了往日的神采，只能看到无尽的绝望、质疑与悲伤。

他们之后，是一群腿部截肢的人，很多人已经装了假肢，走起路来，就像在跳跃，假肢落在石板路上，发出咔嗒咔嗒的声响，仿佛整个人都是用废铁和铰链制成的。没有假肢的，就在残肢上绑一块黑色的胶垫，再用针线将其缝在裤脚上，拄着拐杖慢慢挪动。

再之后，是一群中过毒气的老兵，他们就像一个个马达，手、脚、头、身体，都在颤抖，仿佛还停留在对战争的恐惧中。他们的肌肉和神经已经不受大脑控制，曾经高昂的斗志也已消磨殆尽，眼神里只剩下空洞与迷茫。

另一群独臂老兵推着重伤员走过来，重伤员们只能坐在用柳条筐改造的轮椅上，筐里铺着油布，重伤员就坐在油布上。在轮椅之间，几个人拉着平板车艰难移动。一个坐在平板车上的人，臀部以下全截肢了，通过仅有的躯干可以看出，他曾是一位健壮的青年，他有一副宽阔结实的臂膀，一张黝黑的方脸上蓄着浓密的小胡子，估计参战前是个家具搬运工。

在他身边，摆了一张自己写的标语，字迹凌乱、歪歪扭扭，勉强可以辨认："战友们，我们也想用双腿走路。"男人脸色阴沉，偶尔用双臂撑起身体，在车上移动一下，换一个舒服些的姿势。

游行队伍慢慢前进，所到之处一片寂静。在霍克街的拐角处，他们不得不停下来。那里一座新舞厅正在装修，街上堆满了沙子、水泥和脚手架。舞厅的霓虹灯已经点亮：阿斯托里亚舞厅酒吧。平板车停在脚手架下，等待工人移开脚手架。霓虹灯光照在"搬运工"的脸上，将他沉默坚毅的脸庞染成可怕的红色，仿佛因为某种情绪脸色涨红，下一秒就会爆发出可怕的尖叫。

队伍继续移动，"搬运工"的脸又恢复了苍白的模样，在同样苍白的夜幕下，一个战友给他一根香烟，他回以感激的笑容。老兵静静地游走在街头巷尾，没有抗议，没有愤怒，没有抱怨，也没有指责，他们镇定自若，这不是控诉，他们知道，如果一个人再也不能扛起步枪，那就不能指望得到太多的帮助。接下来，他们会去市政厅门前待一会儿，听某位官员或秘书说些无关紧要的话，然后默默散去，回到自己的天地中，回到逼仄的房间里，回到面黄肌瘦的孩子身边，回到悲惨的生活中，他们已不抱任何希望，因为他们早已沦为命运的囚徒，而这命运是战争强加给他们的。

夜渐渐深了，城市越发动荡不安。我和特罗斯克在街上闲逛，人们三五成群地聚在一起。一时间谣言四起，据说军方已经和示威人群接上火了。

突然，圣玛丽教堂方向传来几声枪响，起初只是零星几声，后来枪声大作。我和特罗斯克对视一眼，一言不发地迅速向圣玛丽教堂移动。

人群向我们拥过来，“快去拿武器，那群混蛋真的开枪了！”有人高喊道。我们加快了脚步。

我们穿梭在人群中，逆着人流一路挤过去。到最后我们几乎是在狂奔，一种重回战场的兴奋催促我前进，让我感到快要窒息了。

枪声更紧了。“路德维希！”我喊道。我在人群中看到了路德维希，他快速跑到我们身边，此时的他又恢复了在战场时的表情：嘴唇紧闭，颧骨突出，一双锐利的眼睛冷静、紧张地观察四周的情况，我和特罗斯克亦是如此。我们循着枪声跑去，仿佛那里有一种神秘力量在召唤我们。

我们拼命向前挤，人群勉强让出缝隙，我们终于挤进去。有妇人用围裙遮住脸跌跌撞撞地逃出去。人群中爆发出一声怒吼，一个浑身是血的男子被抬出来。

我们到达市政厅广场时，军队已经集结，一顶顶钢盔在昏暗的光线中泛着银光。一挺机关枪的保险已经打开，随时准备开火。广场上已经空无一人，示威的人们都挤在通向广场的小巷里，谁都不敢上前一步，毕竟整个广场都在机关枪的射程之内。

这时，一个人从人群中走出来，昂首阔步地走进广场，就像一个孤胆英雄。在他身后，是群情激愤的示威者。他从圣玛丽教堂投在广场的阴影中走到广场中间。

“快回来！”一个尖锐的嗓音响起。

那人轻轻摆摆手，清冷、明亮的月光照在他身上，说话时都能清楚地看见他洁白的牙齿。

“战友们！”他高喊道，广场瞬间安静下来。他的声音回荡在教堂、市政厅的阴影中，就像一只鸽子在孤独地翱翔。

“战友们！放下手中的武器，难道你们要向自己的兄弟开枪吗？放下武器，回到我们中间吧！”

月光从未如此明亮：照在市政厅前的骑士像上，石像盔明甲亮；照在市政厅前的军队上，灰色的军服上好似蒙了一层白垩；照在教堂的窗户上，墨绿色的窗户变成镜子……

“退回去！否则开枪了！”一个冷冷的声音传来，我迅速看向身侧，路德维希和特罗斯克也一脸惊诧，没错儿，是连长！竟然是黑尔!！一种莫名的紧张令我感到窒息，此时我好像正在被迫观看一场处决，黑尔是个说到做到的人，他一定会开枪的。

阴影中的人群慢慢移动起来，不时传来几声低低的耳语。短暂的和平过去了，两个手持钢枪的士兵从台阶上跳下来，向广场中那个孤独的身影逼近。他们走得很慢，就像两个穿盔甲的布偶，在沼泽中艰难跋涉，似乎要花很长时间才能到达黑影身边。他们压低枪口，随时准备开枪。

那人静静地站在广场上，当士兵靠近身边，他又一次开口道："战友们……"

士兵抓住他的胳膊，拖着他向市政厅走去，那人并不反抗，任由士兵拖拽。士兵走得很快，那人被拖得跌跌撞撞。身后的人群中爆发出抗议声，并开始向前移动，仿佛就连街巷都在缓缓地、不规则地向前移动。黑尔的声音再次传来："快！把他拖回来，我要开枪了！"

士兵们纷纷向天空鸣枪示警，被抓住的人突然挣脱束缚，但他没有跑回来，而是向机关枪扑去。他一边跑，一边喊："战友们，千万不能开枪啊！"

市政厅前恢复了寂静，没有任何事情发生。人们看见他已经挣脱束缚，便蜂拥而上，就像在教堂边的小巷里蜿蜒流淌出的涓涓细流。就在这时，黑尔下达了开枪的命令。机枪雷鸣般炸响，在建筑物间碎裂成无数回声。子弹呼啸着穿过人群，钉在人行道上。

我们如闪电般躲在窗台后面。一时间，恐惧、怯懦抓住了我，这种感受与我在前线时完全不同。很快，愤怒代替了恐惧。我从窗台后小心翼翼地探出头，那个孤独的身影在机枪的火舌前艰难地转身、跌倒，他试图站起来，但他再也爬不起来了。

孤独的身影手臂一点点弯曲，头颅慢慢垂下，就像累坏了一般，身体缓缓地扑在人行道上。窒息的感觉消失了，我缓缓吐出一口气。“不……”我哭喊道，“不……”哭声回荡在小巷里。

我被推到一边，路德维希站起来，穿过广场，径自向那团黑色的死亡之地走去。

“退回去！”市政厅前再次传来黑尔的命令。

路德维希停下脚步，思考片刻喊道：“开火啊，黑尔连长！”路德维希继续前进，在尸体旁停住，俯身查看。

我看见一名军官走下台阶，手里只拿了一根手杖。我们也在慢慢靠近，不知不觉中已站在路德维希身边。我们这边有三个人，随时都可以把黑尔拖走，而他手下的士兵怕误伤他，断然不敢开枪。

路德维希直起腰：“恭喜你，黑尔连长，他终于死了！”

鲜血从尸体的外衣下汩汩流出，渗入面包石的缝隙中。离他最近的那只枯黄干瘦的右手向前伸着，鲜血在指尖一点点汇聚，在月光下凝成一摊黑色的血泊。

“是你啊，布赖尔！”

“你知道他是谁吗？”路德维希反问道。

黑尔看看他，又看看地上的尸体，摇摇头。

“马克思·魏尔……”

“我已经让他走开了……”黑尔似乎陷入沉思，很久才开口说话。

“他死了……”路德维希重复道，黑尔耸耸肩。

“他是我们的战友！兄弟！”路德维希继续吼道，这一次黑尔没有回答。

路德维希冷冷地看着黑尔：“干得真漂亮啊，黑尔。”

黑尔不安地动了一下，“那不重要，”他平静地说，“重要的是目标、和平与秩序！”

“目标？”路德维希轻蔑地说，“你什么时候学会给自己找借口了？这就是他们希望你做的事！撤走你的人，不要再开火了！”

黑尔不耐烦地摆摆手：“不可能，我的人必须留在这儿！你知不知道，如果我撤走了，明天就会有十倍、百倍的暴徒冲撞市政厅！我只给你五分钟时间，你可以利用这个时间抬走他，之后我就要封锁所有街道了！”

“先把人抬走吧。”路德维希看看我们，又转向黑尔，继续说：“如果你现在把人撤走，我敢保证没有人会攻击你，如果你执意留下，只会有更多的人被枪杀，而这一切都是你造成的！你知道吗？！”

“我当然知道……”黑尔冷冷地答道。

我们对视良久，黑尔的目光从我们身上扫过，这是一个奇怪的时刻，某种东西在这一刻被打碎了。

我们抱起马克思·魏尔柔软无力的尸体，将他抬走了。街道上再次挤满示威的人群，当我们走过时，宽阔的街道向我们敞开，人们开始哭泣。

“诺斯克[1]的走狗！暴徒!！杀人犯!!！”人们高喊道。温热的鲜血从魏尔背上滴落。

我们把他带到最近的霍兰迪西·戴里餐厅。几个医护人员跪在地板上，为伤员包扎伤口。一个女子躺在地上，身上的围裙已经被鲜血染红。她腹部受伤，不停地吵闹着要医护人员送她回家，人们花了好大力气才把她按住，直到救护车和医生赶到，才用担架把她抬走。地上还躺着一位身穿旧军装的男子，两个膝盖都被子弹打穿了。他的妻子跪在他身边，哭诉道：“他什么都没做啊，只是从那里路过……他还让我给他送饭呢……”女子指指灰色的铁皮饭桶，“你们看，晚饭还在这儿呢……”

舞女们挤在角落里，餐厅经理激动地跑来跑去，质问我们能否将伤员转移到别处去，如果收留伤员的消息传出去，他的生意就全毁了，以后再没人来这里吃饭跳舞了。安东径自穿过吧台，拿出一瓶白兰地，喂伤员喝下去。经理惊恐地

① 诺斯克：古斯塔夫·诺斯克（Gustav Noske，1868—1946）德国社会民主党政治家，1919年至1920年担任魏玛共和国首任国防部部长，因残酷镇压德国共产党及其他左翼分子备受争议。

望着安东，示意他停手，安东却根本不看他。

“我会失去双腿吗？”伤员问，“我不能没有腿啊，我是司机。”

救护车很快返回来。外面再次响起枪声，呼喊声、哀号声、玻璃破碎声不绝于耳。我们一跃而起，冲了出去。

“把路挖断！”有人喊道，并带头用锄头挖路。人们又从房子里、椅子上，甚至婴儿车上扯出很多垫子，堵在道路中间。枪声不断从广场传来，房顶上也传来枪声。

“关灯！”一个人跳起来，顺手捡起一块砖头，砸向吊灯，房间瞬间陷入黑暗中。“科索莱?！”特罗斯克惊讶地喊道。没错儿，正是科索莱，跟在他身后的是瓦伦丁。枪声越来越近，就像一个巨大的旋涡，把所有人都卷进来。

“恩斯特、路德维希、阿尔贝特，狠狠地打！”科索莱咆哮道，“那些王八蛋竟然向女人开枪！”

晴朗的夜空、未来的希冀，还有那些棕色皮肤的少女，都去哪儿了？子弹呼啸而过，到处都是悲惨的哭号声。我们躲在餐厅里，心被狠狠地蹂躏，被仇恨的情绪填满。受伤的人越来越多，街道已被鲜血染红，我们又一次成为战士，又一次回到战场。轰轰烈烈的战斗号角在头顶上、人群中、内心里奏响，一切都结束了，战友之间的情谊已经被机关枪击得粉碎，战友们互相开枪，兄弟们自相残杀，完了，所有的情谊都结束了！

三

贝特克卖掉乡下的房子，带着玛丽来城里居住。

他把玛丽接回家后，一切都恢复了平静，贝特克继续做鞋匠，玛丽为家务忙碌，一切似乎都在往好的方向发展。

可是好景不长，村里就有流言传出。晚上玛丽在村中散步时，有人跟在她身后吹口哨，年轻人见了她，会对她放肆地淫笑，就连村妇们也会故意撩起裙摆讽刺她。玛丽一直没有提这些事，但她的精神越来越差，脸色也越发苍白。

贝特克也没好到哪里。他每次走进酒馆，谈话声就戛然而止，他若去问某人，迎接他的只有尴尬的沉默。人们不停地暗示他，向他打探消息。贝特克很痛苦，他喝了一杯又一杯，人们放肆起来，在他背后指指点点，不停地嘲笑、挖苦他。贝特克不知道自己该做些什么，毕竟这是自己的家事，为什么要受到全村人的指责呢？就连牧师也瞧不起他，每次遇到他，那副金丝眼镜后面都会露出鄙夷的目光。这件事情折磨着贝特克，但他从未对妻子提起。

他们夫妻这样生活了很久，直到一个星期天的晚上，越发放肆的村民，竟然当着贝特克的面调戏玛丽。贝特克勃然大怒，却被玛丽拉住了："别理他们，他们经常这样做，我都当没听见。"

“经常?！他们真的经常这么干?！”这一刻，贝特克终于知道妻子为什么日渐沉默。贝特克怒火中烧，冲上去想要抓住那个放肆的家伙，但他的同伴把他牢牢地保护在身后。

他们回到家，谁都没有说话。贝特克躺在床上，凝视着眼前的黑暗，隐隐听见几声低低的、压抑的声音——玛丽躲在被子里哭泣。或许以前自己熟睡时，她也这样哭过吧，贝特克想。

“别担心，玛丽。”贝特克温柔地安慰道，“他们爱说什么就说吧。”但是玛丽依然在哭。贝特克从未感到如此孤独和无助，就连窗外的黑暗都充满敌意，沙沙作响的树叶也像在聊他们的八卦。他把手轻轻地搭在妻子的肩上，玛丽看着他，泪水在眼眶中滚动，她喃喃地说：“阿道夫，你让我走吧，那样他们就闭嘴了……”

玛丽坐起来，重新点燃蜡烛。烛光摇曳，巨大的身影投在墙上，几乎填满整个房间。在昏黄的烛光下，她显得十分娇小、柔弱。玛丽坐在床边，伸手抓过外衣和袜子。巨大的身影也伸出手，就像无声的命运，从不眠的黑暗中偷偷溜进来，荒诞、扭曲、可笑，似乎她的一举一动都在被嘲笑——命运已经抓住了它的猎物，准备将她拖进无尽的黑暗。

夜色透过长方形的窗户，就像猫头鹰的眼睛，贪婪地盯着贝特克。贝特克一跃而起，一把扯过白色的窗帘，将窗户遮挡得严严实实，仿佛这样就能将低矮的房间与窗外的黑夜隔开。

玛丽已经穿好长筒袜，刚要去拿束衣，贝特克走到她身边："等一等，玛丽……"

玛丽仰望他，双手无力地垂下，衣服滑落到地板上。贝特克从她眼中看到悲伤，看到被抛弃的悲哀，带着无法自保的小兽的不安，和无法抵御伤害的痛苦。贝特克揽住她的肩膀，她是这样温柔、体贴，那些人怎么忍心伤害她啊，村民们的良心都去哪儿了？为什么要对他们穷追猛打，一次次折磨他们呢？

贝特克把她拉入怀中，玛丽顺从地用双手环住贝特克的脖子，头紧紧地抵在他的胸前。他们静静地依偎在一起，轻轻地颤抖着，整个世界都安静了，他们从彼此温暖的怀抱中得到了慰藉。他们双双坐在床边，聊着心事。烛火渐熄，当黑暗再次降临时，他们又一次颤抖起来，贝特克拥着玛丽，轻柔的动作仿佛在说：玛丽，让我们再试一次，再试一次吧……

他轻柔地拍着玛丽的背，最终缓缓道出的却是："玛丽，我们离开这里吧。"

"阿道夫，我们走吧，走吧……"玛丽扑进贝特克怀里放声大哭，这么长时间以来，她第一次哭得如此痛快。

贝特克紧紧握住她的手，不停地重复："我明天就去找买家，对，明天一早就去……"

激情在决心、希望、愤怒、悲伤的交织中迸发，他们紧紧相拥，直到室内重新恢复平静。这一刻，绝望被热情取代，哭声渐渐隐去，就像孩子撒娇般微弱，最后，抽噎隐匿在平稳的呼吸中。

烛火熄了，影子淡了，女人睡着了。贝特克却没有睡意，他躺在床上静静沉思。午夜时分，女人从梦中醒来，发觉自己还穿着长筒袜，于是坐起身，脱掉袜子，在黑暗中慢慢摸索，把它们搭在床旁的椅背上。

两天后，贝特克顺利卖掉了房子和作坊，而后在城中买了一个小公寓。他们把旧家具一起带走了，但养的狗不得不留在乡下。其实，贝特克最舍不得的是那个果园，彼时果树才刚刚开花，他实在不想和它们说再见，但他的妻子等不及了，已经默默地做好准备。

城里的新家阴暗潮湿，楼梯间脏兮兮的，充斥着难闻的洗涤剂的味道。密不透风的房间里气氛很压抑，周围的邻居也不喜欢他们。刚刚进城，他们还没有找到合适的工作，这倒让他们有很多时间思考。两人仿佛一直被人追赶，终于逃脱，却发现并不开心。

贝特克整日窝在厨房里，很多事情他想不明白，也不知道如何改变。傍晚，他们读罢报纸，又把餐桌收拾干净，就坐在桌前面面相觑，无尽的空虚摆在两人面前，贝特克心烦意乱时，玛丽打破了沉默，她终于找到事情让自己忙碌起来——擦洗壁炉。阿道夫看着她："坐下吧，玛丽。"玛丽叹了口气，丢下抹布和炉灰回到桌边。贝特克拉住她的手，让她坐在自己身边，可怜无助地说："相信我，一切都会好起来的。"玛丽默默地点点头，没有说话，她并不像他希望的那么开心。

贝特克不知道，令自己苦恼、疲惫的事情也在困扰着妻子。他们分开的四年里，两人渐行渐远，现在两人强行在一起，只会成为彼此的负担。

贝特克受够了妻子的沉默，他厉声道："你能不能出个声啊！"玛丽惊恐地望着他，喃喃地答应了。可是她能说什么呢？说这栋公寓，还是这间厨房？她知道两个人应该有交流，可是，再多的话也无法解决他们之间的问题。当两人生活幸福时，交流是美好的，轻松、活泼的谈话内容也会令人身心愉悦。可是当幸福不再，善变的语言根本无法消除误会，只会让事情变得更糟。

贝特克注视着妻子的一举一动，在她背后，他仿佛看到了一个年轻、快乐的女孩儿，记忆中的那个可爱妻子，他至今无法忘记。他脑海中闪过一丝疑虑，烦躁地吐出一句："你是不是还在想那个家伙?！"

当妻子瞪着无辜的大眼睛望向贝特克，他意识到自己说错话了，但他仍处于愤怒中，对于这件事始终无法释怀，于是不管不顾地说："一定是的，你变心了！那你为什么要回来呢?！留在他身边好了!！"

每一个字都令贝特克心痛，但他更不想陷入沉默。直到玛丽躲在铁皮水池的角落，像小孩儿似的低低地哭泣他才停下。这一次灯光没有熄灭，玛丽哭出声来。贝特克夺门而出，唉，我们都是没有长大的、迷路的笨小孩儿，而这间房子，终将被黑暗笼罩。

贝特克再也无法忍受沉默，他跑出家门，在街上漫无目的地游荡。他茫然地站在商店的橱窗前发呆，可橱窗里空空如也。哪里有灯光他就去哪里。电车轰鸣，汽车呼啸，在行人的裹挟中，他在一处庭院前止住了脚步，院门外挂了一块暖黄色的灯牌，下面还站着一群妓女。妓女们看到他，搔首弄姿地卖弄风情，见他不说话，一个妓女走上来挽住他的胳膊，拉他进庭院。他茫然地问道："你快乐吗？"

他跟着妓女进去，这一刻，他想看到或是听到点儿不一样的东西，但没多久快乐就消散了，他闷闷不乐地杵在院中。他不想回家，但脚步还是不由自主地向家的方向移动。最后他找了一间小酒馆，将自己狠狠地灌醉。

我就是在这种情况下找到他的。我静静地听他说话，看他痴痴傻傻地一杯接一杯地喝酒。阿道夫·贝特克，最优秀、最谨慎的战士，最忠诚的伙伴，他帮助过很多人，也救过无数人的命。我们曾并肩睡在潮湿的战壕里，他如母亲和兄长般关心我、安慰我，当弹片如降落伞般星星点点地从空中落下，当我被攻击和死亡吓得精神崩溃时，他总会出现在我的身旁；

当我生病时，他悉心照顾我。他总是像及时雨一般出现，从未错过。

可现在，他就像挂在铁丝网上的伤兵，铁丝割开了他的手臂和脸庞，他的眼神里溢满了痛苦，可我……

“恩斯特，”他垂头丧气地说，“要是我们还在前线就好了，至少我还有你们……”

我无法回答，我又一次看到衣袖上干涸的血迹，那是魏尔的血，他因为黑尔的命令被枪杀了。这就是我们的处境，我们又一次面临战争，可是战友情呢？它早已不复存在。

四

我们都去参加恰登斯的婚礼，他终于把屠户的女儿娶到手。现在屠宰业已经发展成名副其实的富矿行业，而且这段时间，他与玛丽兴的感情也日渐升温。

一大早，新郎驾驶着黑漆马车去接新娘，四匹马拉的马车用白色绸布装饰一新，这倒是与新娘家的生意很相称。恰登斯让维利和科索莱做证婚人，为此维利又一次穿上了燕尾服，还戴了一双白手套。

为了搞到这双白手套，维利费了不少功夫。他求布勒格尔帮忙搞了六张优惠券后，就开始全城搜索白手套，但他找了两天，走遍城里大大小小的店铺，就是没有一双他能戴上。

最后他找到一个乳白色的麻袋，把它染成白色，找人做了一双，所以这双手套看起来怪模怪样的。

和维利比起来，这对新人就好多了，恰登斯身着得体的白色燕尾服，玛丽兴则是一身洁白的婚纱，就连拉车的马都头戴桃金娘花环。

去登记处前，还发生了一件小事。科索莱看到盛装出席的恰登斯，立刻怒火中烧，大闹起来。我们好不容易才将他安抚下来，但是他一看到恰登斯那个快要戳到耳朵的大立领，又不高兴了。为了防止他在典礼时大闹教堂，破坏婚礼，在出发前的最后一刻，不得不让我替代他的位置。

典礼大概只用了半个小时，之后的宴会在屠宰场举行。屠宰场布置得喜气洋洋，大门口悬挂着用鲜花和白桦树枝编织的花环，餐厅里的则是用冷杉树枝编织的。在大家的强烈要求下，维利在餐厅里悬挂了标语：“欢迎光临！”

宴会开始了，餐桌上没有马肉，只有一份又一份热气腾腾的炖猪肉和烤得软烂多汁的牛肉。吃过烤牛肉，恰登斯脱掉燕尾服，卸下假领子，这让科索莱感觉自在多了，毕竟直到现在科索莱都不敢四处乱看，生怕又看到什么东西让自己受到刺激，搅闹了宴会。我们纷纷效仿恰登斯，宴会变得更加舒服自在了。

下午，恰登斯的岳父当众宣读了一份文件，确认恰登斯正式成为屠宰场的合伙人。我们纷纷向他表示祝贺，维利戴着白手套，小心翼翼地送上我们精心准备的大礼——一套用来喝杜松子酒的水晶杯，12 个杯子摆在金灿灿的黄铜托盘里端上来。除此以外，还有三瓶布勒格尔珍藏的干邑白兰地。

路德维希傍晚时才赶到，在恰登斯的强烈要求下，他穿了一身军官制服。因为恰登斯迫切想告诉妻子一家，他确实有一位中尉朋友。路德维希没待多久就走了，而我们边吃边喝，一直待到桌子上只剩下骨头和空酒瓶时才离开。

宴会散场时，天都黑透了。特罗斯克提议去格雷格咖啡馆坐坐。

“那儿早就关门了吧。”维利说。

“我们可以绕到后门进去，卡尔知道路。”特罗斯克坚持道。

其实我们对去咖啡馆都没什么兴趣，但是特罗斯克一再坚持，我们只好同行。特罗斯克的表现让我感到很奇怪，因为每次出来，特罗斯克总是第一个提出回家的人。

格雷格咖啡馆的门前一片死寂，静得掉根针都能听见，但是当我们绕到后门，穿过天井走进室内时，才发现里面热闹非凡。这里是暴发户和投机商人的聚集地，他们每天都泡在这里，直到天明才会离开。

里面隔出很多小房间，门前挂着红色天鹅绒布帘，那是供客人休息的地方。很多房间的帘子都拉上了，里面不时地传出说笑声。维利仔细听了一下，冷笑道：“没想到这儿还是个地下妓院啊。”

房间里人满为患，我们找了个靠门的位子坐下。房间最右边有一张大桌子，是妓女的专属席位，也是这家咖啡馆生意最好的地方。这里妓女并不多，只有十二个，可即使这样，她们也在互相竞争。布勒格尔指着一个丑陋的大块头黑人妇女介绍说，那是尼克尔夫人，她的丈夫原本只是一个小商贩，在尼克尔夫人的帮助下成了一名投机商人，如果没有尼克尔夫人，他早就饿死了。要知道每次尼克尔先生洽谈生意，尼克尔夫人都会提前一个小时在公寓里单独与合作伙伴谈判，在她的鼎力帮助下，贫穷的尼克尔先生已经买得起银制马头手杖了。

每一张桌子都热闹非凡：聊八卦、谈生意、耍酒疯、自言自语……千姿百态。一个身穿英式西装、头戴新帽子的人被一群身穿燕尾服、圆领衫的人拉到角落里，他们从手提包里拿出样品。“英式西装”检查一番，交还给那些人，然后拿出一个笔记本，铅笔在上面飞快移动起来。

商人们游走在桌子间，不时有人站起来，或去打电话，或出去透气。室内人声鼎沸，充斥着各种关于货车、重量、黄油、鲱鱼、培根、玻璃瓶、美元、股票和官方数据的讨论。

我们旁边那桌客人，为了一车煤争得面红耳赤。布勒格尔看了一眼，露出不屑的表情。“他们总是装得特别忙，其实都是放空炮。一个人听到了某个小道消息，马上告诉第二个人，第二个人又转述给第三个人，第三个人又兴致勃勃地说给第四个人，就这样，一传十，十传百，大家跑来跑去，看上去很热闹，但其实什么都没有。他们不过是一群佣金的追随者。真正的投机商人是不屑和他们做生意的，他们只和一两个信得过的中介合作。你看那边的胖子，昨天在波兰买了两车鸡蛋，说是要卖到荷兰，实际上他们在中途就把标签换了，再把车开回来，这样一来，这些鸡蛋就变成了新鲜的荷兰鸡蛋，就能以高于市场价三倍的价格出售。前面那几个是可卡因商人，他们从中牟取了丰厚的利润。还有左边那个迪德里希斯先生，他只做培根生意，也赚了一大笔钱。”

“正是因为有这些贪婪的猪，我们才会忍饥挨饿！”维利低吼道。

“没有他们，你一样会挨饿。”布勒格尔答道，“你知道吗？上周国家廉价处理了一批黄油，那些黄油因为放得太久，已经变质了。玉米也是一样，雨水倒灌，旧粮仓倒塌，所以巴切尔只花了几马克就买到了两车玉米，可他不知道那些玉米全都发霉了。”

“你说谁？”特罗斯克疑惑地问。

“巴切尔，尤里乌斯·巴切尔。”

“他经常到这儿来吗？”

“嗯，我总能看到他。怎么，你想和他做生意？”布勒格尔答道。

特罗斯克摇摇头：“他很有钱吧……”

“有什么钱，蝇头小利罢了。”布勒格尔不屑地说。

“嘿，看那是谁，李德和士！”维利大笑道。

鹅黄色风衣从后门飘进来，人们纷纷和他打招呼，阿图尔亲热地和这个说说话，和那个聊聊天，就像一个高傲的将军，几乎走遍每一张桌子，我惊讶地发现，他的表情很不自然，似乎不太高兴，即使大笑时也难以掩饰不快。

“坐啊，李德和士。”维利笑着拉他坐下，阿图尔十分不情愿，但他实在不愿放弃炫耀财富的机会。

“好吧，但我只能坐一会儿。”他一屁股坐在特罗斯克的位子上。特罗斯克正在房间里闲逛，似乎在找人。我想跟上去看看，最后还是忍住了，或许他只是不知道怎么去天井呢。

阿图尔请我们喝了一轮杜松子酒，就和一个戴着钻戒的家伙谈生意去了，他和那人订了五千双军靴和二十卡车军粮。他一边交谈，还一边偷瞄我们，看我们有没有在听他说话。

特罗斯克这会儿转到了休息区，挨个房间看过去。此前他听到一些风言风语，那些传闻就像刺扎在他的心上。走到最后一个房间时，他就像被利斧劈中一般，踉跄了一下，怒不可遏地扯下帘子。

眼前一片狼藉：茶几歪在一边，桌布也已经七扭八歪，一半掉在地上。茶几上扔着一瓶香槟和几枝玫瑰，酒杯早已不知去向。一个金发姑娘一丝不挂地蜷在小沙发上，头发散乱，背对着特罗斯克，一边唱歌一边对着镜子整理头发。

“卢齐厄……”特罗斯克声音有些嘶哑。

金发姑娘猛地转过身，像见鬼一般看着特罗斯克。她努力挤出一个微笑，可当她看到特罗斯克几乎要杀人的眼神时，笑容消失了。她惊恐地躲到扶手椅后:“阿尔贝特，不，不怨我，是他逼我的，他……”少女结结巴巴地解释道，“他逼我喝酒，我不喝，他就威胁我。他把我灌醉了，然后，然后我就什么都不知道了。阿尔贝特，我发誓，我……”

“有事吗？”特罗斯克身后响起一个声音。巴切尔从天井回来，刚好看到这一幕。他深吸一口雪茄，把烟雾喷到特罗斯克脸上。

“终于发现被骗了吗？那还不快滚！滚出去！”

特罗斯克目瞪口呆地钉在原地，棕色格子西装、金色手表、大腹便便的红脸汉子，都清晰地印在他脑海中。

就在这时，维利不经意地向那边瞟了一眼，便一跃而起，冲开人群，跳过吧台，迅速冲过房间，但还是晚了一步。在他赶到前，特罗斯克已经掏出左轮手枪开火了。我们见状赶紧冲过去。

巴切尔躲在椅子后面，只露出两只眼睛观察外面的情况。特罗斯克不愧是最好的突击手和手枪专家，不用瞄准，举枪就射，子弹直接钉在巴切尔的眉心上。

巴切尔仰面摔倒，抽搐了几下，死了。特罗斯克一枪毙命，金发姑娘吓得尖叫起来。

“快走！”维利挡住冲上来的客人。特罗斯克目不转睛地盯着那个姑娘，我们一把抓住他，把他拉出房间，拖过天井，穿过街道，绕过街角，来到黑漆漆的广场上，那里刚好停了两辆运送家具的货车。殿后的维利也赶到了，他气喘吁吁地说：“你必须马上逃出去，今晚就走！快！”

特罗斯克看看维利，大梦初醒一般。他用力摇摇头，黯然地说：“不，维利，别管我了，我知道该做什么！”

“你疯了！”科索莱吼道。

特罗斯克再次摇摇头。我们抓住他的手，但他把手抽出来。“不，你错了，费迪南德，”他冷静地说，好像很累似的，“既然做了错事，就要为此负责。”

说完，他晃晃悠悠地向主街走去。维利追上去，同他理论，但特罗斯克只是摇头，并未答话。他走过街角拐进米尔街，维利一直跟在他身后。

“不行，我们必须把他弄走，这家伙准备自首！”科索莱喊道。

“没用的，费迪南德，”布勒格尔绝望地说，“我们都了解他，他决定的事，就一定会去做的。”

“但是，自首又不会让那个混蛋活过来！”科索莱愤怒地说，“不行，阿尔贝特必须走！”

我们沉默地围坐在一起，等维利回来。

“他为什么这么做？”过了好久，科索莱突然问道。

“他非常喜欢那个女孩儿……”

维利孤零零地转回来，科索莱立刻跳起来，激动地问道：“他逃走了吗？”

维利转过头：“没有，他去自首了，我一点儿办法都没有，我试图把他拖回来，但他差点儿向我开枪。”

“该死！”科索莱无力地靠在车轮上，维利则躺在草地上，布勒格尔和我靠在车厢上。

科索莱像个孩子似的哭出声来。

五

一声枪响，一块石头应声落地，但黑暗之手已经伸到我们中间。我们在旷野上无头苍蝇般逃窜，努力躲开它的追捕。它紧追不舍，不停地袭扰我们。我们尝试了很多办法，想着也许分开走就能摆脱它，因为那样它就不知道该去追谁了，但我们失算了。它尾随我们，伺机而动。它是战争的产物，一直在蚕食我们的生命，可它既不能融入血液，也不愿随生命律动。

我们疾呼，我们上下求索，我们咬紧牙关坚持，最终还是放弃了。我们摇尾乞怜，潜踪隐迹。我们迷路了，越走越远，可黑暗之手总能接踵而至，我们总以为它在追击我们，所以一直试图摆脱它，殊不知是我们在拖着它跑，我们走到哪里，就把它带到哪里。它并不在我们身后，也不在我们身上，而在我们心里。

我们想要建一座房子，我们设想它有美丽的花园和露台，想它面朝大海，时刻感受海风吹拂……我们想了很多，却忽视了最重要的一点——没有地基。我们就像法国废弃的雷场，或许土质并不比耕地差，但它被埋了无数的地雷，如果不把那些地雷找出来，对于耕种者来说，永远都是潜在的威胁。

我们依然是斗士，还没有领悟人生的真谛。假如特罗斯克的青春是平静的，没有被战争打扰，他定会长成一个温暖、平和的人，这种性格会伴他一生，护佑他一生顺遂，但这一切都已化为齑粉，当他从战场归来，已经一无所有。于是他把被夺走的青春、被压抑的欲望、对家庭和爱情的渴望，还有潜藏在心底的温柔盲目地、毫无保留地投到心爱的姑娘身上。所以当爱情消失时，他除了开枪，别无他法，因为从未有人教过他该如何处理这种事，如果他没有当兵，也许能学会很多种方式，可现在……他经过战争的洗礼，开枪时绝不会犹豫心软，这是他多年养成的习惯，从未忘记。

特罗斯克仍是一个沉浸在梦境中的少年，也是一个遇到真爱会脸红的少年，可是这个满脸皱纹的特罗斯克夫人不懂他，她不明白她的儿子为什么会杀人。

“他为什么那么做，为什么？他是个很安静的孩子啊。”老妇的帽带在颤抖，手帕在颤抖，黑色的纱巾也在颤抖，整个人都因悲伤不停地颤抖，“也许是他从小没有爸爸，才会做那样的事。他爸爸去世时他才四岁，他一直非常安静、非常乖……”

“夫人，他今天还是老样子吗？”我小心翼翼地问。她就像抓住了救命稻草，喋喋不休地给我讲特罗斯克的童年。她憋了太长时间，实在无法忍受了。这些天，邻居、熟人，就连特罗斯克的老师都来打探消息，可他们都不理解特罗斯克的做法。

“真应该割了那些人的舌头。”我愤愤地说，“他们都是这件事情的罪魁祸首。”

老妇茫然地看着我，喃喃地自言自语：特罗斯克何时学会了走路，他长这么大从来没有哭过，作为男孩儿他太安静了……可是现在，他却做了这样的事，他怎么能杀人啊？

我吃惊地看着老妇，这个可怜人根本不了解她的儿子。也许我的母亲也是这样，对于母亲来说，爱自己的孩子是她们唯一能做的事情。

“夫人，你想想，他刚刚从战场回来。”我小心翼翼地说。

“唉……是啊，是啊……”她似乎不清楚我想说什么，“可那个巴切尔是坏人吗？”她轻声道。

“嗯，一个无赖。”我毫不犹豫地回答，我觉得这种事并不重要。

“那就是了。”老妇点点头，“否则我实在无法想象，一个连苍蝇都不忍心伤害的孩子怎么能做这种事。当年汉斯抓住一只苍蝇，生生撕掉了它的翅膀，可阿尔贝特从来没有这么做过。孩子，你告诉我，他们会怎样处治阿尔贝特。”

“他会平安无事的。”我安慰她说，“都是别人挑唆的，他只是为了自卫才开枪。”

“谢天谢地。”老妇长舒一口气，“楼上的裁缝说，他们会绞死他。”

“那个裁缝是个疯子，说胡话呢。”我安慰道。

“嗯，他还说阿尔贝特是凶手。不！不！！阿尔贝特不是凶手，不，不是，绝不是！！”

“你把他带来，我来收拾他。”我生气地说。

“不，我不敢，几天了我一直不敢出门……”老妇小声抽泣，“那个裁缝总是堵在门口……”

“我陪你去看看，夫人。”

我们走到公寓门前。“你看，他就站在那里。”老妇急忙扯住我，指着公寓大门，惊恐地说。

“没事儿，他敢多说一个字，我就揍他，就算让我坐十年牢都行。”我鼓起勇气说，但这一次裁缝并没挡路，他身边那两个女的也没有。

再次回到公寓，老妇找出一张特罗斯克和汉斯小时候的合影。看着照片，老妇又开始抹眼泪，但看看我，似乎有些害羞，哭声渐渐弱了。她就像一个柔弱的孩子，眼泪来得快，收得也快。

我要走了，在走廊里，老妇抓住我的衣袖，泪眼婆娑地说：“孩子，他能吃饱吗？”

“嗯，”我回答道，“放心，卡尔·布勒格尔把他照顾得很好。”

“我做了他最喜欢吃的薄饼，你能帮我带给他吗？”

“我试试。如果可以的话，我还会告诉他：‘阿尔贝特，我知道这不是你的错。’你看可以吗？”

老妇点点头：“也许我太不关心他了，毕竟汉斯……汉斯失去了双脚。”

我向她再三保证会把话带到。

“唉，可怜的汉斯，他一个人待在家里呢……”老妇喃喃道。

我握住她的手：“别着急，我现在就去找那个裁缝谈一谈，我保证他再也不敢找你们麻烦。”

裁缝还站在门口，那是一张普通的、愚蠢的小市民嘴脸。他不怀好意地斜瞟了我一眼，我刚走出门，他就在后面和身旁两个女人嘀嘀咕咕。我一把抓住他的衣领，“你这个该死的老山羊，我警告你，如果你再敢跟楼上的特罗斯克夫人多说一句废话，我就把你撕成碎片！你这个可笑的摆弄针线的混蛋，洗衣服的下等人，我会盯着你的。”我像抓碎布片似的把他按在公寓门上，轻轻拍着他的脸，“听着，我会不时地过来看看，如果让我知道你做的事，我会毫不犹豫地打断你的骨头，不信你就试试，你这该死的狗东西！”

当他终于能发出尖叫时，我已经走出很远了。

“我要去法院告你！至少让你付出一百马克的代价！”

我作势往回走，他吓得立刻消失了。

格奥尔格在报纸上看到特罗斯克出事的消息，立刻赶过来。此刻他睡眼惺忪地坐在一堆矿石标本中，跷着脚说：“路德维希，我们必须把阿尔贝特送出去。”

路德维希抬起头，看看他。

“我们有六个聪明机敏的兄弟，还有一辆汽车，我们完全有这个能力。”格奥尔格继续说，“他被押去法庭受审的时候就是最佳时机，我们闯进去，最好弄出点儿乱子，然后两个人趁机把他劫上汽车带走。”

路德维希认真听他讲完，摇摇头：“不行，格奥尔格，如果我们的计划失败，只能加重阿尔贝特的罪行。事实上，他现在还有机会逃脱制裁。我们可以一起去看看他，但无法把他带走，他不愿意。”路德维希看起来也很无奈。

“那就使用武力。”格奥尔格想了一下，“他必须离开，即使要我为此付出生命。”

路德维希没有吱声。

“我并不认为这对他有什么好处，格奥尔格，即使我们把他救出来，他也会马上跑回去。当初维利跟在他身后，准备把他带回来，他差点儿开枪杀了维利。”我解释道。

格奥尔格两手托腮地坐在一旁发呆，而路德维希看上去也十分沮丧。“我们注定会失败的！”路德维希说。

没有人回答，沉默和担忧让房间陷入死一般的沉寂。

格奥尔格走了，我和路德维希又在房间里坐了很久。他一直两手托腮，沉默不语。

“恩斯特，一切都是徒劳，我们已经筋疲力尽，但生活依然在继续，仿佛战争从未发生过。用不了多久，坐在校园长椅上的继任者们就会满怀热忱、双眼放光地聆听战争故事，并且开始厌倦校园生活，渴望参加战斗。他们会不顾一切地进入军队，在十七岁的年纪就开始杀戮。恩斯特，我好累啊……”

“路德维希……”我坐在他身旁，揽住他瘦削的肩膀。

他露出苦涩的笑容，平静地说：“恩斯特，在战争爆发之前，我谈过一次恋爱。几个星期前，我又遇到了那个姑娘，她似乎更漂亮了。在我们四目相对的那一刻，我仿佛回到了学生时代。后来，我们经常见面，但我越发地感到……”

路德维希长叹一声，头抵在桌子上。他再次抬起头时，目光因为痛苦而略显呆滞："我感觉到我已经失去了一切，我再也无法做那样的事。恩斯特，我病了，而且病得很重……"

他起身推开窗户，窗外星光灿烂，晚风吹拂，轻柔、温暖。我沮丧地凝视前方，路德维希站在窗前伫立良久，转身对我说："你还记得吗，有一次我们深夜跑到树林里闲逛，还带着艾兴多夫的诗集。"

"嗯，我记得。"我立刻答道，很高兴他能想起其他事情，"那是在夏末，我们还抓到一只刺猬。"

他放松了很多，滔滔不绝地说起来："我们把那次旅行当成一次真正的冒险，星光、号角、马车……我们甚至还策划怎么到意大利去。"

"是啊，但是马车不肯带我们，我们又没钱坐火车。"

路德维希越来越兴奋，人也越来越放松，他此刻看上去出奇的安详："然后，我们一起读了《维特》[①]。"

"是啊，还喝了很多酒呢。"我鼓励他继续说下去。

他笑道："你记得吧，那时候我们总凑到一起偷偷读《绿色的海因里希》，讨论戏剧家黑贝尔[②]的悲剧《朱迪斯》。"

---

① 《维特》：法国作曲家、音乐教育家儒勒·马斯内创作的歌剧，于 1886 年在法国正式公演。

② 黑贝尔：Christian Fridrich Hebbel，1813—1863，德国剧作家。

我点点头："嗯，后来你又喜欢上古典浪漫主义诗人荷尔德林①了，还说他比其他诗人都要好。"

路德维希表现得出奇的平静。他轻松自在地谈论着过去的事情："那时候，我们有那么多计划，相信有一个伟大、美好的未来在等着我们，现在，我们把一切都搞得一团糟……唉，恩斯特，我们是一群可怜的傻瓜。"

"是啊，这中间发生了什么？"我沉吟道。

我们并肩而立，从窗口探出头。风在樱桃树上沉睡，不时咕哝几声呓语，一颗流星划过天际，十二点的钟声回荡在夜空。

"该睡觉了。"他握住我的手，"晚安，恩斯特。"

"祝你好梦，路德维希。"

睡到半夜，忽然有人砸门，把我搅得心烦意乱，我从床上猛地坐起来。

"谁呀?！"

"我，卡尔！快开门!！"

我赶紧跳下床去开门。

门一开，布勒格尔直接冲进来："快走，路德维希他……"

我拉住他："路德维希？他怎么了?！"

① 荷尔德林：Johann Christian Friedrich Hölderlin，1770—1843，德国著名诗人，古典浪漫派诗歌的先驱。

“死了!! ”

我感到眼前一黑，瘫坐在地上。

“快去找医生啊!! ”

布勒格尔撞翻了一把椅子，椅子因为冲击四分五裂。“没用了，他已经死了。恩斯特，他割腕自杀了……”

我不知道是如何换好衣服的，也不知道是如何到达路德维希家里的。我只记得眼前突然出现了一个房间，明亮的灯光照着刺目的鲜血，散落的矿石标本射出令人厌恶的光芒。在房间一角，一个疲惫、瘦削、崩溃的身影沉睡在扶手椅上，脸色苍白、双目紧闭。

我不知道发生了什么，他妈妈在这儿，布勒格尔也在这儿，屋里的人进进出出的，很吵。有人跟我说话，让我待在这儿别动，我点点头。我知道，他们要去找人过来帮忙。我机械地点着头，缩进沙发里。门关上了，我无法说话，也无法移动，突然，我意识到房间里只剩下我和路德维希了，我望着他……

路德维希死前，布勒格尔一直陪在他身边，直到路德维希心情平复后才离开。布勒格尔走后，路德维希仔细整理了房间，并写了一封长长的遗书。他想了想，又在遗书背后补了一句话：

死者的遗言不是为了复仇，而是永远不再有战争。

他又看了一眼遗书，一切准备妥当，便把椅子拉到窗边，又在桌上放了一盆温水。他锁好房门，坐在椅子上，把胳膊伸进温水中，看着窗外的夜色，割断了动脉。血流出来的时候，他并不觉得痛，这一幕已经在他的脑海中预演过很多次，他无数次想要将体内的毒血排出来，这一次他终于成功了……

房间变得异常清晰，他的目光扫过每一本书、每一根钉子、每一块闪光的矿石标本……一切尽收眼底。房间开始坍缩，他的生命在呼吸间与房间融为一体。忽然，房间开始退却，恍惚间，他的青春像放电影一般在眼前闪过，艾兴多夫的诗句——他笔下的树林、乡愁都一一展现在眼前。回忆不再痛苦，林中炸响的炮弹，挂满尸块的灰白的铁丝网，手榴弹腾起的小小云雾，仿佛都按下了消音键，再也不能惊扰他的灵魂，但是树林还在，晚钟仍在敲响。钟声越来越响，就像在他脑海中敲响一般。接着一切都暗淡了，钟声微弱下去，窗外的黑夜飘进房间，云朵从他脚下升起，他一直想看的火烈鸟，此刻扑扇着宽大的、粉红色的翅膀向他飞来，一群又一群。大雁再一次飞过月亮，那月亮红得就像佛兰德野外的罂粟花田一般。景色远远退去，林中的光线一点点消失，泛着银光的河水开始咆哮，岛屿也开始震颤，粉红色的翅膀越飞越高，地平线越来越亮，是大海……突然，他的喉咙里响起一阵撕心裂肺的哭声，热烈、高亢……他的脑海中闪过最后一丝生的欲望，便陷入困境之中，恐惧、无助将他牢牢地束缚起来，他竭力想要挣脱，想站起来，想抬起手，身体却猛地一颤，他又坐回到椅子上，他太虚弱了。眼前的一切都在旋转，直至慢慢地消失。一只黑色羽毛的大鸟轻柔地飞进来，缓缓地落在他头上，合拢翅膀无声地抱住他的身躯……

一只有力的大手将我拉起来，人们回来了，他们去抬路德维希，我把他们一一推开，谁也不能碰他！路德维希的脸庞再次出现在我面前，苍白且冰冷，他变了，变得冷峻、陌生，我已认不出他，我踉跄着后退，跑出了房间。

我不知道是怎么回家的，我的大脑一片空白，手臂无力地搭在椅子扶手上，我已经没有力气站起来了。

路德维希做了我想做的事，因为我也不知道为什么还要留在这个世界。我们早已不属于这个世界，战争将我们连根拔起，一一毁灭，我们已是身心俱疲，可你为什么要独自离开？

我站起来，我的手很热，眼睛似乎要冒出火来。我感觉自己发烧了，思绪也很混乱，我完全不知道自己在做什么。“等等我，”我喃喃道，“等等我，我和你一起走。”

我冷得牙齿打战，手心潮热，我踉踉跄跄地前行，一个巨大的黑色圆圈儿在我眼前闪烁。

我僵住了，那似乎是一扇门。窗户在身后发出咔嗒咔嗒的声响，一股寒意浸透全身。透过敞开的房门，借助微弱的月光，我看见挂在小提琴旁的旧大衣，我小心翼翼地走过去，怕吵醒熟睡的家人。我走向那件灰色的大衣，就是它，摧毁了我们的青春和生活，我用力地撕扯它，想把它撕碎，但不知为何，我又一次把它穿在身上，戴上头盔，我感到它透过肌肤控制了我的身体，我不停地颤抖，心脏猛烈地撞击着胸膛，似乎已经跳进喉咙里。突然，一个响亮的声音打破了夜的寂静，我吓了一跳，猛然转身，惊恐地靠在墙上。

敞开的房门中射出惨白的光线，一个身影摇摇晃晃地出现在门前，那个身影打着手势，一步步走向我。深陷的眼窝、大大的黑眼圈，眼睛只剩下两个黑洞，嘴巴无声地开合，他是不是……“瓦尔特……是你吗？”我低声问，可瓦尔特·威伦布罗克不是在1917年8月的帕斯尚尔战役[①]中牺牲了吗？我是疯了吗？还是在做梦？再不就是生病了？在瓦尔特身后，又有人挤进来，那人弯着腰，脸色苍白，是弗里德里希·汤贝热，他在掩体外站岗时被弹片打碎了脊柱。越来越多灰色的灵魂挤进来，是在战场上牺牲的战友，他们毫无生气的眼睛一动不动地看着我。他们回来了，就挤在我的房间里。弗朗茨·克梅里希，十八岁时失去了双腿，三天后死在战地医院；斯坦尼斯劳斯·卡钦斯基，低头看着拖在身后的双腿画出的血线；

① 帕斯尚尔战役：又称“第三次伊普尔战役”，1917年，英国、法国、加拿大组成的联军向帕斯尚尔地区的德国潜艇基地发起攻击，战争持续了四个月，双方损失近60万人，最终以联军占领帕斯尚尔宣告战争结束。

格哈德·费尔德坎普，在伊普尔附近的矿井中被炮弹撕成碎片；波尔·博伊默，牺牲于1918年10月；海因里希·韦斯林、安东·海因茨曼、海尔·韦斯特许斯、奥托·马特斯、弗朗茨·瓦格纳……一个又一个影子争相挤进来，就像一个长长的队伍，塞满整个房间，他们坐在书桌上，趴在窗户上……

突然，恐惧和惊慌牢牢地抓住我，因为一个巨大的身影慢慢地从门外爬进来，炸断的双臂骨头裸露在外面，残破的双腿拖在身后，牙齿在黑暗中冒出森森白光，眼睛射出摄人心魄的寒意，他如海豹一般向我爬过来，一步，两步，是那个英国士兵，他僵硬的双腿一下一下砸在地板上，梆梆，梆梆……他一跃而起，向我扑过来……

“路德维希！路德维希……”我拼命地喊道，“路德维希！快救救我！”

我抓起桌上的书本向他砸去：“快给我手榴弹，路德维希！”我无力地呻吟，从书架上扯过水族箱扔到门框上，砰，水族箱摔得粉碎，但他只是咧嘴笑笑，继续向我爬过来，蝴蝶标本、小提琴……我抓起手边一切物品向他投过去。最后，我抓起一把椅子，狠狠地掷过去。他仍在笑，仍在爬……

“路德维希！路德维希！”我不停地喊。我冲向他，冲出房门，冲出公寓，留下一路毛骨悚然的尖叫。在我身后，传来一阵急促的喘息，他在追我，我冲下楼梯，他跟在我身后，发出乒乒乓乓的怪响。我跑上街道，他锲而不舍地跟在我身后，温热的呼吸吐在我的脖子上，我拼命奔跑，建筑物疯狂地向后移动。

“救命啊！救命！”我跑过广场，跑进树林，他的魔爪已经搭在我的肩上，他追上我了。我怒吼、咆哮、跌跌撞撞……制服、拳头、愤怒、疯狂就像一把把短剑，带着雷鸣般的声响击中了我，将我扑倒……

第七章

一

时间过了多久？几年，几个月，还是几个星期？“过去”就像飘浮在地平线上的薄雾，又像远处将至未至的雷雨。我病了很久，退烧后，看到面前的母亲一脸担忧，紧接着极度的疲惫席卷而来，带走我最后的坚强。昏昏沉沉的状态，消解了所有的思虑，在温暖的阳光下，全身血液在温柔地歌唱，我沉醉其中。

草地在暮夏的夕阳里熠熠生辉，弯曲的草茎构筑了整个世界。我躺在草地上，任草茎没过脸颊。晚风轻拂，在草地上弹奏着轻柔的乐章，就像远处镰刀划过麦秆儿的声音，酢浆草随风的节奏轻轻摇摆，你必须屏气凝神、静静聆听，方能听清风的低语，你会发现寂静的世界变得鲜活起来。黑色小虫扑扇着有红色斑点的翅膀落在酢浆草上，随草叶一起跳舞；黄蜂盘旋在三叶草上，像飞机一样发出嗡嗡的声响；一只小瓢虫孤独地前行，经过坚持不懈的努力，终于爬上牧羊人的钱包；一只蚂蚁爬到我的手腕上，消失在衣袖的褶皱里，身后还拖着一根比它长好多的干草。我感到皮肤有些痒，不知是那只小蚂蚁还是那根干草在我胳膊上留下生命的印记，给我带来一阵微微的战栗。风吹进我的衣袖，这一刻，我觉得即使最轻柔的爱抚也比这风来得粗粝。

一只甲虫抖动弯曲的触须，从草丛里爬出来，小小的身体泛着油亮的绿色，和被青苔覆盖的古老石塔有几分相似。它抵达我的外套，毫不犹豫地爬上来，在衣服构建的古怪世界里毫无畏惧地探索、游荡。它沿手臂海峡跋涉到胸膛高原，在它眼中，我是草地上的一座山，而它，一定会无所畏惧地征服一座座山峰和一条条山谷。

蝴蝶在我身边嬉戏，它对风一见倾心，在风中畅快地飞翔，就像水面上荡开的白色和金色的小船，飞累了，就轻盈地落在花瓣上休息。

我闭上眼睛小憩，当我再睁开眼时，清澈的天空浮在草地上，两只蝴蝶落在我的胸前，一只像带红点儿的枯叶，另一只则像深棕色的天鹅绒上绣了双紫罗兰色的眼睛，它们装点了整个夏天。我小心翼翼地呼吸，想让它们多陪我些时光，可是它们还是在我的气息里振翅而去，又飞来一只蜻蜓，停在我的鞋尖上。

蛛丝就像闪闪发光的风筝线，一阵风吹过，细弱的游丝飘起来，挂在草茎上，挂在树枝上，挂在我的手上、衣服上、脸上，还有眼睛上，仿佛要将我遮盖起来。光线消融了身体的轮廓，我的身体已与大地融为一体。

青草从我皮鞋下升起，将大地的气息渗透进每一个毛孔，白云在我头顶飘过，晚风拂过我的发梢，血液在身体中涌动。当身体感受到有异物在摩挲，神经便会轻微颤抖。我感受到蝴蝶在我胸前漫步，蚂蚁在我的皮肤上行军。血液涌动得越来越快，阻力消失了。这一刻我只是一座没有名字的小山、一丛青草、一片大地……

溪流在寂静的大地上蜿蜒前行，我的血液也随它一起远走他乡，融入世间万物。它在温暖、黑暗的大地上流动，撞在岩石和堤岸上，发出厚重、神秘的声响。

雨丝从空中飘落，聚集在树根下，汇成涓涓细流，探寻前往泉水的通途。而后它们与泉水一起冲出地表，汇入小溪与大河，在波光粼粼的海岸边，融入无垠的大海。最后炽热的阳光将它们带回云端，带回湿润的银色薄雾中。大自然的循环使我的肉体也渐渐融进泥土和地下河中，消失了，只剩下衣物和骨骼，没有一丝痛楚，而消失的肉体早已变成了地下的泉水、聊天的青草、吹过山谷的清风、沙沙作响的树叶，还有那寂静晴朗的天空。草地越来越近，鲜花随风摇曳。蝴蝶和蜻蜓在我头上盘旋，我沉醉其中，沉睡于火红的罂粟和金黄的万寿菊中，渐渐被世界遗忘。

有人发出轻柔的动作，带来世间最轻微的震动，这是生命结束前感受到的最后一次震动吗，是源自罂粟花和草叶的摇摆吗，还是源自汇聚于树根处的涓涓细流？

震动一点点加重，而且变得有规律了，像呼吸和心跳，又像一波又一波的海浪。它从河流、树林、草叶和泥土中倾泻而出，天地在旋转，但律动没有减弱，随着大地一阵颤动，它停在我的身边。渐渐地，律动变成视觉、触觉和知觉，变成我的手、我的身体。躯壳不再是空的，我再次感受到坚实的大地，我感到前所未有的放松与轻盈，就像拥有了一双翅膀……我缓缓睁开双眼……

我在哪儿？我到底在哪儿？我睡着了吗？神秘的联系依然存在，我静静聆听，不敢移动……它就在这里，给我带来幸福与松弛。我仿佛飘起来，光线越来越强。我躺在草地上，蝴蝶已经远去，罂粟还在风中摇摆，瓢虫已经爬上山顶，细弱的游丝依然挂在我的身上。那种律动一点点爬进我的胸膛、我的眼睛……我动动手指，这是多么幸福的感觉。我蜷起膝盖，慢慢坐起来，感到脸上湿漉漉的……直到这一刻，我才发觉我在哭，放声痛哭，好像所有的事情都已成为过去……

我休息片刻，起身向墓地走去，路德维希死后，我还从未来看过他，事实上这也是我第一次被允许独自出门。

一个老妇陪我来看路德维希。路德维希埋在一棵山毛榉树后，周围开满了美丽的长春花。松散的泥土堆成一座小山，墓碑前靠着几个枯萎的花环。墓碑上的金字已经褪色，有些模糊不清。

我一直害怕来这里，现在看来寂静并不会令人感到不安。微风轻轻拂过坟墓，十字架映衬在9月的金色夕阳里，一只黑色小鸟躲在林荫道旁的梧桐叶间，轻柔地歌唱。

啊，路德维希，我今天第一次感受到和平，也第一次有了回家的感觉，但你已离开我们。我直到现在也不敢相信你离去的事实，仍觉得这只是因虚弱和疲惫产生的幻象。也许有一天，命运会臣服在我们脚下，我们只需要静静地等待，它自然会到来；也许世间只有我们的躯体和坚实的大地没有抛弃我们，而我们要做的就是听从它们的召唤，跟随它们的脚步。

啊，路德维希，我们上下求索，迷失了方向。我们不断探寻出路，一次次跌倒，一次次爬起。我们还没有找到答案，你就迫不及待地走了。而现在，清风拂面，山鸟夜啼，它们是不是要将我们再次团结起来，带领我们找到归途。你看天边的云霞，夏季的树林，这世间还有比它们更有力量的事物吗？

唉，路德维希，我还是无法相信你已经走了，因为我已经失去了希望，但我们不知道什么是屈服，也从未屈服过，这么多年，我们只学会了反抗。可是这种形式的反抗，路德维希，没有了你，我学会它又有何用？

夜幕正在林间慢慢拉开，带来无尽的悲伤与不安。我凝视墓碑，久久不愿离去。身后的石子路上响起咯吱咯吱的脚步声，我抬起头，是格奥尔格。他忧心忡忡地看着我，劝我赶紧回家。

“好久不见，格奥尔格。”我走到他身边，“你去哪儿了？”

他比画了一个手势：“我尝试了很多工作……”

“你不当兵了？”

“不，再也不想了。”格奥尔格咬牙切齿地说。

两个身穿丧服的妇女从林荫路尽头走来，她们每人提着一个绿色的水壶，为墓碑旁的鲜花浇水，身上散发出好闻的金漆和木樨混合的香味儿。

“我在那里找到了为数不多的、残存的一点点战友情，但那种战友情几近疯狂，那些失业的军官，除了制造混乱，真不知道他们还能做什么。这些战争渣滓，在战争中失去了一切，所以特别害怕回归平民生活，因此只能混在一群理想主义者和对战争充满幻想的年轻人之间。他们互相猜忌、怨恨、仇视，甚至互殴。是的，然后……”

格奥尔格沉默片刻，盯着地面出神。我看着他的侧脸，他越发紧张、憔悴，黑眼圈也更明显了。他继续说：“我一直不敢告诉你，恩斯特，这件事在我心里藏了很久了。有一天，我们制造了一场小冲突，目的是反对政府的不作为。当我看到那些死去的工人，尤其是那些还穿着旧军装的工人，我的心被狠狠地撕裂了，他们曾是并肩作战的兄弟啊。如果让我驾驶战机射杀半个连的英国兵，我连眼睛都不眨，毕竟那是战争。可现在，他们竟是被曾经最亲密的战友射杀的……我……走吧，恩斯特！”

这一刻，我想到了魏尔和黑尔，我点点头。山雀在我们头顶上鸣唱，金灿灿的夕阳渐渐坠落。

格奥尔格吐出一个烟圈儿：“这就是我亲历的事情，之后没多久，我们中的两个人就消失了，有人说他们泄露了兵工厂的位置。没有经过任何调查，他们就被抓起来，拖进树林严刑拷打。他们凄惨的叫声传了很远，让我想起在前线杀死的敌人，那一刻我魂儿都离开身体了。”格奥尔格望向我，“这就是军队现在的鬼样子，想想我们在一起的时光，我们意气风发、英勇顽强，我从未怀疑过我的选择。”他丢掉烟头，“可是现在呢？统统不见了。”

过了一阵儿，他平静下来，继续说：“我想知道，怎么会有那么多乱七八糟的混蛋混在里面啊，怎么会这样啊？”

我们沿着林荫路向出口走去，阳光在枝叶间徘徊，在我们脸上投下点点光斑，一切都显得很不真实。我们边走边谈，谈论夏日柔和、温暖的空气，以及那鸣唱的黑鸟和脑海中的冰冷回忆。

“你现在想做什么呢？”我们停下脚步。

他看看我，继续前进，顺手用手杖将一棵洋蓟的头敲落。

“我尝试过很多职业，也想了很多事情，关于职业、理想、政治……但我感觉已经无法适应这个社会，不知是怎么回事，到处都是喧嚣、猜忌、冷漠和自私，或许只有中庸才能获得成功吧……”

我们走得有点儿累，坐在格罗斯德堡山上休息。城市中教堂的塔楼泛着青光，山下人家房顶上飘出银色的袅袅炊烟。格奥尔格指着城中的房屋：“你看那些街道，就像一条条蛛丝，而那些躲在办公室和店铺里的人就像蜘蛛，他们从事不同的职业，但每个人都已准备好随时榨干他人。凌驾于他们之上的，是家庭、协会、政府、法律和国家。一层蛛网之上还有另一层蛛网，一层又一层。当然，你可以称它为‘生活’，并为能在蛛网之上爬行四十年感到自豪。可前线的生活告诉我，生命是有限的，时间不是衡量生命的唯一标准，那我为什么要为这四十年委曲求全呢？这么多年来，我们把所有的筹码都押在一件事情上，而赌注就是生命，那现在我们为什么不能拿出一小部分筹码去做点儿别的事儿呢？”

“格奥尔格，战争的最后一年你并不在前线，”我答道，“飞行员的处境或许和步兵截然不同。我们经常几个月都见不到一个敌人，只有漫天的炮弹，而我们都是炮灰。在那里没有什么赌博，也没有什么孤注一掷，只有等待，等待被炮弹击中。”

“不不不，我们并不是在讨论战争，恩斯特，我是在说青春和友情……”

“是啊，一切都消失了。”我长叹道。

“我们就像生活在温室里，”格奥尔格若有所思地说，“感觉自己已经垂垂老矣，可是能知道这一点就足够了。对于参加战斗我没有遗憾，只不过回来后所有的道路都被堵死了，给我留下的只有结婚生子这一条路，但我讨厌结婚，我向往自由自在的生活。”

“喂，格奥尔格，你说的是结局。”我答道，“但是现在，就在这一刻，我们必须有个开始。我已经看见它的影子了，路德维希见过它，但他病得太重了。”

格奥尔格揽住我的肩膀：“是的，是的，我知道你是说做有意义的事，恩斯特。”

我靠在他身上：“格奥尔格，这话怎么从你嘴里说出来这么虚伪和可憎呢？不过能听出来里面藏着一种特殊的友情，只是我们还没有觉察而已。”

我们并肩而坐，沉默不语。过了良久，我开口问：“那你接下来打算做什么？”

格奥尔格若有所思地笑道：“我吗？我没战死已经是最大的错误了，我觉得自己就像个可笑的小丑。”

我推开他的手，默默地盯着他。“也许会去更远的地方转转吧……”他试图让我放心。

他默默看向远方，无意识地把玩那支手杖：“你还记得我们去精神病院看吉塞克时他说过的话吗？他想回弗勒里去，并且坚信那里会治好他的病。”

我点点头：“嗯，他还住在那里，卡尔前几天刚去看过他。”

晚风吹拂，我们眺望脚下的城镇和一排排白杨树，小时候，我们经常露宿在那片树林中，假装自己是印第安人。那时格奥尔格总是当酋长，而我一直效忠他，当然，只有不经事的小孩子才会做那种事。

我们四目相对，“老铁手！[1]”格奥尔格轻笑道。

“温内图！”我也笑了。

二

随着开庭的临近，我频频想起特罗斯克。突然，一面土墙浮现在眼前，上面还钉着练枪的靶纸。在距离土墙不远处有一支狙击枪，瞄准镜后是一张冷静、专注、紧张的脸。是布鲁诺·米肯豪普特，他是营里最好的狙击手，在战场上他从未失手过。

我猛然起身，迫切想要知道他在做什么，想知道他的境况如何。

他住在一幢大厦里，里面有很多小公寓。今天是星期六，

① 老铁手和温内图是德国著名探险小说家卡尔·麦（Karl May，1842—1912）的小说《温内图》中的主要角色。

女人们都在忙着打扫卫生，她们把裙摆束在腰间，提着水桶、刷子在走廊里走来走去，搞得楼梯上湿乎乎的。

我按响门铃，不得不说，他家的门铃声实在太刺耳了。一个女人犹犹豫豫打开门。“我来找布鲁诺。”我说，她让我进去了。布鲁诺正坐在地板上陪女儿玩，外套丢在一边。那是一个可爱的女孩儿，四五岁的年纪，一头金发，还系着一个大大的蓝色蝴蝶结。布鲁诺用银色的锡纸在地毯上铺了一条小河，还在上面放了几条小纸船。船头上粘了一些棉絮，那是汽船上飘出的蒸汽，船舱的位置还摆了几个塑料娃娃，看样子是船上的乘客。

布鲁诺心满意足地抽着长烟斗，烟斗上刻了一幅士兵跪射图，下面配了一行小字：“用眼睛和手为祖国而战！”

“嘿，恩斯特！”布鲁诺拍拍女儿，让她自己玩儿。我们去客厅聊天，客厅地板被他妻子擦得锃亮，我差点儿滑倒。房间里其他物品也收拾得舒适、整洁：沙发和扶手椅上套着红色天鹅绒布罩，还配了麻线编织的扶手巾。角落里的橱柜上摆放了各式各样的小玩意儿，还有从海边带回来的大海螺，以及一家三口的合影。橱柜中间的玻璃窗里铺着大红色的绒布，上面陈列着布鲁诺在战斗中获得的奖章。

我们谈论起过去那段时光。“你击毙敌人的统计表还在吗？”我问道。

“当然，伙计，”布鲁诺不满地说，“那可是对荣誉的最好记录。”

说罢,他从柜子里将那份名单拿出来,津津有味地翻看着:“夏天真是我立功的好时候啊，因为太阳下山比较晚，我有更长的时间看清敌人。我找找，在这儿呢……你看，6月18日，击毙四人；19日，射杀三人；20日，一人；21日，两人；22日，一人；23日，竟然没有？真失败，不过那时对面那些混蛋已经发现不对劲了，行动变得异常谨慎，但是到了26日，对面新补充的兵源刚刚抵达战场，还不知道我布鲁诺的厉害，所以那一天我射杀了九人……嗯？你想说什么？

“你再看这里，我只用了两个小时就搞定了一切。很有趣吧，不知道的还以为我先抓住他们，再把他们集中射杀呢。不管怎样，当时他们就像愚蠢的山羊，一个接一个地从战壕里探出头。你看这里，6月29日，晚上9点，我射杀了一个敌人，而且是一枪爆头。恩斯特，你是不是以为我在开玩笑，我有目击证人，施利中士看到了全过程。晚上九点，天都黑透了，你以为是在演戏吗？不不不，伙计，你也不看看是什么情况！”

“唉，布鲁诺，”我说，“你的确是一位优秀的狙击手，但是今天再看到这些，你不会为这些可怜人感到悲哀吗？”

“你说什么？”他诧异地看着我。

我重复了一遍：“布鲁诺，你当时身处战争之中，不得已而为之，但是，现在一切都变了。”

他把椅子向后一推："天啊，你不会是布尔什维克吧。你要知道那是我们的职责，是军令，你以为是什么?！"他感到自己的荣誉受到了冒犯，愤怒地将统计表用油纸包好，放回柜子里。

我点燃一支上好的雪茄，使他平静下来。气氛缓和后，他又神采奕奕地谈论起他加入的射击俱乐部。他手舞足蹈地告诉我，这个俱乐部每周六都聚会。"前几天，我们刚举办了一场舞会，我跟你说，那个舞会简直太棒了。下周六我们会举办一场保龄球赛，恩斯特，到时候你一定要来啊，不仅有丰厚的奖品，还有不限量的啤酒，我从没喝过那么好的啤酒，而且比别的地儿便宜很多，一品脱只要一芬尼。每天晚上都这样，那里又舒适又时尚。你要相信我就一定过来看看。"

"你看这个，"他指着一条金链子说，"射击冠军，属于我布鲁诺的！是不是特别棒？"

小女孩儿走进来，手里捧着一只散架的小纸船。布鲁诺接过来，小心翼翼地重新折好。他抚摩着女孩儿的头发，蓝蝴蝶结上发出噼噼啪啪的静电声。

布鲁诺把我带到摆放纪念品的矮柜前，这里都是他在射击比赛中获得的奖品。俱乐部每周都会举办射击比赛，一芬尼打三枪，击中一定环数就可以任意挑选奖品。布鲁诺整天泡在那里，搞回来一大堆东西，什么玩具熊、玻璃碗、奖杯、啤酒杯、咖啡壶、烟灰缸、玻璃球，甚至还有两把藤椅。

“他们现在已经禁止我参赛了，”他开心地笑起来，“他们说我一出场商场都要倒闭了……”

我走上主街，融入夜幕中，光线和污水从门廊里肆意流出来。布鲁诺又去陪女儿玩儿了，他妻子已经准备好晚餐，吃过晚餐，他会去俱乐部喝啤酒。每逢星期天他还会带妻子和女儿去郊游。毫无疑问，他是一位温柔的丈夫，一个慈祥的父亲，一个受人尊敬的公民……

那特罗斯克呢？那我们呢？

特罗斯克的案子终于要开庭了，我们提前一小时到达法院，站在走廊里等待开庭。开庭前，首先要确认证人身份，我们紧张地走进法庭。特罗斯克脸色苍白地坐在被告席上，直愣愣地盯着眼前的地板。我们试图用眼神和他交流，告诉他要振作起来，我们不会把他一个人扔在困境里放任不管，但是他自始至终都没有抬头看我们一眼。

一一确认过我们的身份后，我们必须再次离开法庭，在外面等候出庭做证。离开时，我在陪审席中发现了恰登斯和瓦伦丁几人，他们向我眨眨眼。

证人一个接一个地出庭，维利在里面待了很长时间才轮到我。我走进法庭，迅速瞥了瓦伦丁一眼，他轻轻地摇头。果然，特罗斯克拒绝为自己辩护。此刻，他茫然地坐在律师身边，而维利则像一头机警的猎犬，面红耳赤地瞪着一旁的检察官，似乎刚刚大吵一架。

我当庭宣誓后法官开始提问。他问我特罗斯克在案发前是否说过要除掉巴切尔。我说没有。

法官说："很多证人都注意到案发时特罗斯克异常冷静，显然是经过深思熟虑的。"

"他做事向来如此。"我回答道。

"你是指深思熟虑？"检察官向我确认。

"不，是冷静。"我反驳道。

法官向前欠欠身："即使在那种情况下？"

"当然，比那更糟糕的情况下，他都很冷静。"

"比那更糟糕的情况？可否举个例子？"检察官迅速伸出一根手指。

"比如在炮火连天的战场上……"

检察官把手缩回去，维利满意地咕哝一声，检察官不屑地瞪他一眼。

"就像现在这样？"法官再三确认。

"是的，就像现在这样。"我不耐烦地说，"难道你看不出他平静的外表下熊熊燃烧的怒火吗？他是个军人，战争教会他如何在生死关头保持冷静，而不是一害怕就狼奔豕突或是举手投降。否则，他绝活不到现在！"

辩护律师奋笔疾书，尽量把我说的话记录下来。

法官沉吟片刻，开口问道："那他为什么开枪？那个女孩儿和别的男人去咖啡馆，又不是大不了的事情。”

“可是对他来说，这比腹部中弹还严重。”

“为什么？”

“因为那个女孩儿是他在这个世界上唯一的精神寄托。”

“可他还有母亲啊。”检察官不解地问。

“他又不能娶他母亲。”我反驳道。

“为什么婚姻对他这么重要？”法官问，“他还很年轻。”

“可对于一名士兵来说，已经不年轻了。”我反驳道，“况且他必须结婚，因为战争过后，他在这个世界已经找不到立足之地。他害怕自己，害怕那些关于战争的记忆，所以他要找一个可以寄托情感的东西，而那个女孩儿就是那件东西。”

法官若有所思地看向特罗斯克：“被告，你现在愿意为自己辩护吗？这位证人所说都是真的吗？”

特罗斯克沉默良久，我和维利死死地盯着他，他终于不情愿地开口道：“是的……”

“那你现在能不能说一下，为什么会随身携带一把左轮手枪？”

特罗斯克再次陷入沉默。

“他出门经常带着枪。”我插言道。

“经常？”

“是的，就像带手帕和戴手表一样。”

法官惊愕地看着我：“可手枪和手帕根本不是一回事！”

“没错儿，但对于他，手帕并不重要，他经常忘带手帕。”

“那……手枪呢？”

“那把手枪不止一次救过他的命，他已经随身携带了三年，他现在只不过是把这个习惯从前线带回生活中。”

“他现在不需要手枪了！现在已经和平了！”

我耸耸肩：“不，对于我们来说，还没有。”

法官转向特罗斯克：“被告，你是否感到良心不安？你是否为自己的所作所为感到懊悔？”

“不……”特罗斯克平静地说。

所有人都沉默了。陪审员静静地坐在一旁，检察官则倾身向前。维利蓄势待发，好像随时准备营救特罗斯克，我则绝望地看着特罗斯克。

“你终究是杀了一个人。”法官失望地说。

“我杀过很多人。”特罗斯克冷漠地回答。

检察官激动得跳起来，坐在门边的陪审员也不再啃指甲。

“你说什么？”法官急切地问。

“他说的是在战争中……”我赶紧解释。

“哦，那就是另一回事了。”检察官失望地说。

特罗斯克终于抬起头：“这有什么不同吗？”

检察官站起来：“你在咖啡馆里的所作所为能和为国作战相比吗？”

“为什么不能？”特罗斯克反驳道，“我杀的这个人对我并没有好处。”

“太可怕了。”检察官厌恶地说，又转向法官：“法官阁下，我不得不请求您……”

法官还算冷静，他对特罗斯克说：“假如每个士兵都这么想，社会得变成什么样？”

“你说得对，但责任不在我们。假如一个人一直教狗如何咬人，那这条狗遇到伤害时咬人反击，教它的人自不必惊愕。同理，对于他……”我用手指指特罗斯克，“如果没人教他如何开枪杀人，那他也做不出这种事。”

检察官脸红得像只火鸡：“我从没听说过证人在没有提问时可以随便发言……”

法官看了他一眼，反驳道：“没关系，或许我们可以尝试不按诉讼程序办事。”

接下来，我被请到一旁，那个女孩儿被传唤上庭。

特罗斯克哆嗦了一下，嘴巴抿成一条线。女孩儿身穿黑色丝绸连衣裙，头发仔细打理过。她昂首挺胸地走进来，显然把自己当作一个重要人物。

法官询问她与特罗斯克和巴切尔的关系。女孩儿说，特罗斯克特别容易激动，很难相处，而巴切尔平易近人。她从未想过要与特罗斯克有什么关系，况且她已经与巴切尔订婚了。

“只能说特罗斯克先生还是太年轻了……”女孩儿一边

说一边扭动腰身。

汗水顺着特罗斯克的鬓角滴落下来，他依然像石头一样一动不动。维利恨恨地搓着手指，我们很难抑制自己的情绪。

法官再次确认她与特罗斯克的关系。

“没有任何关系！我们只是认识。”

“当时被告表现得很不高兴吗？”

“当然。”她迫不及待地说，法官的话在她看来似乎是多此一问。

“你为什么这么肯定？”

“嗯……你懂的。”她转身看向特罗斯克，微笑着说，“他很爱我……”

维利冷笑一声，检察官从厚厚的镜片后注视他。

“臭婊子！”法庭里突然传来一声怒吼，庭内顿时乱成一团。

“谁在说话?！”法官高声询问。

恰登斯傲然起身，接着，他便以藐视法庭的罪名被罚了五十马克。

“小意思，”恰登斯掏出钱包，“我现在就付。”

他又被罚了五十马克，并被逐出法庭。

混乱过后，女孩儿明显收敛了很多。

“案发当时，你和巴切尔在做什么？”法官继续问话。

“什么也没做，”女孩儿不安地说，“我们只是坐在一起。”

法官转而看向特罗斯克："你有什么想说的吗？"

我担心地看着他，他却平静地说："没有。"

"那她说的都是真的了？"

特罗斯克脸色灰白，笑容惨淡。女孩儿怔怔地看着法官身后悬挂的十字架。

"也许，她说的是对的，"特罗斯克平静地说，"不过，我今天是第一次听到，我错了。"

女孩儿松了口气，但事情发生得太突然了，维利猛地跳起来，就像一台疾驰的汽车，咆哮道："她说谎！她就是个混蛋！她和那个男人在胡搞，出来的时候还是半裸的！"

检察官也怒吼起来，原告的辩护律师也站出来争辩，法庭里又是一片混乱。法官也不满地呵斥维利，但维利已经完全失控了。

特罗斯克绝望地看着维利，维利向他咆哮道："就算你跪下来求我，我也要把实情说出来！"维利转身看向法官："那个女孩儿到处卖淫，当特罗斯克找到她时，她说巴切尔把她灌醉了，强奸了她，所以他才会生气，才会开枪。这是他到警察局自首前亲口对我说的。"

特罗斯克的辩护律师飞快地记下维利的证词。女孩儿无助地尖叫道："他胡说！他胡说！"

检察官疯狂地挥舞手臂，想要维持秩序："都冷静点儿，法庭的威严何在！"

维利像一头公牛似的跳起来："别装模作样了，你这个只会耍嘴皮子的狗奴才。你了解我们吗？那个人，就是坐在被告席上的那个，他曾是一个安静、平和的少年，你要不信去问问他妈。但是今天，他杀个人就像丢掉一块石头。

"你问他后不后悔?！呵呵，后悔?！过去的四年里，他杀了多少无辜的人都没后悔，现在不过是射杀一个令他心碎的奸夫，他怎么会后悔！他唯一的错误就是杀错了人，他应该杀了那个荡妇！

"现在，靠什么狗屁'和平'就想抹掉他脑子里过去四年的记忆？我们知道不能随便射杀仇人，但在盛怒的时候，一切理智都被怒火压制，心中就只剩下复仇，但是想想吧，到底是什么让我们走到那一步。

"我们不过是为自己而战，但你觉得这是一件简单的事儿吗？我们没什么不同，中间也没隔着英吉利海峡，但我们对世界的认知却完全不同。如果你能改变我们的想法，你可以尽情地说出你的看法。"

法官极力地维护法庭秩序，但一切都是徒劳。

我们聚到一起，维利的样子很可怕，科索莱也攥紧了拳头。他们不敢与我们针锋相对，毕竟我们太危险了，就连警察也不敢冲上来和我们单打独斗。维利跳上陪审员的长凳，高声疾呼："为了我们的战友，我们求求你们了！不要判他有罪，他也不想当一个冷血的杀手，谁都不想，但是在战场上，我们被迫丢掉了所有的道德准则，我们回到家乡，也没有人愿意伸手拉我们一把！‘爱国主义’‘忠诚’‘祖国’，我们不停地默念这些词语，忍受战争的残酷，并试图证明它们背后的真理，但是，它们只是一堆虚无缥缈的概念，前线的一次次流血牺牲将它们一扫而光。”

突然，维利走到我身边。“就在一年前，他还在前线战斗，”他指着特罗斯克说，“他和另外两个战友藏在机关枪据点中，那是我方仅存的据点。敌军攻上来，他们三人默契配合，冷静瞄准，耐心等待。他们不能过早地开枪，否则会暴露目标。他们瞄准敌人的肚子，待敌军以为肃清我方、悍然发动攻击时，他们突然开火，打退了敌人一波又一波的进攻，直至援军到达。敌军退下去后，我们前去清理战场，其中有二十七人是腹部中弹，一枪毙命。除此之外，还有很多人伤在腿上、胸口、头部和腹部……”他再次指向特罗斯克，“虽然腹部中弹的伤员大多在转运途中死去，但他和两位战友的战绩依然令后方医院直接爆满。他们因此获得了一级铁十字勋章和旅长的通令嘉奖。你现在能明白这个人为什么不屑于在法律面前、在法庭上为自己辩护了吧，过去四年，他是忠于职守的楷模，你怎么能奢望他一夜之间就想明白过去获得荣誉的事业已经成了犯罪呢？你有什么资格审判他？他是一名士兵，是我们中的一员，而我们，判他‘无罪’！”

检察官终于有机会说话了。“这种野蛮行为必须制止！”

他倒吸一口冷气，命令警察立刻逮捕维利。

混乱再度升级。维利把围上来的警察一一逼退。我大声说：“野蛮?！这是谁造成的?！要我说，是你！是你们!!是在场的每一个人!!！你们都应该站在审判席上接受审判！要不是你们把我们送上战场,我们也不会变成今天这个样子。你们干脆把我们都关起来好了，和他一起关起来，这样就天下太平了！我们回来以后，你们可曾给过我们一点儿帮助?！并没有!

“你们为了‘胜利’争论不休，还建立了战争纪念馆，大肆宣扬英雄主义!！却拒绝承担应尽的责任，你们本应该来帮助我们，但在这个糟糕的时刻，你们抛弃了我们。当我们不得不为自己寻找出路时，你们又让我们老实待着。你们本应该站在宣讲台上一遍遍地对我们讲：‘我们都错了，而且错得离谱。接下来，我们将与你们并肩战斗，一起寻找出路。振作起来吧，兄弟们！’可这对你们来说恰恰是最难的，因为你们也束手无策。你们本应向我们展示生活的美好，教会我们如何重新融入生活，但你们让我们失望，你们把我们丢在水深火热中，就像驱赶丧家犬一般。你们应该教会我们再次相信善良、秩序、文明和博爱，可你们却急于制定法律，并行使法律的权力。我们之中已经有人违反了它，之后还会有第二个、第三个！”

我们完全疯狂了,我从未见过维利如此生气。所有的愤怒、所有的痛苦、所有的迷茫一瞬间都在心底涌上来。法庭上一片混乱，过了好久，才终于恢复秩序。

我们因为搅闹法庭被拘禁一天，立即执行。其实我们可以轻松地打倒警察，一走了之，但我们并不想这样，我们更想陪特罗斯克坐牢。我们昂首挺胸地从他身边走过，用行动告诉他，我们始终和他在一起。

后来，特罗斯克被判监禁三年，他一言不发地接受了判决。

三

格奥尔格设法搞到一张外国护照，并借此成功出境。一个念头在他脑海中徘徊：回到过去，面对过去。他穿过城镇和村庄，辗转于大大小小的车站，黄昏时分，终于到达目的地。

他毫不犹豫地沿着小路出发，穿过城市，越过乡村，向山上走去。

孩子们在灯下嬉戏，晚归的工人步履匆匆，几辆汽车呼啸而过，然后一切都恢复了宁静。

天色渐暗，但还能看清东西，况且他的眼睛已经习惯了黑暗。他离开小路，穿过乡野，没走多久，他绊倒了，裤腿被生锈的铁钩撕开一个口子。他弯腰将铁钩与裤腿分开，辨认出这是沿一条战壕布设的铁丝网。他直起腰，荒凉的战场就在眼前。

在晦暗的夜色中，战场就像一片苦楚的、冰冻的大海，抑或是一场石化的暴风雨。格奥尔格闻到了血腥、硝烟、泥土等令人作呕的味道，以及死神狂野的气息。死神依旧手握镰刀，在这片土地上巡视，依然掌握生杀大权。格奥尔格不由自主地压低身体，双肩耸起，双臂放松，做好随时卧倒的准备——他已经完全没有了在城里时的模样，此刻的他就像一个警觉的动物，这是刻在每位士兵骨子里的保护机制。

格奥尔格停下脚步，仔细查看脚下的荒野。一个小时前还觉得陌生的土地，此刻已是那样熟悉。他认出脚下的土地，每一座山峰，每一条战壕，每一个山谷，都是那么熟悉，好像他从未离开过，过去的时光在重燃的记忆之火中坍缩，时光的纸片灰烬随风飘散——格奥尔格·拉厄中尉过去经常从营地里偷偷溜出来，在这附近游荡。这里什么都没有，只有夜的沉默和草间的清风，但战斗再次在他的脑海中打响，他又一次听到隆隆的炮声，火光照亮了天际，腾起的伞状烟雾凝滞在死寂的荒野上。黑色的天空沸腾起来，明亮的火光高悬在毁灭之上。从一方地平线到另一方地平线，到处都是弹坑，四野充斥着刺鼻的硫黄味儿。

格奥尔格的牙齿咬得咯咯作响，他知道这一切不是梦境，只是无法抵抗如飓风般席卷而来的记忆，他任由它们将自己征服。这里没有和平，世界上其他地方也没有表面看上去那样和平。战争仍不时冒出来，毁灭仍像幽灵一般在这片土地上肆虐，搅起旋风，消失在云雾里。

大地向他伸出双手，紧紧抓住他，厚厚的黄土牢牢地粘住他的靴子，使他举步维艰，仿佛逝者想把他这个幸存者拖入地狱一般。

他跑过黑色的战场，风越来越大，云飞快地移动，月亮透过厚重的云层，偶尔洒落几缕惨淡的光芒。每当月光照亮荒野，格奥尔格就神经紧绷、心跳加速，而后扑倒在地上，一动不动。他清楚地知道什么都不会发生，但当月光再一次照亮荒野，他依然会吓得扑进炮弹坑里躲藏起来。虽然他双目圆睁，十分清醒，但他依然遵循战场生存法则——绝对不能直立行走。

月光下的战场已经变成一个巨大的荧幕，树林里的断壁残垣在月光下露出黑色的轮廓。废墟之上，一条巨大的沟壑歪歪斜斜地向远处延伸，沟壑的那一侧从未被炮火洗礼。格奥尔格蹲在战壕里，身边躺着皮带的碎屑，还有两个空罐头盒、一把汤匙、几颗被泥土覆盖的手榴弹和一个子弹袋。再远一点儿是一件青灰色的破军装，它的主人早已化为尘土，这是一个战士仅存的遗物。

格奥尔格在地上躺了很久，脸颊紧贴大地，口中喃喃自语。仿佛地下有一个巨大洞穴，轰鸣着、喘息着、咆哮着，传来叮叮当当的声响。格奥尔格将手指深深地插入泥土中，埋下脸，他相信自己听见了地下传来的喧嚣与吼叫，他自语，询问，喊叫，倾听……他在等待一个答案，一个关于生命的答案……

但是，只有风在轻轻吹拂，云层飞快地从头顶滑过，一个又一个身影在旷野闪过。格奥尔格茫然地站起来，漫无目的地走着，走啊走啊，直到他来到一排排十字架前，十字架一个挨一个，一排接一排，就像一个连、一个营、一个团……一支完整的军队。

他清楚地知道眼前的一切意味着什么，语言和文字在十字架前变得苍白无力。战争仍留在这里，但已不在幸存者的心中，也不在那些支离破碎的记忆里。在这里，逝去的岁月如云雾般笼罩着一个个墓穴；在这里，定格的生命在寂静的天空下无声地呐喊；在这里，已逝的青春活力与意志在静静地流淌……徐徐展开的新生活，在它面前就像黑夜里一声长长的叹息。

格奥尔格开始战栗，在一阵尖厉的爆裂声中，他意识到“复仇”就是一个永远无法填满的深渊，它埋葬了一代人的勇敢、信念，还有宝贵的生命，这种念头令他窒息，让他感到心碎。

“同志们！”格奥尔格在夜风中疾呼，“同志们！我们都被骗了！我们必须整装出发，反对战争！反对暴力！！同志们！”

月亮破云而出，他站在十字架前，看到灵魂发出耀眼的光芒，他们张开双臂从大地上爬起，隆隆的脚步声在夜空中回响。他站在他们前面，准备和他们一起前进，他振臂一呼：

“同志们！出发!！”

他把手伸进口袋，而后缓缓举起。一声疲惫、凄凉的枪声被风裹挟着飘向远方。他摇晃了一下，跪在地上，双手撑住身体，用尽最后力气转向那些十字架。他看到，他们出发了，先是原地踏步，脚步声震耳欲聋，之后缓慢前行，还有很长的路要走，也许需要很长时间才能到达目的地，但他们绝不会停下脚步。在终点，他们将进行最后的战斗——一场关于生命的战斗。一支属于黑暗的军队在默默前进，这将是他们走过最漫长的路——通往人心的路，也许需要很多年，但时间对于他们又算什么呢？他们已拔营启程，他们正在前进，他们，正向我们走来……

格奥尔格的头垂下了，他扑倒在无尽的黑暗中，他像一个迟到的晚归者，灵魂与灵魂纵队一起前进。他手臂舒展，目光呆滞，一条腿蜷缩起来。一阵抽搐，而后一切都化作梦境。荒凉、黑暗的大地上只有风还在吹拂，吹走了白云，白云飞过天空，飞过旷野，飞过一望无际的荒原、战壕、弹坑和碉堡……

尾　声

一

3 月的大地散发出好闻的紫罗兰香气，报春花从挂着露水的树叶后探出头。阳光下的田野被野花晕染出淡淡的紫色。

我们在林间小路漫步，维利和科索莱在前，我和瓦伦丁紧随其后。我们已经很久没见了，几个月来，我们第一次聚在一起。

布勒格尔没跟我们出来，他很忙，过去的几个月，德国马克一直贬值，他在生意上赚了很多钱。不过他大方地把刚买的新车借给我们，并且安排了司机全程接送。

“瓦伦丁，你最近在忙什么呢？”我开口问道。

“我搞了一台摇摇车，带着车辗转于各个集市。”瓦伦丁回答。

我惊讶地看着他：“什么时候开始的？”

“有一段时间了。我那个搭档你还记得吧，我们合作了没多久，她就把我甩了。她在酒吧做驻场舞者，跳狐步和探戈，这东西现在特别火，但是，对于我……你懂的……就我这老胳膊老腿，跳那种舞步太难了。”

“生意怎么样？”我小心地问。

瓦伦丁摇摇头：“别提了。挣得不多，但也饿不死，天天东奔西跑的。怎么说呢，就像爬竹竿，时好时坏。这不，明天又该出发了，不算太远，克雷菲尔德。欸，恩斯特，你知道尤普去哪儿了吗？”

我耸耸肩：“应该不在城里，和贝特克一样，很久没有他们的消息了。”

“阿图尔呢？”

“他很好，正在百万富翁的道路上高歌猛进呢。”

“看来他很会赚钱啊。”瓦伦丁悲伤地点点头。

科索莱停下脚步，张开双臂：“嘿，小伙子们，能出来散散步真不错！要是我没失业就更好了。”

“你不信自己很快就能找到新工作吗？”维利问道。

科索莱摇摇头：“哪有那么容易啊。我还在政府的黑名单上呢，上面明确写着我不是一个‘乖宝宝’。不过对于一个男人来说，健康就好。前段时间我在恰登斯那里找到点儿事做，说到恰登斯，他才是真正的春风得意啊。”

我们在林中找了块空地。维利掏出一包香烟，瓦伦丁看到烟，眼睛一下就亮了。我们都坐下抽烟。

微风拂过树梢，树叶沙沙响，几只山雀在枝头叽叽喳喳地聊天。燥热的阳光温柔地照在我们身上，维利打了个哈欠，舒服地躺在外套上。科索莱找了块长满苔藓的石头，也躺下了。瓦伦丁若有所思地靠在山毛榉树上。

我望着眼前熟悉的面孔，恍如隔世。我们虽然像从前那般围在一起，却少了几个亲热的伙伴，这还算真正的相聚吗？

忽然，科索莱竖起耳朵仔细倾听。

远处断断续续传来叫嚷声，听声音是一群少年。在被薄雾笼罩的秋日，那群少年一定背着吉他，披着绶带，如候鸟一般开始浪漫的宿营生活。在战争爆发之前，我、路德维希、格奥尔格也做过这样的事情，现在回想那段时光，篝火、歌谣、吉他、帐篷，还有点点星光……我们度过了一个又一个愉快的夜晚。我们的青春啊，开始于新鲜、浪漫、激情的流浪生活，徘徊于1917年的战场，最终消弭于可怕的隆隆炮火中。

声音越来越近，我坐起来，双手撑住身体，看见那队少年从不远处经过。真奇怪，几年前我们还是他们中的一员，可如今，他们更像是我们的后辈，新一代少年捡起了那些我们不得不放弃的东西。

叫嚷声随他们远去，渐渐汇聚成完整的洪流，就像在合唱一般。一个人开始讲话，声音有点儿远，听得不是很清楚。树枝折断，地面上沉闷地回荡着踢踢踏踏的脚步声。似乎有人下达了指令，一阵杂乱的脚步声随令而动，既而戛然而止，林中一片寂静。这时我们听到一个尖厉而清晰的指令：“骑兵以小队为作战单位，从右翼包抄！其他人正面进攻！动作快一点儿，快！”

科索莱一下子跳起来，我们面面相觑，我们出现幻觉了吗？这是什么情况？

少年从灌木丛中钻出来，在林地边缘就地卧倒。

“目标距离，四百米，”尖厉的声音再次响起，“开火！”

震耳欲聋的声音随即响起。这群十六七岁的少年趴在林地边缘，全部身穿风衣，内衬灰色的夹克，腰带像武装带一般系在腰间，帽子上别着少年团的徽章，腿上打着绑腿，每人手里拿一根登山杖。他们不停地用登山杖敲打树干，模仿机关枪开火的声音。

一张张稚嫩、红润的年轻脸庞从“军帽”下露出来。他们专注又兴奋地观察右侧阵地，搜寻正在接近的骑兵。此刻在他们的眼中，既看不见藏在棕色叶片间柔嫩的紫罗兰，也看不见野兔柔软的绒毛——那些野兔正蹦蹦跳跳地穿过田野。即使他们看见了野兔，也不过是把它们当成了假想敌，正用“枪”瞄准呢。他们身后的树干发出一声巨响，一个同样穿着的、大腹便便的壮汉出现了，壮汉对少年们下达指令：“二百米外，敌人摸上来了，准备开火！”壮汉举着一架望远镜，不停地观察“敌情”，指挥战斗。

“天啊！”我惊恐地叫出声来。科索莱也从震惊中清醒过来。“真能胡闹！”他咆哮道，“经历过一次大战还不够吗？！”

科索莱瞬间陷入水深火热之中。壮汉闻声骂骂咧咧地走过来，虎视眈眈地盯着科索莱，随后又有两个人加入进来。他们的怒吼在柔和的春风中回荡：“闭嘴，该死的懒鬼！德意志的蛀虫！一群肮脏的畜生！”

少年们围拢过来，一个少年晃了晃他的小拳头，尖叫道：“痛扁他们一顿，让他们长长记性！”

“懦夫！”另一个人说。

“哼，懦弱的和平主义者！”第三个少年说。

“别废话了，必须把这群懦夫铲除，否则德意志永远不会自由！”又有一个少年喊道。

“好孩子！”壮汉拍拍他的肩膀，“小伙子们，给他们点儿厉害瞧瞧！”

维利终于醒了，他刚刚一直在睡觉。在这方面，不得不说他是个优秀的士兵。即使在炮火连天的战场，只要在地上躺一会儿，他也能立刻进入梦乡。

他站起来，看看壮汉，壮汉立刻不敢吱声了。维利惊讶地看看周围的这群人，大笑起来：“这是什么情况？化装舞会吗？哈哈哈哈！”

很快，他就搞清了眼前的状况。“原来是这样，就你？

我忍你很久了，张嘴闭嘴就是祖国，怎么，只有你爱国，其他人都是叛徒吗？呵呵，真有趣，按你所说，那德国四分之三的军队都是叛徒喽？”维利戳戳壮汉的胸口，不怀好意地笑道，“滚，你这个战争贩子！他们不知道战争的残酷，你还不知道吗？你就不能让这些孩子多享受几年纯真的童年吗？”

壮汉把他的“军队”带走了，也带走了我们对这片森林的兴致，我们准备回村里去。这时，身后传来响亮的歌声：“到前线去，到前线去，我要到前线去……”

“到前线去？”维利不明就里地摸摸脑袋，“如果有人不停地对孩子们说这种话……”

“那战争一定会再次爆发的……”科索莱生气地说。

在村子里，我们找到一个小酒馆，酒馆外的花园里摆了几张桌子。虽然瓦伦丁一个小时后就要带着他的摇摇车启程了，但我们还有足够的时间坐下来喝一杯——谁知道我们什么时候能再见呢。

苍白的落日染红了天际，我们还在回想森林里的场景。

“天啊，维利，我们好不容易才死里逃生，刚消停几天啊，怎么还有人想往战场上冲？”我感叹道。

“总会有这种人的。”他以一种异常严肃、认真的语调答道，“你不要忘了，我们还坚守在这里，我相信很多人和我们的看法一样，而且是绝大多数。自从路德维希和阿尔贝特出事以后，我想了很多，最终找到了答案。这世上，所有人都能以自己的方式影响这个世界，即使他做的事情微不足道。我的假期下周就结束了，我又要回村里当老师了。不同的是，现在我已经开始期待这份工作。我要教育孩子们，让他们学会热爱祖国、热爱家乡，而不是某个党派，我要告诉他们，爱国是爱家乡的树木、田野、土地……而不是口号和标语中空洞的文字。我思考了很久，突然意识到，我们已经长大成人，已经可以肩负起某种时代赋予我们的使命了，而‘教育’就是我的使命，虽然它并不伟大，但对我来说足够了，毕竟我不是歌德……”

我默默地看着他，点点头。

很快，聚会结束，我们该回家了。

司机已在林外等候我们，车子在渐渐四合的夜幕中缓缓前行。

我们离城市越来越近，当夜晚的第一盏灯亮起，轮胎与地面的摩擦声中，混入一声长长的、沙哑的鸟鸣——在东方的夜空里，一队楔形的影子飞向远方——大雁回来了。

我们相视不语。科索莱张张嘴，终是没有说出口，我们都在沉思。

又回到了这个充斥着各种噪声的小城，瓦伦丁走了，维利也走了，最后，科索莱也走了……

二

我整日在林间游荡。现在，我累了，疲惫地向村中旅馆走去。我订了一个房间，准备在这里过夜。床铺已经铺好，我却没有一丝睡意，倚在窗边，聆听春夜的喧闹。

黑夜在树林里缓缓流淌，传来几声几不可闻的哭泣，仿佛有伤员躺在树林深处。我从容、镇静地望着窗外的黑暗，我已不再害怕过去。我凝视它冰冷的眼睛，从容镇定，甚至敢走出门去拥抱它。我把思绪送回到炮火连天的战场，当它再回来时，带来的不再是恐惧与担忧，而是无穷的力量与顽强的斗志。

我在等待一场风暴，它将拯救我并将我带走。现在它已悄悄到来，只是我尚未察觉，但它的确已经在那儿了，当我绝望地认为失去一切时，它已经默默地积蓄力量。从前我认为分别就意味着再也不能相见，现在我明白了，分别是一种成长，成长就会有舍有得，并且永远没有尽头……

我曾把一部分生命交给毁灭，那时的它属于敌对、仇恨和杀戮，而现在，余下的生命属于我，生命本身就是一项任务、一段旅程。我已做好准备，为自己而活，我会振奋精神，努力工作，但不会把自己看得太重，我会继续前进，即使我有时更想止步不前。所有的东西都需要修补，甚至需要重建，我要把那些被炮弹和机关枪埋葬的东西从岁月的废墟里挖出来。不是所有人都要成为领袖，这个世界也需要更渺小的人和更微弱的力量。我想在那些人群中找到属于自己的位置。到那时，死者将会沉默，痛苦的回忆也不再困扰我，它们反而会助我一臂之力。

多么简单的道理啊，但想要做到这一点，却需要时间的沉淀。路德维希的死如火焰一般，为我们照亮前行的路。如果没有他，我们可能还在荒野中徘徊，成为铁丝网和炮火的牺牲品。我们看到了人类共有的强烈渴望——在死亡的边缘希望重回简单平静的生活。我们感到绝望，因为人们从未真正摒弃过时的真理和自私自利，从未真正出发去找寻一条新的道路。恰恰相反，人们迷失在荒野，迷失在遗忘的沼泽，迷失在甜言蜜语的溪水，最终消失在为环境和职业而担忧的洪流中。

直到今天我才明白，也许所有的生命一生都是在工作与准备工作中度过，遇到的每一个个体、每一个组织、每一条人脉，都在为自己的将来做准备，就像一棵大树，每一个细胞、每一条根系都在吸收和运送着水分，最终它们会化作阳光下沙沙作响的树叶，生成茂密的树冠和无限的自由。所以，我也要开始努力了。

也许它不是我们年轻时梦想的那种完美，也不是我们多年后所期望的那种完美。这将是一条与其他小路没有分别的路，有崎岖不平，有大路坦途，也有田园风光，这是一条艰苦的路，我将独自一人走向终点，也许偶有一两个人会陪我走一程，但始终不会有人陪我走完全程。

或许当我的肩膀感到疼痛时，我依然不得不背着行囊继续前行；或许当我在十字路口徘徊时，我必须舍弃一些挚爱的东西。或许我会跌倒，但我依然会坚强地爬起来，而不是躺在那里自怨自艾。我会一往无前，而不是放弃。或许我一生都不会感到真正的快乐，因为战争已经摧毁我快乐的能力——这一点，我总会有些遗憾；或许在任何地方，我都不会像在家那般感到安全和舒适，但我也不会总是感到悲伤，因为总有一些东西支撑着我，也许是我的双手，也许是一棵树、一片会呼吸的土地。

树叶上的露珠、盛开的花蕾发出微弱的声音——黑夜里充斥着各种生命的回响。黑夜和月光也蔓延到房间里。房间也是有生命的，床板和桌子已经开裂，橱柜也嘎吱作响。多年前，它们被砍伐、分割，加工成桌子、椅子和床，但是每当春天到来，它们体内会再次流淌汁液，黑暗中发出隆隆的回响。它们从沉睡中醒来，伸展四肢，不再是桌子、椅子和床，它们积极融入外面的生命运动中。地板在我脚下嘎吱作响；木质窗台在我手边开裂；甚至在门前的小径旁，一段已经碎裂、腐烂的枯木中也探出了嫩绿的芽苞。也许几个星期以后，它会长成一棵梧桐，生出柔嫩茂密的枝叶……

译后记

一、雷马克小传

埃里克·马里亚·雷马克，1898年出生于德国奥斯纳布吕克，父亲是一名书籍装订工人。1912年，雷马克进入天主教会办的师范预科班，1915年正式进入师范学校读书。1916年，18岁的雷马克在学校应征入伍，并被派往西线战场。1918年4月，雷马克在佛兰德战役中因救援战友被手榴弹炸伤，后送往战地医院救治，直至战争结束。

战后，他回到学校继续读书，毕业后，分配到靠近荷兰边境的小村子教书，因不满课程大纲中教授的内容，毅然辞去教职。1925年，机缘巧合之下，雷马克进入《体育画报》担任编辑、记者，自此开始文学创作。1929年，构思多年的《西线无战事》正式面世，图书出版仅6周，便在世界范围内发行超过500万册，雷马克因此一炮而红，成为享誉世界的作家。

1928年，雷马克开始构思创作《西线无战事》的续集《西线归来》。1930年12月至1931年1月，《西线归来》在报纸上连载。1931年4月，经反复删改，在德国结集出版，仅几周发行量就超过20万册。同年，《西线归来》被翻译成25种语言，在全世界发行。《纽约时报书评》称其为《西线无战事》最好的续集，并对雷马克高度赞赏，评论称："世界获得了一位伟大的作家——埃里克·马里亚·雷马克，他的成就毋庸置疑，迄今为止他只选择了两个主题，'战争'与'回归'，他凭借这两个主题，超越了同时代所有作家。"

1931年，雷马克获诺贝尔文学奖提名，却遭到"德意志军官团"的抗议，认为他的小说嘲讽了德国的威武之师。1932年，雷马克离开德国，前往瑞士。1933年，希特勒上台，德国一百三十余位作家的作品被列为禁书，并公开焚毁，雷马克的《西线无战事》和《西线归来》赫然在列，理由是"他对我们在'一战'中浴血奋战的巨人进行了文学上的背叛"。1938年，雷马克因坚决拒绝回国被剥夺德国国籍，流亡美国。1939年，他赴美国好莱坞，致力于将自己的作品搬上荧幕。1947年，雷马克加入美国国籍。1945年起，雷马克常年在瑞士居住。1970年，病逝于瑞士洛迦诺。

雷马克一生创作了十一部长篇小说和一部剧本。1971年，雷马克逝世一年后，他的家人发表了他最后一部小说《天堂里的影子》。

二、《西线归来》的前世今生

1916年，雷马克在学校应征入伍，走上西线战场，战争结束后回到祖国，并在德荷边境的小村庄里当老师，在此期间，他发现政府在极力粉饰太平，似乎战争从未发生过一般，课本和教学大纲中写满了对战争的讴歌与颂扬，他们将战争包装成英雄的磨刀石，青年赢得荣誉的游乐场。而那些十四五岁的少年满怀热忱地聆听战争故事，眼睛里流露出向往的神色，并且开始厌倦校园生活，渴望参加战斗，为此他对教职的意义产生了深刻怀疑，愤然离职。

1919年，魏玛共和国成立，德国国内党派之争越发严重，经济一片萧条，通货膨胀、粮食短缺、大面积失业时刻威胁着德国人民的生活，示威、游行、武力镇压此起彼伏，那些曾经参战的士兵忍受着身体和心理的双重打击，悲观情绪十分严重，后方百姓也生活在战争的阴影中，迷茫、恐惧、无助、对未来看不到任何希望。《西线归来》的背景就是雷马克这一时期的亲身经历，在作品中他将矛头直指德国人意识和良知的伤口，反对战争，呼吁和平。

1931年，《西线归来》出版后，迅速引起了全世界人民的关注，但因内容过于悲观，人们对《西线归来》的评价并不像《西线无战事》那么高。

也许是雷马克本人认为首版文本过于悲观，也有可能是批评的声音过多，雷马克开始着手修改书稿内容。他为了改变故事的结局，极力要求合作的21家出版社等待他的最新版本，如果对方不愿意出版最新版本，他甚至愿意终止出版合同并偿还已经收到的预付款。通知发出后，雷马克就消失了，直到他用“序章”和“尾声”重新结构全文后，才重新出现在大众视野中。

在1959年出版的新版《西线归来》中，雷马克对全书的内容和顺序进行了大量调整，删除了大量心理描写和悲观情节，并加入了“序章”和“尾声”。

1931版中，小说开篇将视线聚焦在刚刚从战场撤下的二连，一个灰扑扑的三十二人小队穿过雾蒙蒙的乡村，褪色的军装、破烂的军靴、染血的纸绷带，他们弹尽粮绝、死气沉沉，丝毫看不到战争结束带来的喜悦，只有无尽的沉默和伤兵的呻吟。他们站在山坡上，向前望，是正在撤退的大军；向后望，是断壁残垣的战场、如潮水般涌来的美军，以及无数战友的亡魂，一个几百人的连队，只活下来他们三十二个。

1959版的序章中，作者将视线放在了战场，在和平到来的前夜，二连的士兵们躲在防御工事中，看着天上飞过的雁阵，听着喑哑的雁鸣，畅想战争结束后的美好生活。而后停战命令传来，士兵们纷纷收拾行囊准备回家，他们在战场上回望满目疮痍的土地，虽不敢相信和平真正到来，内心却在欢呼雀跃："我们回家了，回家了！"

这段情节在1931版中，本是放在第四章恩斯特的回忆中的。恩斯特和好友前去探望住在精神病院的同学兼战友吉塞克（1931版中此人名为鲍尔戴克），回到家后，他站在书架前，再一次看到韦斯林的遗物，回想起这场最后的战争，此时的恩斯特已经对人生的意义产生怀疑，迫切想寻找一处灵魂的栖息之地，这也为他在接到政府派遣通知书后迫不及待地去村中小学报到做了铺垫。

同样，雷马克对小说的结尾也进行了调整。1931版是以格奥尔格·拉厄在战场自杀结尾，格奥尔格是一名优秀的飞行员，在战场上，他一人击落了四架英国战机，但他回到祖国后，无法适应和平的生活，他上下求索而不得，始终感受不到真情实感，便开始怀念战场上同生共死的战友情，试图通过二次入伍使自己的灵魂获得解脱。然而，他在军营里见到的是没有勇气承担责任、为了遣散费和养老金大打出手的领导者，于是精神彻底崩溃了，他千方百计重返战场，在战友的墓碑前开枪自杀。他倒下的那一刻，觉得自己终于回到了战友身边。

而在1959版中，雷马克将格奥尔格之死的情节前置，将1931版的第十二章恩斯特·贝克霍尔茨重拾生活勇气和乐观精神的片段挪作小说的结尾。结尾中，恩斯特和战友们虽不能说完全走出了战争的阴影，但都找到了人生的方向，尤其是恩斯特，他住在乡下小旅馆中，望着窗外夜幕下的森林，不再害怕黑暗和死亡，这一刻草木萌发，春天正在到来。

这样调整后，序章中楔形雁阵的象征意义更加明显。雁阵南飞，冬天快要到来，预示着和平已经不远，但还要经历一番严冬的考验。在尾声中，战友们找到了各自的人生方向，雁群也从远方归来，预示着春天已经到来，和平已经到来，美好的人生即将在他们面前徐徐展开。

主题未变，行文顺序调整后，读者的阅读重点也发生了很大的变化。在1931版中字里行间满是绝望与悲观，几乎看不到希望与未来，而在1959版的结尾，草木萌发、春风拂面，希望就在不远处招手。

如果说《西线无战事》是将真实的战争呈现给读者，让读者切身感受到战争的残酷、冷血，借此表现“呼吁和平、反对战争”的主题，那《西线归来》就是将战后士兵的精神创伤捧给读者，告诉读者，战争给人们带来的不仅是前方几百万将士的牺牲，更是一代人难以消散的心理阴影。

遗落的故事

比利时遇袭

在比利时作战时，我们曾被敌人从背后偷袭。

当时我们正在屋外打扫战场，我们卖力翻找，只找到一些散落的德国步枪，那些步枪若不是被德国士兵丢弃，便是武器商人卖给比利时人的，不管怎样，这些步枪里射出的子弹，足以结束亨策曼的生命。

四十二岁的亨策曼是我们连年纪最大的士兵，他在前线奋战四年毫发无损。可是在那一刻，两颗子弹先后从背部打穿了他的肺。

见亨策曼倒地，我们立刻冲进房子搜查。房中只有两个老妇，她们像乌鸦一般，不安地在厨房里走来走去。

我们搜遍每一个房间，刺穿所有的衣柜，但一无所获。上楼时，木地板发出吱吱呀呀的声响，好似在嘲笑我们的无能。

一个月前，一个三连士兵休假归队，一回来便急匆匆地找亨策曼，说他的妻子出轨了。科索莱和维利直接将那个报信者拖出去痛打一顿，但一切都太迟了。

亨策曼变得寡言少语，只有醉酒时，才会大声地咒骂，那些话，就连暴脾气的科索莱都无法忍受。此时，亨策曼活下去的目的只剩下一个——回家报仇。

他躺在草地上，双拳紧握，鲜血不断地从嘴里涌出。科索莱蹲在他身边，恨恨地说："亨策曼，你安心走吧，我会替你报仇的，我一定将她打得连乞丐都不肯要。"

亨策曼已经说不出话，他喉咙里发出急遽的声响，他弓着背，呼吸急促，肺里都是鲜血，每一次呼吸都能喷出几口。

科索莱为了让亨策曼安心离开，再次附在亨策曼耳边道："放心走吧，我一定会狠狠地惩罚她！"

亨策曼忽然睁开眼睛，他已了无牵挂，很快便垂下了头。两个小时后，我们将他埋葬在泥土中……

编者按：在1931年版《西线归来》（后文简称1931版）中，这则故事是小队抵达啤酒厂休整时，主人公恩斯特的回忆。作者笔下的亨策曼是个悲剧人物，他在战场游走三四年毫发无损，却因为妻子的出轨而精神崩溃。在他生命的最后时刻，他活下去的目的只剩下一个——复仇。当复仇无望时，活着也就失去了意义。

施德卢老人的故事

从贝特克家回来，我迫切地想找个人倾诉，可所有人都不在家。最后，我在康乐尔斯曼酒店门前找到他们，他们刚刚为瓦伦丁庆祝完生日，接下来准备去散步，让冷风使自己发热的头脑冷静下来，于是我也加入其中。

我们走到车站广场，四周几盏昏黄的街灯灯光摇曳，街面忽明忽暗。一阵湿冷的风从公园吹来，树叶沙沙作响。

忽然，我们发现公园的长椅上有一个模糊的人影。

“好像是一个女孩儿。”恰登斯有些激动。

我们半信半疑地看过去，她背对着我们，看不清面容，只有外套在黑漆漆的灌木丛中格外显眼，这极大地激发了我们的好奇心。

“我们过去看看？”尤普疑惑地说。

“我敢打赌，一定是个可爱的姑娘。”恰登斯说，“瓦伦丁，我要把她当作生日礼物送给你。”

恰登斯整理一下衣服，向长椅走去，我们不错眼珠地盯着他。他慢慢靠近那人，“看，他似乎不费吹灰之力就接近了她。”维利耳语道。

恰登斯突然愣住了，而后匆匆忙忙地往回跑。我们向他摆摆手，示意他返回去，但他喊道：“她不动了。”

我们赶紧跑过去。这人瘦小干枯，淡灰色的外套松松垮垮地套在身上，头靠在长椅的椅背上，无力地垂下，好像睡着了。

维利拧亮手电，指着帽子里垂下的一缕白发说：“一个老妇。”随后将光线移动到老妇的脸上，我们终于知道哪里不对劲了，这个表情我们太熟悉了——她死了。

维利摇摇头，仔细检查她的身体：“奇怪，她没受伤啊。”我们已经习惯在尸体上寻找伤口，好像有伤的尸体才是正常的，四肢健全、毫发无损的尸体反倒很奇怪。我们准备将老妇送去医院，但夜已深，根本找不到车，看来我们需要把她抬过去了。我走上前，想把她抱起来，却被维利推开了。

“让我来吧，”维利把她抱起来，“她非常轻。”

我捡起老妇的手袋，它掉在长椅的缝隙里。我们穿过公园，径自向医院走去。妇人的头跟随维利的脚步轻轻晃动，走过街灯时，围巾从她瘦弱的脖颈上露出来，就像一条绳子，将老妇的头和黑色帽子连起来。老妇的灰发缕缕滑落，随风飘扬。维利不得不用另一只手扶住老妇的头。

“我敢说，她连 70 斤都不到。”维利边走边说，“而且应该是饿死的。”

我们按响医院的门铃，护士打开门，我们将老妇交给她。此刻老妇躺在太平间里，明亮的灯光映在她脸上，枯槁的面容上写满了疲惫、忧愁、孤独与绝望。我见过无数逝去的青年，却从未见过离世的老妇。六十多年的苦难在她消瘦的身上爬过，留下悲伤与不幸折磨过的可怜残躯。一身廉价的灰大衣，一双破旧的长筒靴，一个不足70斤的躯壳，而在她身后，是一个棕色的、已经熄灭的小世界。

我翻找她的手提袋，只有几封信和几张前线寄来的明信片，在这些东西上，我找到了老妇的住址。

我们找过去，但敲了很久的门也无人应答。我们继续敲，终于，一扇窗子打开了，一阵温暖的睡意立刻从室内飘出来，像云雾般飘散在寒冷的夜空里。一个睡眼惺忪、头发蓬乱的脑袋探出来。

“打扰了，施德卢老人是住在这里吗？”维利询问道。

“不知道！”那人不耐烦地说，作势要关窗。

维利一把扯住他的衣领，鼻孔里呼出的热气喷在那人脸上：“妈的，你最好清楚她是不是住在你房子里！因为，她已经死了！”

“明天早上再说吧，反正死人有的是时间。”男子不屑地说。

维利气得差点儿从窗户爬进去，让那个家伙好好清醒清醒，幸亏他的妻子出现了。她比丈夫更注意形象，她在梳妆台边整理过妆容，戴好假牙才出来。她问清我们的来意后便抽泣起来。她说，老妇早已没有亲人，自己独居在一间小屋里。

“可她手袋里有别人写给她的信。”我反驳道。

“大概是她儿子寄来的，不过她儿子两年前战死了，”女人答道，“从那以后她就因悲伤过度显得不太对劲。最近几个月，她几乎每天晚上都出去，直到深夜才回来，估计是觉得儿子要回来了，想去车站接儿子吧……”

“听明白了吗？”男子打个哈欠，好像现在才清醒。

“嗯，听明白了，现在，你自由了。”维利松开手，“我们走了，再见！”

编者按：1931 版中，施德卢老人的故事发生在恩斯特第一次探望贝特克之后。受贝特克婚变的影响，恩斯特情绪低落，想找战友倾诉。几人在街头闲逛时，偶遇冻饿而死的施德卢老人，他们将老人送到太平间后，又替她寻找家人。这个故事真实地反映了战争带给后方人民的苦难，尤其是失独老人，他们被丧子之痛折磨得精神崩溃，他们苦苦地日夜守候在车站，但他们要等的人再也回不来了。

韦斯林夫人的故事

韦斯林家就在近郊，那里风景宜人，院中栽种了很多高大的乔木，还用茅草和木料搭了牛栏和马厩。我向厨房走去，看见一个少妇在擦窗户，裙摆高高地束在腰间。

“您好，我来拜访韦斯林夫人。”我笑道，她婀娜的身姿令我浮想联翩。

“请稍等。”她边回答边向我走来。

“我想找一下韦斯林夫人，可以帮忙叫一下吗？”我问道。

“我就是啊。”她笑道。

我仔细打量她，有点儿难为情。在我的印象里，韦斯林的妻子应该是一个庄重、严肃的中年乡村妇女，没想到她竟如此漂亮，但转念一想，她不过三十几岁。真正令我震惊的是，她与照片上相距甚远。韦斯林以前总说他妻子比照片上更苍老，他明显说错了。

韦斯林夫人见我不太对劲，低头一看，才发现裙子还系在腰间，她羞得满脸通红，赶紧解开带子，将裙摆放下来。

“您好，我是韦斯林的战友。”我赶紧解释，又怕她触景生情掉眼泪。

万幸，她还算平静。她请我进屋，让我坐在沙发上，自己却坚持站在一旁。

“你也坐吧。”我有点儿着急，怕她听到韦斯林牺牲的消息会晕倒，如果她能坐下，危险会小很多，但她一动不动。

“我带来韦斯林的遗言，并把他的遗物转交给您。”我小心翼翼地说，“请节哀，他走得很安详。”

说罢，我打开背囊，把韦斯林的东西一一拿出来交给她：钱夹、手表、小折刀，还有一些钱。她把这些东西放在眼前，一一抚摩。过了很久，她平静地说：“韦斯林是个很好的人。”

“嗯，他也是我们的好兄弟。”我哽咽地说。我站起来，向窗边走去。一群人正把一头猪从猪圈里拉出来，猪腿被紧紧捆住。大概是拉去屠宰场吧，我想。

“韦斯林夫人，我们都很喜欢他。”

她缓缓地点头，神情还算镇静，并不像我想的那么糟糕。

“你们结婚多久了？”为了打破沉默，我没话找话。

“他出发前，我们刚结婚。”

天啊……他们在一起只有短短几天，这太残忍了，我悲哀地想。“对不起……”我说不下去了。

“搬到这里后，他只回来过一次……他已经很久没回来了……”她落寞地说。

“一次，最后一次……那应是一年以前了……”我算了一下韦斯林的假期，喃喃地说。

“是啊，所以，在我看来，他一年前就已经牺牲了。”

她说得不错，可我又觉得哪里不对。韦斯林夫人在我这里的美好印象大打折扣。明明几个礼拜前，韦斯林还在思念妻子、渴望回家，可在他妻子眼里，他却在一年前就牺牲了。这位夫人如此平静，我觉得有些地方似乎不太对。

“他一直渴望回家，你……”

“我知道。”她决绝地说。

我抬起头，才发现她眼中盈满泪珠，原来她在努力地克制不让泪水落下来。我不再说话，并为刚才那些龌龊的想法感到羞愧，这时我才明白，沉默也有不同的含意。

她在脸上抹了一把，问我要不要吃些东西。最近一段时间，国内的男子经常饿肚子，所以我没有拒绝她的好意。她端出一盘饼干，我抓了一把吃起来。

韦斯林的东西依然放在桌上，我觉得有些不可思议。一个人去世后，家人怕睹物思人，忧思过度，通常会把东西收起来，可韦斯林夫人……直到韦斯林夫人走过来，把东西收好，我才觉得恢复正常，也才意识到，韦斯林真的牺牲了。

吃完饼干，韦斯林夫人又从柜子里拿出一盒雪茄：“这还是韦斯林出发前买的，他只抽了几支。”我想到了贝特克，于是问她我可不可以把雪茄带走。她点头同意了。她不仅给我装了雪茄，还为我准备了一些腊肠和腌肉，让我一并带走。

炉火很旺，咖啡的香气在屋内弥漫，这里是那样温馨、平静。我突然觉得很累，就像心里压着一块大石头，我很想躺在沙发上睡一觉，把心里的重物卸掉，但我不知道它来自哪里，也说不出它到底是什么。我静静地看韦斯林夫人在房间里忙碌，她飞快地收拾着餐具，打包食物，还不时转头看我一眼。

打包好的东西摆在我面前，我该告辞了，但我不愿离开。我突然感到一种莫名的恐惧，这种恐惧在我回来后，一直徘徊在我周围，但我始终没有发现它。现在它清清楚楚地站在我眼前。远处似乎有一扇敞开的大门，门内站着一个黑色的怪物，它随时可能冲出来抓住我，把我带走。

我有些迟疑，勉强撑住身体看向窗外，我感到一阵莫名的悲伤，但我极力想摆脱它。

韦斯林夫人站在门口，在她身后，我隐约看到一个被战争摧毁的家园。

“我可以经常过来坐坐吗？”我急切地问。

“当然，如果你需要任何东西，尽管来找我。”她把包裹递给我。

这天是星期日，黄昏的时候，维利被叫去施洗，我不想去，可又无处可去。想了想，决定去探望韦斯林夫人。

我呆坐在房间里，黑暗从角落慢慢爬进来，阴影快速聚拢，好似在围捕罪犯。火炉里的木炭发出明亮的光，水已经开了，在壶里唱着歌。窗外狂风呼啸，暴雨倾盆，我不由自主地蜷缩起身体。天色越来越暗，门前小路上的积水已经没过膝盖，我暂时无法离开了。我把手伸向壁炉，温暖的炉火像慈祥的母亲，轻轻地拥抱着我。

我呆呆地坐在炉火前，不知坐了多久。露易丝·韦斯林坐在我对面的扶手椅上，一言不发。

我动了动，双手又向炉火靠近些，明亮的火光清楚地勾勒出手指的轮廓，似乎它们并不属于我。这一刻，它们就像一群可爱的、半透明的、俊俏的孩子，独立生活在人世间，我张开五指，再猛地握拳，忽然，我感觉有一只凶残的魔爪扼在我的咽喉上，令我感到窒息，我赶紧把手放下了。

黑暗铺满整个房间，窗外的树木只剩下黑色的轮廓。刚刚萌发新芽的树枝好似标本一般，笔直地伸向天空。天空被晚霞染红，很快又被一片灰色的云海遮盖，只露出星星点点果绿色的天空，好似云彩上打了补丁。

许是黄昏的缘故，树木也呈现出新的景象，窗外广场上的行道树在风中起舞，好似脉搏的律动，还没有长出叶片的树枝此起彼伏，就像身体里的血管，在宁静、澄澈的天幕下伸展，变幻出各种各样的形状。天色刚刚暗淡时，树木变化还不大，不消片刻，它们的模样就从褐色转成深棕色，而后渐渐变黑。在夜幕的映衬下，它们仿佛在快速生长，渐渐插入黑色的夜空。

韦斯林夫人坐在扶手椅上，美丽的脸庞被阴影遮盖。只能看到性感的喉头在忽明忽暗的火光中滑动。我们坐在房间里，一起感受孤独。黑夜降临，教堂的大钟报出时间，外面暴风雨依然肆虐，而我就像一个怕黑的小孩儿，在黑暗中怯生生地想：主啊，我该做些什么？不远处的黑暗好像被火光镀上金边的旋涡，整个房间都被卷入其中，让人感到一阵莫名的恐惧。我快要被这种恐惧撕裂，浑身颤抖，不由自主地想到一个问题：哪里才是终点？也许这是人类的通病，想的总比做的多。

你可以坐在这儿，那别人呢，他们是不是也要这样。一种新的生活已经开始，可你却不愿意接受，甚至它伴随爱情之火而来，你也不愿意接受。

“唉，爱情……”它不过是一支坠入深渊的火炬，只会描摹出深渊的高度。

我轻吻你的咽喉，撕扯你的华服，但那既不是为了欢愉，也不是为了快活，那只是被伟大的征服感簇拥的忧愁。爱情无法摧毁我，也无法点燃我内心的激情，它虽然落在我的手上，但我依然觉得疏远和卑微，或许我会说，是它自己跑到我手上来的……

当妇人的肩膀滑过我的双手时，我就是这样想的。没有鲜血，只有骨与肉的触感，是绝望中一丝狂野的爱恋。我浑身颤抖，接着手和嘴唇也开始颤抖，我紧闭双眼，不敢睁开。

“你怎么在发抖？”韦斯林夫人温柔地问，她的嘴唇离我更近了。我无法抗拒，一种情感从四面八方涌过来，世界安静了，火光隐匿了，但一切似乎又在继续。它们从地下冒出来，仿佛要开口说话，它们动摇了我的意志，却又把我抛在一边，我全然忘记了眼前的妇人，只能感受到温润的肌肤，我把脸深深埋入她的衣褶中，无意识地呢喃，忘却了所有的语言、文字、声音，只留下一声声没有意义的呜咽，就像一个受委屈的孩子，恐惧、希望、孤独、痛苦在这一刻统统迸发出来，我不知道我为什么会这样。我紧闭双眼趴在那儿，我不需要看什么，也不需要听什么，只能感受到手掌上传来的温度，听到耳边传来一声声沉静的语调，一遍一遍地说着同一句话：“睡吧，睡吧，一切都会好起来的，现在一切都好起来了。”

编者按：在1931版中，恩斯特信守对战友的承诺，将韦斯林的遗物带给他的妻子。在战争岁月中，有很多韦斯林夫人这样的女性，新婚宴尔，还未享受婚姻带来的幸福，丈夫就已奔赴战场。她们守在家中，整日提心吊胆，盼望丈夫归来，但等来的却是丈夫的遗物。

与路德维希畅谈

从村里回来后，我去找路德维希，想和他聊聊心事，或许他会给我提些建议。他的房间里堆满了各种书刊报纸，看上去一片狼藉。

他从纸堆里抬起头，惊讶地看着我："你怎么回来了？！"

"嗯，我也想待在那里，但是不行。"我回答道，"我感觉没有立足之地，根本找不到脚踏实地的感觉。"

他点点头，过了很久才说："你还是没找到适合你的工作啊……"

我惊讶地抬起头："你也没找到吗？"

他露出一个勉强的笑容："我对未来感到迷茫，生活也索然无味。我尝试了很多工作，想要找出内心无法平静的真正原因。你看看那些矿石，不过是一堆普通石头，可在前线时，它们对我却意味着和平、生命和希望，但我今天再看它们，依然是一堆普通的石头，并没有什么特别。想到这里，我所有的困惑都迎刃而解。"

“我明白，”我回答道，“但因此就对现在、对未来心灰意冷，那也太不负责了。我不是指那些遥不可及的目标或计划，还有什么宏图大志，那些东西，拿出来炫耀一两个月就过去了。你看每次轰炸过后，田里都会翻出很多被遗忘的红薯，那些东西也一样。一切都会过去，云朵、边境、微风，等等，虽令人百般留恋，却早已物是人非。”

路德维希沉思良久，说：“你还记得吗？1916 年夏天，咱们在佛兰德作战，一番猛烈的炮击之后，一个战友负伤了，但救护队一时间上不来，我们只能把所有纱布都缠在他身上，根本不顶用，他的血一点点浸透了纱布。

“当时在他身后，飘过一朵很漂亮的云，在夕阳的映衬下，那朵云就像一座由红色、金色和白色堆成的大山，矗立在破碎的褐色乡野中，矗立在牺牲的战友身后，它高高地挂在天上，看起来极不真实。被夕阳染红的云朵一动不动，濒死的战友也一动不动，那一刻它和他仿佛融为一体。我不明白，为什么当生命逝去的时候，我们仍能认为漠然待在天上的云是可爱的。

“恩斯特，我从未觉得一朵云那么生动，或许以后也不会再有那种感觉，这个想法听起来很蠢是吧，但是对于世间那些永恒的生命来说，我们短暂的生命就显得有些沉重和紧张。死亡就像悬在头上的定时炸弹，永远压在我们紧绷的神经上，或许只有当生命从身体中溜走时，才能真切地感受到生命的广阔。

“现在，很多事情将我们与生命再次联系在一起，可我们的生命早已变得平凡又普通，所以那些莫名的紧张情绪，只能靠毫无节制的狂饮来抒发。欲望恣意地攻击生命的角落，而我们节节败退，只留下空虚、躁动和迷茫。它们对我们没有任何意义，我们却对此充满向往，因为那不仅能让我们看清生命，更能带给我们无尽的虚幻想象。”

路德维希的话打动了我，我仿佛离开了房间，再次回到那个被浓雾笼罩的夜晚：我们走向战场，跌跌撞撞地走过一个个半坍塌的防御工事。

昏黄的灯光溢出一种不可言说的安逸，又一次把我带回 9 月的晴空，我孤独地站在榆树下，树叶轻轻落在身上，带来一丝秋的悲凉与时间流逝的哀伤。仿佛又躺在豪特许尔斯特的树林里，炮火在身后炸响，而我再一次闻到 11 月的枯叶回归泥土的芬芳。记忆中的场景再次钻进我的脑海中，画面栩栩如生。

在发动阿拉斯总攻 前，我看到一大片玫瑰花田，一位美丽的夫人正在田间劳作。埃朗格莱的街角，当军需官分发军粮的时候，我突然发觉，无论在时间还是空间上，我都活了很久，我很知足。那一刻，我就像一颗随时会掉落的果实，已经做好牺牲的准备，我不会忘记那片火红的罂粟田和军营垃圾堆里的两只燕子。

我把手搭在沙发背上：“路德维希，你还记得吗？有一次我们夜间行军，听到了一阵口琴声。那时天都黑透了，我们又必须赶到前线去，所以根本无暇找寻音乐的来源，但我永远无法忘记那个优美的曲调，我很想再听一次，想让它常伴左右，甚至伴我入眠。”

路德维希点点头：“估计你再次听到它时，它的味道已经变了。”

我握住他的手：“路德维希，能不能像老朋友一样跟我说说你的心事。”

“我们本来就是老朋友啊。”路德维希回答道。

楼上有人在弹钢琴，忧郁的曲调穿过天花板，传入我们耳中。

我们静静地坐在房间灰色的寂寞中，好像刚刚发现一张医治过去的良方。

“路德维希，我们出去散散步吧。”我提议道。

一阵轻柔的微风穿过街道，已有几分夏天的模样。树梢裹了一层淡淡的薄雾，少女们在街头漫步，不时发出几声爽朗的笑声。

路德维希扯下帽子，粗鲁地说：“恩斯特，当一个人站在这草木萌发的街头，看见年轻的女孩儿从他身边走过，谁能相信，他曾将刺刀插入别人的胸膛。恩斯特，那个人一定不是我！”我没有回答。

路德维希拼命地摇晃我的肩膀：“你知道吗？我经常梦到

那个人，那个被我用刺刀刺穿胸膛的人，虽然我拼尽全力刺过去，刀却很难扎进去。他一直在和我说话，慢慢地、悲伤地摇着一根手指，好像在嘲笑我。那幅场景如此鲜活，他说话的时候，胡须就随口型在阳光下抖动，这样的场景你梦到过吗？”

我挣脱他的手：“路德维希，别说了！求求你，别再说了！”

他脸色苍白，似乎有些困惑。我们站在街头，面面相觑，就像在看一个罪犯似的。

我抓住他的手：“走吧，我们去酒馆，或去霍兰迪西·戴里餐厅，我的退伍费还有一些，让我们一醉方休！”

在喧闹的酒馆中，我们遇到了布勒格尔。他正和金发少女愉快地聊天，以前和安东·德穆斯聊天时我见过她一次，不过应该是很久以前了，在我的眼里她根本没有神话中的公主那样高贵可人。

我和路德维希继续喝酒。酒至半酣，我发现路德维希正在凝视那位金发少女，脸上露出渴望的神情，里面还掺杂几分绝望与凄苦，我知道他在烦恼什么。

我将一杯西班牙白兰地塞进他的手里，我们喝了一杯又一杯，很快就不省人事了。

编者按：1931 版中，恩斯特从村中小学回来后，迫不及待去见路德维希，想听听他对生活的看法。此时的路德维希不仅感染了梅毒，还患上了严重的PTSD（创伤后应激障碍）。大多数参战士兵和路德维希一样，虽然战争已经结束，但心理和身体上的伤痛折磨着他们的心智，让他们感到精神崩溃，最终走上杀人或自杀的道路。在1931版中，作者以报纸新闻的方式讲述了大量在身体和精神双重折磨下走向犯罪的士兵，真实还原了战争对士兵的影响。

重回军营

红砖搭建的营房就在城外。我漫步在训练场上，洗好的被褥晾在向阳的窗边，左边是招待所，右边是办公区和营房。

皮鞋味儿、汗臭味儿和霉烂的面包味儿混在一起，盘踞在办公区外的走廊上空。有几个宿舍房门没有关，一个个空荡荡的衣柜和床铺躺在阴暗的房间里。一个小队长从我身边匆匆走过。

办公室门前，士兵们闹闹吵吵地围在那里。“请问，哪里可以登记应征？”我拉住其中一个问道。

他从头到脚地打量我一番，轻蔑地说：“就你？刚从你妈的围裙下面钻出来吧？！”

另一个人双手插在口袋里，摇摇晃晃地凑过来，狠狠地撞了我一下：“想学杀人技巧吗？给我支烟，说不定能教你几招儿。”

我冷冷地看着他，他凑近了些：“你这个笨蛋！老子在跟你说话呢，你听到了没有！给我一支烟！！怎么？还想让老子给你跪下？！很好，想当出头鸟？奥陶，给他点儿颜色看看！”他自负地大笑起来，笑得前仰后合。

“宝贝，和我出去走走？我有惊喜送给你，我们这里组织严密，可没有时间给你们这些革命小鬼浪费！”那个叫奥陶的拍拍我的脸。

“放你妈的臭屁！给我闭上你那张臭嘴！就你们这些新兵蛋子，我们更喜欢拿你们当早饭！”我冷厉地说。

其他人哄笑起来。“嘿，施契乌斯，看来你惹到刚回来的老兵了！”奥陶笑道。

“你怎么不早说呢？”施契乌斯气急败坏地说，用拇指指指身后，“喏，你要去的地方在后边。”

“不急，时间多得是。”说着，我从口袋里拿出一包香烟，分给周围的人，随口问道，“你们什么时候开拔啊？”

施契乌斯啐了口痰：“呸，出发？！我们估计马上就要解散了，现在这情况，你也看到了……”他做出一个波浪的手势：“上去，下来，下来，上去，反反复复的。现在这些当官的，又想利用我们夺权，又怕被我们夺了权。他们现在的说法，一天一个样，没个准谱。我们想走，但排长不同意，他可知道自己想要什么，对吧，奥陶？”

奥陶点点头：“我们也打听到一些内幕。”他慵懒地向办公室瞥了一眼。

施契乌斯笑起来：“有木匠的地方，就有木屑，这是事实。

我可以负责任地告诉你，那些卖国贼一只脚已经踏上绞刑架了。之前我们想去兵工厂里偷东西，刚进去，中队长巴契曼就到了，于是我们藏在灌木丛后，等他走过来时，狠狠地打了他一顿，皮带扣专往骨头上抽，直到他没力气号叫才停手。”

他摸了摸胡子，继续说：“老伙计，这就是我们现在做的事儿。”

“可是这事儿一旦败露，你们会受到惩罚啊。”

施契乌斯惊愕地看着我，半天没说话。而后他突然大笑起来：“奥陶，听见没有，他说我们会受到惩罚!!”

他笑着拍我的肩膀：“听着，首先，既然是秘密就没有泄露的可能，要知道巴契曼中队长身边可没有随从。其次，假如秘密真的泄露了，只会有更多的人再打他一顿。我们排长什么都听他的，几乎成了他的跟班，所以大家都恨他。很惊讶是吧，没事儿，我们不会受到惩罚的。我们可是法庭上的宠儿，所有事情都可以归为为国而战，这个理由已经帮我们摆脱很多不必要的麻烦。”

“说不定，过不了多久我们就该去种地了。”奥陶插言道。

“没错儿，最近就有人离开，去农田玩儿捉迷藏了。”施契乌斯补充道，“那种场景你敢想象吗？一群背着步枪的农夫，谁敢靠近啊。就是因为协约国的什么狗屁协定，限制了我们的兵员数量。要我说，让这一切都见鬼去吧，你知道吗？我刚碰到一群士兵，他们说要回家找工作。”

“什么？”奥陶惊讶地说。

“我说……工作！老兵们，工作，听清楚了吗？现在对于一个人最好的出路就是成为老百姓，彻彻底底的老百姓！”

奥陶不满地摇摇头：“这要是让那个没脑子的排长听见，又该啰唆了。”

他们疯狂地大笑起来，有的人还边笑边拍桌子。施契乌斯笑得最厉害，他揉着肚子说：“你真是杞人忧天，这才是真实的、肮脏的生活啊。”

奥陶入伍前是马车夫，施契乌斯则是码头搬运工。他们参军四年了，是非常优秀的军人，而这一点令他们坚守军营，再也不想做其他工作，但他们不过是战争的狂热分子，早已与和平一刀两断。哪里有战争，哪里就有他们的身影，因为只有这种地方才是他们的容身之所，没有战争的地方，断然看不到他们。他们这群品德败坏的流浪汉，无法自寻生计的军人，他们和少数理想主义者一拍即合，成为大战最后的导火索。

一个手握橡皮棍的中队长走过来，这是一个结实的汉子，眼睛特别小，一脸横肉。人们一见他纷纷噤声，一些新兵甚至站起来迎接他。

中队长像检阅般从人群前走过去，人们满脸畏惧地望向他。直到他走过去，人群才再次热闹起来，新兵们也长出一口气，回到座位上。

“妈的！”我不屑地说，“什么人啊，你们这个中队长，比军官还要吓人呢！”

“别这么大声啊，小子。”施契乌斯捂住我的嘴，快速向门口瞟了一眼，“这就是巴契曼，一个屠夫，如果听见你在背后议论他，他会发飙的！”

我站起来，这哪里是我心目中的避难所呢？不过是一张讽刺悲惨战争的张贴画罢了。他们被战争迷惑，丧失了所有的情感，彻底沦为战争机器。连新兵都知道，就算是口径最大的火炮，一个星期里也只能将战线向前推进几公里，可这些疯子却自欺欺人地想凭借几条藏起来的破枪拯救德意志，更可笑的是，为了不被人发现，还得挖地三尺地把枪埋起来。

这些固执的老兵，天天把战斗挂在嘴边，把立功当作最崇高的理想，其真实目的就不得而知了。他们能藏起几条步枪，就能残忍地展开屠杀，然后得意扬扬地把自己称为爱国的复仇者。

我以为在这里能找到纯洁的战友情，但当我看到这群野蛮人，这种想法就被吓退了。残忍、粗暴、冷漠……种种情绪与高傲、自负、虚荣心混合在一起，对于战友情，不过是似是而非的模仿。

这里早已没有了那种熟悉的、粗鲁的、热诚的情谊了，只剩下绝望和对战争的无限夸大。这些热血青年早已迷失其中。

我与奥陶握手告别，奥陶指指征兵办公室：“怎么，你不去了吗？”

我摇摇头，没有说话。

“行吧，其实无论你如何选择都糟糕透顶。”他掐灭手上的香烟，说了一句极富哲理的话。

“那么你是来打探消息的？”一个长腿士兵突然向我走过来。

“并不是，”我回答道，“但是，当你们向中队长立正的时候，军队里就再也看不到我的身影了。”

“嗯，你说得很对。”施契乌斯若有所思地说，又转身对长腿士兵说：“让他走吧，不然老子踹死你！我早就注意你了，别以为我不知道，你才是来打探消息的。”

竟然还有这种情况，看来他们之间早就没有信任了，唉……

两个学生模样的新兵吵吵闹闹地走进来，他们显然是为了在战争中找刺激才从学校里面跑出来的，唉，甘多雷克的门徒已经忙起来了。

我迅速穿过训练场，走出红色的围墙，在这里，这个强制训练的愚蠢的黑暗世界，正以一种可怕的方式存在。我不明白为什么要到这儿来。生命，我再一次感受到生命在身体中澎湃。燕子斜飞过我的面前，我停下脚步，一种死而复生的感觉在我心底油然而生，温暖、充实，就像一份意想不到的快乐。

编者按：1931 版中，这个故事是在与路德维希交谈后发生的。恩斯特从村中小学回来后，想从父亲和路德维希那里得到帮助，却失望而归。他想到好友格奥尔格二次入伍的提议，便想去军营里找寻希望，然而他只看到了残忍、粗暴、冷漠、高傲、自负，而粗鲁、真诚的战友情，早已化作过往云烟。

河滩上的快乐

从军营出来，我遇到了布勒格尔，他兴奋地告诉我他刚刚谈成一笔大生意——一百瓶康博酒，他花了很长时间才谈下来的。

“那么你今天赚得已经够多了，陪我去河边洗澡怎么样？”我问道。

他突然站住了：“洗澡？怎么突然想起洗澡了？”

“没什么，只是突然觉得该洗澡了。”我回答道。

他望望湛蓝的天空：“哎，你知不知道，一下午会让我损失多少啊，足足一百马克呢。得，我陪你，谁让我们是兄弟呢。再说，我也该洗澡了。”他迅速跑回家拿来两份面包和黄油，我们就动身了。去河边的路上，我们竟然发现了阿图尔开的店面，在商店一层，他加开了两扇崭新的橱窗，上面还挂了一块牌匾，上书几个烫金大字：“阿图尔·李德和士进出口商店”。这里原来是一家雪茄店，看样子早就不干了。

“看来阿图尔发达了。”我戏谑道。

“我敢用生命打赌，确实是这样，”布勒格尔大笑道，“还有一件你不知道的事儿呢，包养他的老女人叫‘诺德夫人’。”

沿街店铺消失在我们身后，微风带着一丝凉意从河面上吹过来，刚刚萌发的杨树仍然是灰扑扑的模样。我们找到一处平坦的地方，脱掉一层层的衣服。当我脱掉衬衫时，一阵微风吹过，我打了一个寒战。日光照在微波荡漾的水面上，清澈的河水滑过水下的细沙，河水微凉，刚入水的时候，我冷得几乎忘了呼吸。

我小心翼翼地走到深一点儿的地方，俯下身，双手浸在水中。布勒格尔在身后踹了我一脚，我一下跌入水中。我迅速转身，把布勒格尔也拖下来。我们扑打、嬉闹、大呼小叫，再也感受不到河水的寒意。我们畅快地游泳，双臂拍击水面，激起晶莹的水花。

我们时而潜入河底，时而浮出水面，时而憋住一口气，顺流而下，直到憋不住才再次浮上来。河岸边生着嫩黄的金盏草、怒放的野玫瑰，我们向对岸的草地游去，那里有一群野马在悠闲地吃草。

我们爬上岸，在草地上互相追逐。温暖的阳光烤干我们身上的水珠，我们跑过芦苇丛，参差不齐的草梗轻轻撞击我们的脚底。我们停下脚步，随手捡了一些石块打水漂。石块在水面上跃动，泛起阵阵涟漪。

“像不像在投弹练习？”布勒格尔叫道。

“不像！”我答道，“我们全副武装的时候可不能这么随性地奔跑。”

“嗷嗷嗷!！没有武装带,没有步枪,没有军靴！真好!！”布勒格尔兴奋地高呼，小狼跑过来看热闹，被兴奋的布勒格尔直接丢进河水中。

我们也跳入水中，准备游回去，小狼两耳背在脑后，兴奋地大口呼气，舌头伸在外面，远远看去，就像在微笑。布勒格尔和我拍打起水花，放声歌唱。水波荡漾，阳光流淌，为我们健美的肌肉勾勒出好看的轮廓。爬上岸，我们躺在杨树下，大口咀嚼涂满黄油的面包。

我在阳光下打滚，暗暗想：强壮的身体啊，你是我最好的伴侣，你从不让我跌倒，当灵魂被吓入阴暗的角落，你知道如何带我离开死地；结实的手臂啊，你的肌肉藏在光滑的肌肤下，当我跌倒时，你将我从死亡的边缘拉回来；宽大的脚板啊，在危急关头，你总能带我离开危险；明亮的眼睛啊，你带我穿越黑暗，摆脱烦恼；敏锐的耳朵啊，你让我在交织的炮火中及时发现危险……

我动动脚趾，扭扭脚踝，我能清楚地感受到脊柱轻柔的转动，我在草地上滚来滚去，嘴里叼着涂满黄油的面包。树影斑驳，河水泛起波纹，夏天炙热的阳光，暖洋洋地照在我们身上……

我们穿好衣服，准备回家，太阳已经西斜，这一瞬间仿佛是一条分割线，恰好将白昼与黑夜均分。时间仿佛停滞在这均分时刻，但眨眼之间，黑夜已经到来。

布勒格尔忽然停下脚步，指着远处的河岸。距离我们几百米的河岸边，一个人正向水中走去，是个女子。

她离我们很远，看不清模样。金色、柔软的夕阳为她涂上一层温暖的光晕，她的倩影刻在嫩绿的树影和粉红色的云霞间。

在梦幻的夕阳下，她显得极不真实，这一刻，对异性的好奇心已化为对生命的敬畏，人怎会如此可爱。我的心猛烈跳动，我忽然意识到，这或许就是恋爱的感觉吧，没有任何情欲，只有眼中的纯洁。

女子缓缓走入小河里，当河水没过膝盖时，她停下了。她微微探身向前，眼睛盯着河面，双手夹在两腿间。她也许是个农家少女，也许是个老妇；也许善良，也许邪恶。无论她是什么人，这一刻，她都令我们怦然心动，令我们向往爱情与梦想。

波光粼粼的小河，就像一条轻柔的丝带，在女子温柔的倩影后转了个弯，流向未知的远方。女子举起双臂，一道黑影从肩上滑落到背上，挂在臀部，在腿畔摇曳。该如何形容这华丽的、梦幻的、摄人心魄的东西呢，这一刻就连诗人都会感到语言匮乏，我想，倘若无法找到合适的字眼来描绘这光与影的世界，那要文字与文学又有何用，而我又该如何形容眼前的画面呢?

我想了很多美好的词汇，但总觉得不够贴切，这个词语应该更温婉、更柔情。

编者按：1931 版中，恩斯特从军营出来，偶遇已经成为商人的布勒格尔，同窗和战友的陪伴让恩斯特找到了久违的快乐，两人像孩子似的在草地上奔跑，感受阳光的爱抚。这一段是书中少见的欢乐情节。

杀 猪

维利也回来了，请他代课的人休假结束，所以他不得不在家等待重新分配工作。过去的六个星期，他获得了22马克薪水，体形也成功地从衣架变成了衣柜。

回到城里的维利因为要保证稳定的食物来源，他铤而走险，从一个农妇那里赊了一头猪，这是极其危险和困难的生意。说危险，是因为政府已经明令禁止私人屠宰、售卖牲畜；说困难，是因为市场上猪肉的价格极高，大多数人都没有能力购买猪肉。

听说这件事，阿图尔主动承担起财务管理工作，他认可我们对于价值风险的判断，并同意了我们的行动方案。

趁着夜深人静，我们赶着马车出发了。这是停战几个月来我们第一次并肩战斗。维利、恰登斯、科索莱、尤普、瓦伦丁、特罗斯克都来了。

布勒格尔和路德维希没来，布勒格尔现在在做杜松子酒生意，什么都不缺，而路德维希因魏尔的死，一直闷闷不乐。

除了他俩，贝特克那个情况自然来不了，但是作为肉食动物的格奥尔格竟然也没参加，这倒令我很意外。

就在我们出发前几分钟，格奥尔格终于出现了，他一屁股坐在我身边，自从上次在路德维希家见过一面后，我们已经很久没有见到他了。

我们要去的猪圈离村庄较远，所以我们很好地避开了村民的视线。但农妇不同意我们在猪圈里宰杀，而城里又有很多人因为眼红甘心充当政府的密探。保险起见，我们决定把猪拖进树林里宰杀。

我们悄悄地钻进猪圈，妇人提着油灯在前面带路。灯光惊醒了沉睡的猪群，它们眯着小眼睛，声嘶力竭地怒吼。

“哪头？”维利赶紧问道。

“那个。”农妇随手一指。

“猪是你的命根子吗？”维利低吼道，“你看看那是猪吗？那就是条狗！角落里除了那条‘狗’，我什么都看不到！！”

农妇讪讪地回应维利的质疑。维利漫不经心地挥挥手中的纸条，转身就走。妇人赶紧拉住他：“那你想抓哪头呢？”

维利、尤普和科索莱互相看了一眼，直接扑向最肥的那头猪。他们扼住肥猪的嘴巴和喉咙，合力把它捆起来。肥猪没来得及发出一点儿声音就被抬上马车。维利给农妇打好借据，带着我们消失在黑暗中。

我们迅速转上大路，找了一片开阔地停车，合力把肥猪从车上抬下来。

“猪啊，真是一种既肮脏又可爱的家畜。”维利看看肥猪，感叹道，“真奇怪，这样一种生物竟然可以做成腊肠和火腿。”说完，他笑着从车上抽出一把长刀，随便找了块石头开始磨刀。

恰登斯从车上抽出一把板斧，他将配合维利一起解决这头肥猪。“唉，我可是正正经经的骑兵，现在却跑这儿杀猪。”恰登斯无奈地说。科索莱端来一个大脸盆，一会儿用来接猪血。

维利硕大的脑袋在月光下泛着油光，他挽了挽袖子，又系上一条围裙，然后拍了拍待宰的肥猪，温柔地说：“上路吧，亲爱的。”

肥猪躺在地上小声哼哼，维利提起一盏灯放在猪头旁，恰登斯将猪按倒在地。维利举起长刀，往手上吹了两口气……

两人开始分割猪肉，他们先掏出内脏，然后把猪吊在两棵树之间，这样干活儿就更方便了。灯光打在猪身上，猪油泛出诱人的光泽，在它身后，是伸手不见五指的寂静树林，那里飘来苔藓、泥土和树脂的芳香。

其他人一直守在外围，担负警戒和巡逻任务，确保没有人发现我们的勾当。

我一边巡视，一边寻找格奥尔格的身影，特罗斯克告诉我，刚刚杀猪时他一个人走了，于是我们沿着他离开的方向去找他。

“你这段时间在做什么呢？”我问特罗斯克，“已经好久没看到你了。”

他犹豫了很久，吞吞吐吐地告诉我，他心爱的姑娘正被一个发战争财的暴发户纠缠。

“你怎么知道？”我惊讶地问。

“她告诉我的。”

“那……她没有危险吧？”

“当然没有，我亲眼看见他们在一起干那事儿呢。”他反驳说。

“那你就死心吧，阿尔贝特。”

他突然停下脚步：“恩斯特，你疯了吗？胡说什么呢？！”

我耸耸肩，他突然转向我：“她跟着那个暴发户能得到什么呢？那人只会干伤害她的事。你知道吗，那个暴发户说，如果她不和他在一起，他就死给她看！也是，你一个外人，当然觉得没什么。”

我无法回答。他向前迈了一步：“怎么？你无话可说了？你可是刚刚知道这件事呢！我告诉你，我一定会宰了他……”他决绝地说。

“冷静，阿尔贝特，”我劝道，“别这么干，太危险了，如果事情真像你看到的那样，那一切都无法挽回了。”

特罗斯克没有说话，眼神直愣愣地盯着远方。“假如无法挽回的话，恩斯特，”他低沉地说，“那我也完了，为了追到她，我已付出了一切……”

我们终于找到格奥尔格，他靠着一棵大树缩成一团。

“有烟吗，恩斯特？”他问道。

我递给他一支。他点燃烟卷，深吸了一口，在忽明忽暗的火光里，我才发现他脸色很难看。

“你在想什么，格奥尔格？”

他看看我，铁青的脸上了无生气：“我看不得那个画面。”

我感到有些奇怪，走过去坐在他身旁：“是因为血吗？”

他点点头，我没再说什么，默默地陪他抽烟。过了一会儿，他缓缓地说：“我刚入伍时，连里处死了两名战友，他们还是孩子呢。当时也是在这样一片树林里，那些人用棍子将他们活活打死了，那个场面太恐怖了。他们被处死的罪名是‘处女’，是我们连里定的罪名，甚至都不需要法庭审判。”说完，格奥尔格丢掉了手中的烟卷。

“你还在部队吗？”

“不在，留在那里对我没有任何帮助。”他摇摇头。

“我也是，前段时间我去过一次军营，但是我根本看不到那种熟悉的友情。”

他点点头：“战友情吗？早就消失了，恩斯特。”

尤普过来找我们，告诉我们马上要动身回城了。于是，我们转身回去。

“格奥尔格，那你现在准备做什么？”

他耸耸肩：“什么都好，反正都一样。”

一件鹅黄色的风衣出现在我们面前，是阿图尔，他一路跟踪我们，嘴上却不承认。

事情就是这么神奇，在城里时他特立独行，还嘲笑我们妄想一夜暴富。可是当他离开城市，回到我们中间时，又变成了那个熟悉的突击手，也没那么冷漠无情了。

维利把他推到一边，给我们分了一些猪肉和内脏。阿图尔不同意这么做，维利看看他，把那双血淋淋的大手往他脸上一抹，在他的风衣上也印上两个油乎乎的大手印。

阿图尔连猪肉都不要了，骂骂咧咧地骑上自行车逃走了。看来，他很怕和我们同乘一辆车回去。

我们把分割好的猪肉捆好藏在车里，又捡了一些树枝盖在车上，所有人都满载而归。

马车缓缓移动，已是三点了，夜风有些凉。路旁的田野闪耀着淡淡的金色，散发出甜蜜醉人的气息。一只山鹰滑过天际，消失在地平线上。晨风轻拂，天空已露出鱼肚白，太阳就要升起来了。

编者按：1931 版中，恩斯特辞职之后不久，维利也回来了，不同的是，维利只是代课结束，等待重新分配。在这个短暂假期里，饥饿的士兵想尽一切办法改善伙食，于是他们在农场赊了一头猪。而这头赊来的肥猪也为特罗斯克的牢狱之灾埋下伏笔，既交代了特罗斯克枪杀巴切尔的原因，也交代了为什么众人参加过恰登斯的婚宴后，特罗斯克坚持要去格雷格咖啡馆坐坐，他应该是得知了巴切尔常在格雷格咖啡馆出没，所以有意引导众人前去。有了这段情节的补充，特罗斯克枪杀案才更加完整。

贝特克后记

我们已经找了四天，翻遍了城镇大大小小的街道、桥梁、河岸和医院，但一切都是徒劳。每天傍晚，贝特克都会准时过来找我们，但他只是站在门外，一动不动地望着我们，见我们也没有结果，便低着头一言不发地离开。我们劝他留下，他不肯。他一直在找他的妻子，他不明白她为什么会出走。

他们的夫妻关系越来越糟了。贝特克手上稍有点儿钱，就去酒吧买醉，因为他在清醒时总会被可怕的悲伤和莫名的忌妒搅得心烦意乱，并且更加想念他那座花团锦簇的庄园。

事情发展到最后，他再也无法忍受内心的煎熬。一天傍晚，他趁着夜色回到乡下，绕着篱笆墙走了一圈儿又一圈儿，内心既渴望又害怕。后来他就常常偷偷翻进去，借着朦胧的月色，怜爱地看着他的果树，果树生长得很好，已经挂了密密匝匝的果实，偶尔会有一两枚熟透的果子从树上掉下来，滚落到草丛中。他在草丛中发现了一枚果子，俯身捡起来，张嘴便咬。那是 8 月的苹果，味道清甜可口。

光线从窗缝里溜出来，贝特克把脸贴在玻璃上，向房间内窥视。买下他房子的小夫妻正坐在起居室内。小妇人敞开衣襟，给怀里的婴儿喂奶。她用食指和中指轻轻揉捏乳房，婴儿的小手就搭在她褐色的大手上。丈夫坐在座钟边，正在打磨一支新的草叉杆。还是那个座钟，还是那把扶手椅……贝特克又把耳朵贴在窗缝上，他听见了烟囱里传来呼呼的风声，和钟摆摇动的嗒嗒声。

忽然传来一阵脚步声，贝特克像做贼一般躲入阴影中。脚步声远了，贝特克又走进菜园里，一列列整齐的青菜仿佛正等待他的归来。他轻轻地抚摩菜叶，长得真好啊。贝特克又回到屋边，这一次他来到第二扇窗边，房间里没点灯，但厨房门没关好，光线从门缝里漏进来，刚好洒落在床上。他想起在这里的最后一夜，他和玛丽坐在床边，玛丽依偎在他怀里，眼泪、头发，还有柔嫩的肌肤贴在他的脖子上。他们互相安慰，虽然互不喜欢，但又不愿抛弃对方。忽然，一种不可遏制的狂怒涌上心头，他咬牙切齿地诅咒村庄，诅咒战争，诅咒这个世界，以及所有毁掉这一切的人。

他从衣服口袋里掏出一个酒瓶，猛灌了一口。此时，他破碎的心里萌生了一个念头，他轻轻地走开。狗窝中熟睡的小狗听见声响，不安地躁动起来。“卡罗！”他低声唤道。铁链簌簌响，卡罗发出阵阵呜咽。他看了一眼，转身离开。

他在酒馆外等啊等啊，直到最后一批客人离开酒店，老板打着哈欠关好店门。最后走的客人中有一个正是他要找的：卡尔·威斯。

三个人从他面前走过，他紧随其后。他们停下高声谈笑时，贝特克躲在树后观察他们，颤抖的双手不停地把酒送进嘴里，直到酒瓶彻底空了。

三个人说说笑笑地在岔路口道别。贝特克迅速跟上威斯，在一片小树林外，他终于追上了。威斯听见身后传来一阵急促的喘息声，立刻转过身。贝特克也停下脚步，慢慢地向他走过去。威斯认出他，随即将手插进口袋，傲慢地站在那儿，看着贝特克一步步靠近，脖子上的金链子在月光下泛出森森寒光。

夜色在冬青木上洒下一片灰白色的光芒，贝特克显然已经注意到对方自信的模样、轻蔑的笑容、根根直立的胡须，以及冒着寒意的眼神。他纵身扑上去，想要狠揍那张可恨的脸。他向威斯两眼间砸去，但对方早就看出他的意图，在贝特克扑上来的瞬间闪身躲开，贝特克扑空了，惯性使他站立不稳，向前扑去，这就给了威斯可乘之机。威斯用尽全力砸在他的脊背上，贝特克摔倒了。他立刻爬起来，再次向威斯冲过去，大脑袋狠狠地撞在威斯的胃部，紧接着抓住对方的脚踝，向上一拔，将威斯摔在地上，然后骑在威斯身上肉搏。冬青木纷纷向两边倒去，贝特克的手一旦脱离威斯的控制，便趁机向对方砸去。

当两人奋力从地上爬起来时，贝特克的背部撞在一块石头上，再次摔倒了。他右手吃痛，看来是弄伤了。他试图用手抵挡威斯的袭击，但他疼得眼前一黑。现在他一举一动都疼痛异常，他发出低低的呻吟，并挣扎着用左手抵御袭击。威斯发现了他的异常，抬脚狠狠地踢在他肚子上，贝特克痛得爬不起来。随后威斯单膝跪在他的胸口，死死压住他，沙包大的拳头狠命地砸在他脸上。一边打，一边咆哮道："你这个懦夫，感觉怎么样啊，来啊，打我啊！再打一拳试试啊……"

威斯的拳头不停地落在贝特克毫无遮挡的脸上，鲜血从他破裂的鼻子和嘴角中流出来，但威斯就像没看到似的，拳头依然狠狠地砸在他的脸上。

"听着，这一下是惩罚你偷跑回来！"一拳砸在贝特克的太阳穴上。

"这一下是你抢走玛丽的报应！"下巴上挨了一拳。

"这一下，记得告诉玛丽我爱她！"鼻子上又挨了一拳。

"玛丽随时都可以回来！"拳头又砸在贝特克的嘴上。

"但你这个狗杂种不可以！"

贝特克挨了一记又一记重击……

威斯抓住贝特克受伤的右手，狠狠一拧，贝特克杀猪般叫出来。威斯继续殴打，贝特克的两眼通红，怒火中烧。他突然抬起头，迎上威斯袭来的巴掌，一口咬住他的小手指。

威斯发出一声哀号。贝特克咬得更用力了，但很快他就放开了，威斯手指戳中了他的双眼，一阵剧痛迅速传遍全身……

隆隆的炮火，破碎的场景，怒吼的火炮，漫天的炮弹，无尽的黑暗，漫漫长夜……

夜间起了雾，浓重的雾气如刚刚下过一场雨。贝特克悠悠转醒的时候，全身都湿透了。他动动手指，发出一声痛苦的呻吟，又记起午夜发生的事。贝特克试着站起来，但腿一软，摔倒在地，肚子依然隐隐作痛。贝特克在地上躺了很久，他忽然意识到，等到天亮，人们一出门就会发现他，于是顾不上满身伤痛，迅速爬起来，跑到附近的小溪，洗净了身上的血迹。他羞愧难当，气得大吼大叫，跛着脚痛苦地离开了村庄。

一路上，挫败感死死缠绕在心头，他摸摸已经脱臼的右手，他意识到，不只是这双手，更是自己这个人，都已经不复从前。酗酒、贫穷、一事无成……贝特克抓住受伤的手愤怒地拍打树干，发泄心中的怒火。

当贝特克回到公寓门前时，天已经亮了，灰蒙蒙的天空看起来脏兮兮的，露水顺着树叶缓缓滴下。贝特克费力地把自己搬上楼，他想要躲进房间里，把房门牢牢锁住，不让任何人进来，一个人躺在床上静静地死去。

玛丽窝在厨房壁炉边的扶手椅上，她等了他整整一夜，实在坚持不住，靠在椅背上沉沉地睡着了。

炉火上吊着一锅美味的炖肉，餐桌上也摆满了各式佳肴，餐盘中间还有一个插着鲜花的花瓶。或许昨天晚上她已经放下最后的坚持，她穿上华丽的衣服，做了贝特克最爱吃的食物，默默地等他回来。

贝特克看见睡着的玛丽，想要偷偷溜进房间。玛丽听见声音睁开眼睛，刚好看见贝特克，她惊恐地望着他，惊呼道："天啊，阿道夫……阿道夫，你怎么了……"

玛丽对昨晚的事情一无所知，但她的惊呼刺激了贝特克。那一刻，贝特克认定她知道这一切，羞愧、愤怒、痛苦一瞬间全部涌上来。他痛苦地呻吟道："滚开！滚！！你还看着我干什么！"

玛丽不安地向他走过去，贝特克继续吼道："别烦我！我警告你，别碰我！你假惺惺地看着我做什么？！你不就想看我这样吗？！你走吧，去找你的情人吧！滚吧，找那头种猪去！！滚！你，你去上他的床，继续和他鬼混啊！！！"

玛丽一动不动地看着他："阿道夫……到底发生了什么？谁把你打成这样？"

贝特克没有回答，羞愧和耻辱牢牢地抓住他，他自嘲地笑笑："出去……"他踉踉跄跄地摸索着。他疯了，玛丽不敢再看他。

"滚！！"贝特克一边喊，一边伸手抓起桌上的餐盘。玛丽惊叫一声，飞快地跑出去，冲出公寓，冲进乳白色的晨雾里……

贝特克站在厨房门口，双手无力地垂下，盘子从他手中滑落。他如行尸走肉一般，喃喃低语着摔倒在扶手椅上，昏睡过去。

玛丽走了，再没有回来……

已经第五天了，依然没有找到玛丽的踪迹。贝特克坐在我们身边，表情阴沉冷漠，我们终于从他断断续续的叙述中还原了事情的真相。

两天以后，维利回来了。他告诉我们，他准备出城到乡下去一趟，要替贝特克去找那个威斯讨个说法。

“我和你一起去吧，维利。”

“为什么？你怕我一个人搞不定？”

“不不不，你想多了，我只是想去看着你，怕你把他弄死。”

我们在酒馆找到了威斯，他正和一个人谈话。维利一声不吭地走到他身边，一掌打翻了他的酒杯。

威斯高声咒骂起来。

“给我闭嘴，你这个该死的小丑！”维利咆哮道。

“妈的！”威斯站起来，另一个人也跟着站起来，他们是两个身材魁梧的家伙。

“你就是威斯？”维利问道。

威斯吃了一惊，上下打量着维利。

“不去参军打仗，而去勾引那些丈夫在前线的少妇，这事儿是你干的吧。”维利蛮横地说。

“跟你有什么关系！”威斯因为身边有帮手，硬气了很多。

“我来告诉你有什么关系，你这个只会在地上爬的四脚畜生！”

“你说什么？再说一遍？！”两人摩拳擦掌地向维利走过来。

“求你们了，出去解决吧。”酒馆老板都快哭了，“我上星期刚换的家具！”

维利带头走出去，我迅速结清账，也跟着跑出去。我不怕别的，主要是担心那个帮手会偷袭维利。不过，我的担心是多余的，当我跑出去的时候，那个帮手已经躺在地上不省人事了，维利正拖着威斯向远处走去。

我蹲在已经昏迷的帮手身边，以防他醒来后跑去帮忙。很快，村中心的广场上就传来令人窒息的殴斗声，维利愤怒的吼叫声回荡在广场上空。声音渐渐弱了，最后只剩下威斯可怜的哀号。

维利得胜归来。

“他已经为他所犯的所有错误付出了代价。”维利笑道，“我允许他两个星期后再来找我单挑。不过，以他的伤势来看，这事儿会拖得久一点儿。而且为了让贝特克的事情画上一个完美的句号，我让他的右手也小小地脱臼了一下。不过，如果不小心把他的手弄骨折了，也是有可能的。”

这叫什么事儿啊，打架也不能把玛丽找回来啊。

编者按：1931 版中，作者简单交代了贝特克进城之后的故事，并且交代了玛丽的离家出走，以及贝特克的寻找，这是贝特克一段时间内没有消息的真正原因。而在 1959 版中，只交代了贝特克一家离开村庄搬进了城市，至于后来发生什么，也许是美好的新生活，也许是悲苦的新磨合，全凭读者想象。

特罗斯克的牢狱生活

我经常去探望特罗斯克。他脸色更加苍白，人也更加沉默，总显得心事重重。监狱里的漫漫长夜把他变成了这副鬼样子。不解与怀疑困扰着他，我想这个冬天他一定过得很糟糕，只不过他一直沉浸在悲伤中，没有意识到罢了。

现在，当白昼渐渐拉长，他终于忍不住从监狱的窗口仰望天空。天气晴朗时，北归的燕子在窗外一圈圈徘徊，这令他更加难过。和煦的春风偶尔送来外面的喧闹：马路上疾驰的汽车、嘈杂的叫卖、叮叮当当的自行车铃、沙沙响的枝条，甚至还有孩子们愉快的笑声，这些声音折磨着他的神经，他愤怒了，不停地拍打牢门，沙包大的拳头将牢门砸得砰砰直响，他又吵又闹，让狱警放他出去。

渐渐地，他安静下来，就像一朵开败的花，低着头陷入沉思。他不明白为什么同样是杀人，却是完全不同的两件事情，一个就是责任，而另一个却是犯罪，更不明白自己为什么要对巴切尔忏悔。于是他开始怀疑自己，怀疑自己曾在战场上杀死很多无辜的人。这种想法日夜折磨着他，很快就心力交瘁了。

在允许探视的时间里，我尝试开解他，帮助他摆脱那些无谓的想法，但他只是疲惫地摆摆手：“随它去吧，恩斯特。如果你感兴趣的话，你可以尝试一下，看看自己能否找到这个问题的答案。”

匆匆的几分钟谈话对他又有什么裨益呢？薄暮与黑夜依然躲藏在这座监狱里。

“三年啊……”特罗斯克落寞地说，“三年，这几乎和我在战场上的时间差不多了，对我来说，这相当于重新参加了一场战争啊。”他露出一个凄惨的笑容。

他站起来，迈着沉重的步伐，在灰色的牢房里走来走去。这个身穿条纹囚衣的纤弱青年，带着悲伤与不解，在灰色的墙壁和坚硬的木板床上度过了一个又一个悲伤的夜，绝望且孤独……

几个星期以来，特罗斯克天天晚上坐在窗边发呆。春天透过小小的窗户闯进牢房，刻在光秃秃的墙壁上。夕阳更加璀璨，落下的时间也越来越晚，把方形小窗的影子画在墙面上，中间还隐约可见铁栏杆的影子。窗外的燕子叫得越发嘹亮、欢快了。

特罗斯克坐了一阵儿，站起身，在小小的监房里踱着步子。有时他摊开双手，试图遮盖住窗影。他想找到一处角落，让落日的余晖完整地落在手掌上，他讨厌那些铁耙似的窗影，但他失败了，栏杆之间的空隙太小了，不论如何移动，总会有一个黑色的十字架落在手上。

当所有罪犯排成一队在庭院中散步时，空气都温柔了许多。在庭院的一个角落里，有一块青色的草地，上面散落了几个孩子们玩儿的彩球，特罗斯克把它们深深地刻在脑海中。

牢房里的那扇窗既会带来慰藉，也会带来失望，更多的是失望。他常常无法忍受那扇窗，每当落日映在窗边，他都会紧闭双眼，不去看它。

他越来越消沉。有时也会振作起来，扳着指头数日子——很快，他就绝望地放弃了这个无谓的举动。他想到还要在这里度过漫长的夏天、冬天、春天，然后再重复这样一个轮回，才能走出去，他便陷入深深的恐惧中。他开始害怕空虚，害怕白昼与黑夜，这种恐惧始终围绕在他身旁，挥之不去。

我经常去监狱看望他，他的态度越来越冷淡，我真怕突然在某一天，他鼓起勇气，将床单和毛毯撕成布条，再一条条地接起来，淡定地爬上窗台……我想那些纤细的栏杆足以承受他一百磅的身躯……

编者按：1931版中，特罗斯克入狱后恩斯特怕他想不开，常常去探望他、陪伴他。从特罗斯克的状态也能看出，他的思想已经渐渐从军人向平民转变。审判时，他的梦破碎了，从战场回来一无所有的他把生命中的一切都赌给了爱情，但他赌输了，所以他自暴自弃，不逃避、不躲藏、不辩护，心甘情愿地坐牢。牢狱生活让他渐渐冷静下来，开始思考自由、思考人生，所以他想出去。但求而不得的残酷现实又让他渐渐对生活失去了信心。有了这部分情节，特罗斯克这个形象才更加立体、真实。

图书在版编目（CIP）数据

西线归来 /（德）埃里克·马里亚·雷马克著；代悉译．--武汉：长江文艺出版社，2023.9（2025.11 重印）

ISBN 978-7-5702-3318-2

Ⅰ. ①西… Ⅱ. ①埃… ②代… Ⅲ. ①长篇小说－德国－现代 Ⅳ. ① I516.45

中国国家版本馆 CIP 数据核字（2023）第 158200 号

西线归来

XI XIAN GUILAI

（德）埃里克·马里亚·雷马克　著

选题产品策划生产机构 | 北京长江新世纪文化传媒有限公司
总 策 划 | 金丽红　黎　波
策划编辑 | 张　维
责任编辑 | 张　维　装帧设计 | 郭　璐　媒体运营 | 刘　冲　刘　峥　洪振宇
法律顾问 | 梁　飞　内文制作 | 张景莹　责任印制 | 张志杰　王会利
版权代理 | 何　红
总 发 行 | 北京长江新世纪文化传媒有限公司
电　　话 | 010-58678881　传　　真 | 010-58677346
地　　址 | 北京市朝阳区曙光西里甲 6 号时间国际大厦 A 座 1905 室　邮　　编 | 100028

出　　版 | 长江出版传媒 | 长江文艺出版社
地　　址 | 湖北省武汉市雄楚大街 268 号湖北出版文化城 B 座 8-9 楼　邮　　编 | 430070
印　　刷 | 天津盛辉印刷有限公司
开　　本 | 880 毫米 ×1230 毫米　1/32　印　　张 | 12.5
版　　次 | 2023 年 9 月第 1 版　印　　次 | 2025 年 11 月第 4 次印刷
字　　数 | 239 千字
定　　价 | 68.00 元